여덟 건의

완벽한 살인

여덟 건의 완벽한 살인

피터 스완슨

지음

노진선 옮김

푸른숲

왕과 왕비, 그리고 왕자 들에게 이 책을 바친다.

브라이언 · 젠 · 애들레이드 · 맥신 · 올리버 · 줄리어스에게

고지 사항

이제부터 여러분이 읽게 될 이야기는 대부분 사실이나,
몇몇 사건과 대화는 기억을 바탕으로 재창조했다.
무고한 사람들을 보호하기 위해
소수의 이름과 신원이 드러날 수 있는 특징은 바꾸었다.

1

출입문이 열리더니 FBI 요원이 도어 매트에 발을 쿵쿵 구르는 소리가 들렸다. 막 눈이 내리기 시작한 터라 서점 안으로 들어오는 공기는 축축했고 에너지로 들끓었다. 요원은 문을 닫았다. 아까 나한테 전화했을 때 이 근처에 있었던 게 틀림없다. 내가 만나겠다고 말한 지 겨우 5분 정도밖에 안 되었기 때문이다.

서점에는 나 혼자였다. 그날 왜 서점 문을 열었는지 나도 잘 모르겠다. 일기예보에 따르면 아침에 시작된 눈보라가 내일 오후까지 계속될 예정이었고, 예상 적설량은 60센티미터였다. 보스턴의 사립학교들은 이미 오늘은 단축 수업, 내일은 아예 휴교하겠다고 발표한 터였다. 나는 출근 예정인 직원 둘―아침부터 이른 오후까지 근무하는 에밀리, 그리고 오후부터 저녁까지 근무하는 브랜던―에게 전화해 출근할 필요 없다고 얘기했다. 우리 서점 트위터 계정에 로그인해서 눈보라가 그치기 전까지는 영업을 중단한다는 트윗을 올리려다가 마음을 바꾸었다. 아마 온종일 집에 혼자 있으려니 싫었을 것이다. 게다가 집에서 서점까지 1킬로미터도 되지 않았다.

그래서 그냥 서점 문을 열기로 했다. 그러면 적어도 고양이 네로와 함께 있을 수 있고, 서가를 정리하거나, 온라인으로 주문이 들어온 책을 포장할 수도 있다.

비컨힐의 베리 가에 있는 서점 출입문을 여는 동안 화강암 빛깔인 하늘에서는 당장이라도 눈이 내릴 듯했다. 이 지역은 유동 인구가 많지 않지만 우리 서점은 신간과 구간을 모두 포함해 추리소설만 취급하는 전문 서점이라서 손님들 대다수가 일부러 찾아오거나 웹사이트에서 바로 주문했다. 2월의 평범한 목요일이라면 서점에 찾아오는 손님 수가 두 자리를 넘지 못하는 경우가 많았다. 물론 특별한 행사가 있는 날은 제외하고. 그런데도 늘 할 일이 있었다. 또 서점에서 지내는 네로는 혼자 있는 걸 싫어했다. 어젯밤 네로에게 오늘 먹을 사료까지 넉넉히 주고 왔는지도 기억나지 않았다. 출입문을 열고 들어가자 네로가 날 맞이하려고 쏜살같이 달려왔다. 아무래도 사료를 안 준 모양이었다. 네로는 나이를 가늠할 수 없는 적갈색 고양이로, 낯선 사람의 손길을 기꺼이 참아내는 터라(사실은 엄청나게 좋아했지만) 서점에서 키우기에 안성맞춤이었다. 나는 조명을 켜고 네로에게 사료를 준 다음, 내가 마실 커피를 내렸다. 열한 시가 되자 단골인 마거릿 럼이 찾아왔다.

"이런 날에 문 열고 뭐 해요?" 그녀가 물었다.

"이런 날에 나와서 뭐 해요?"

마거릿은 찰스가의 고급 식료품점 봉지 두 개를 들어 올리더니 고상한 목소리로 말했다. "식량을 쌓아두러 나왔죠."

우리는 루이즈 페니의 최신 소설에 대해 이야기했다. 주로 마거릿 혼자 말하기는 했지만. 나는 그 책을 읽은 척했다. 요즘에는 그러는 경우가 다반사였다. 물론 대형 출판사에서 출간된 책들의 서평을 찾아 읽고, 블로그도 서너 군데 둘러본다. 그중 하나는 '디 암체어 스포일러The Armchair Spoiler'라는 블로그인데 신간 서평이 결말까지 포함해 올라온다. 요즘 나오는 추리소설은 더는 읽고 싶지 않기 때문에—가끔은 어릴 때 좋아했던 추리소설을 다시 읽는다—저런 서평 블로그가 꼭 필요하다. 사람들에게 '이젠 추리소설에 흥미를 잃었다', '요새는 주로 역사책을 읽고 자기 전에는 시를 읽는다'고 솔직하게 말할 수도 있지만 거짓말하는 편이 나았다. 어쩌다 사실대로 말하면 상대는 늘 이유를 묻는데 나로서는 대답할 수가 없기 때문이다.

나는 마거릿에게 루스 렌델의 《영원한 악수Shake Hands Forever》중고책을 들려서 내보냈다. 마거릿은 그 책을 읽은 적이 없다고 90퍼센트쯤 확신했다. 다시 혼자가 된 내가 집에서 싸 온 치킨샐러드 샌드위치를 점심으로 먹으며 그만 서점 문을 닫을까 생각하던 찰나에 전화가 왔다.

"올드데블스 서점입니다." 내가 전화를 받으며 말했다.

"맬컴 커쇼 씨 계신가요?" 여자 목소리였다.

"전데요." 내가 말했다.

"아, 잘됐네요. 전 FBI 특수 요원 그웬 멀비예요. 잠깐 몇 가지 질문을 드리고 싶은데요."

"네."

"지금 시간 괜찮으신가요?"

"그럼요." 나는 나와 통화하려는 줄 알고 그렇게 대답했지만 그녀는 곧 가겠다면서 전화를 끊어버렸다. 나는 잠시 전화기를 쥔 채 우두커니 서서 그웬이라는 이름의 FBI 요원이 어떻게 생겼을지 상상해보았다. 전화로 들었던 걸걸한 목소리 때문에 곧 은퇴를 앞둔, 당당하고 유머 감각이 없으며 베이지색 트렌치코트를 입은 여자가 떠올랐다.

몇 분 뒤 서점 문을 밀치고 들어온 멀비 요원은 내 상상과 매우 달랐다. 기껏해야 30대로 보였으며, 암녹색 부츠에 청바지 밑단을 넣어 신고, 패딩 점퍼 차림에 흰 털모자를 썼는데 모자 정수리에는 방울이 달려 있었다. 그녀는 '웰컴'이라고 적힌 도어 매트에 발을 쿵쿵 구른 뒤 모자를 벗고 실내를 가로질러 계산대로 왔다. 나는 그녀를 맞으려고 계산대를 돌아 나갔다. 멀비 요원이 손을 내밀었다. 악수하는 그녀의 손에는 힘이 넘쳤지만 손바닥은 축축했다.

"멀비 요원?" 내가 물었다.

"네, 안녕하세요." 초록색 패딩 점퍼 위에서 눈송이들이 녹아내리며 짙은 얼룩을 남겼다. 멀비 요원은 머리를 살짝 흔들었다. 가느다란 금발은 끝이 젖어 있었다. "아직 영업 중인 걸 알고 놀랐어요." 멀비 요원이 말했다.

"사실 막 문을 닫으려던 참이었습니다."

"아." 멀비 요원은 대각선으로 메고 있던 가죽 가방의 끈을 머리 위로 들어 올리고는 패딩 점퍼의 지퍼를 내렸다. "그래도 시간 좀 내주실 수 있죠?"

"네. 저도 무슨 일인지 궁금하네요. 사무실에서 얘기하실까요?"

멀비 요원은 몸을 돌려 출입문을 힐끗 쳐다보았다. 그녀의 창백한 살갗 위로 목의 힘줄이 도드라졌다. "거기서도 손님이 들어오는 소리가 들리나요?" 멀비 요원이 물었다.

"손님이 올 것 같지 않지만 네, 거기서도 들립니다. 이쪽으로 오시죠."

사무실이라기보다는 가게 뒤쪽의 구석에 가까운 공간이었다. 나는 멀비 요원에게 의자를 권하고는 책상 뒤로 돌아가서 가죽으로 된 리클라이너에 앉았다. 충전제가 잔뜩 들어가 이음매 사이가 볼록볼록 튀어나온 의자였다. "죄송합니다. 마실 걸 드린다는 게 깜빡했네요. 아까 내려놓은 커피가 아직 좀 남았습니다."

"아뇨, 괜찮아요." 패딩 점퍼를 벗고 서류 가방처럼 생긴 가죽 가방을 옆에 내려놓으며 멀비 요원이 말했다. 패딩 점퍼를 벗은 그녀는 검은 크루넥 스웨터를 입고 있었다. 그제야 멀비 요원을 제대로 볼 수 있었고, 나는 그녀가 단지 살갗만 창백한 게 아님을 깨달았다. 전부 다 창백했다. 머리카락, 입술, 투명에 가까울 정도로 얇은 눈꺼풀, 심지어 가느다란 은테 안경마저 얼굴 속으로 사라져서 잘 보이지 않았다. 정확히 어떻게 생겼는지 파악하기 힘들었다. 마치 어떤 화가가 그녀의 이목구비 위로 엄지를 쓱 문질러 흐릿하게 만들어놓은 듯했다. "시작하기 전에 드리고 싶은 말씀이 있어요. 이제부터 우리가 하게 될 이야기는 반드시 비밀로 해주셔야 해요. 공식 기록에 나와 있는 이야기도 있지만 아닌 이야기도 있어서요."

"그렇게 말씀하시니 정말로 궁금하군요." 나는 심장 박동이 빨라졌다. "물론입니다, 네. 아무에게도 말하지 않겠습니다."

"이해해주셔서 고맙습니다." 멀비 요원이 말했다. 그녀는 의자에 편안히 앉은 듯했다. 어깨를 내리고, 머리는 나와 일직선상에 두었다.

"로빈 캘러핸에 대해 들어본 적 있나요?" 멀비 요원이 물었다.

로빈 캘러핸은 지방 뉴스를 진행하던 아나운서로, 1년 반 전 보스턴에서 북서쪽으로 40킬로미터 떨어진 콩코드 자택에서 총에 맞아 숨진 채 발견되었다. 그 사건으로 보스턴이 떠들썩했고, 전남편이 범인으로 의심을 받기는 했으나 아무도 체포되지 않았다. "그 여자가 살해된 사건 말입니까? 물론이죠." 내가 말했다.

"그러면 제이 브래드쇼는요?"

나는 잠시 생각하다가 고개를 저었다. "들어본 적 없습니다."

"케이프코드의 데니스에 살았어요. 지난 8월에 자기 집 차고에서 누군가에게 맞아 죽었죠."

"모르는 사람입니다."

"확실한가요?"

"확실합니다."

"그러면 이선 버드는요?"

"그 이름은 귀에 익네요."

"매사추세츠 로웰대학에 재학 중인 학생이었는데 1년 전에 실종됐죠."

"네, 맞아요." 그 사건이 기억났다. 자세한 내용은 전혀 기억나지 않았지만.

"고향인 애슐랜드 주립공원에서 암매장된 그의 시신이 발견됐죠. 실종된 지 3주 만에요."

"네, 당연히 기억합니다. 당시에 특종이었죠. 그 세 사건이 연관되어 있나요?"

나무 의자에 앉아 있던 멀비 요원은 몸을 앞으로 내밀어 바닥에 놓아둔 가방을 향해 손을 뻗었다. 그러더니 마음이 바뀌었다는 듯이 갑자기 손을 거뒀다. "처음에는 연관이 있을 거라고 생각하지 않았어요. 셋다 미해결 사건이라는 점만 제외하고요. 그런데 누군가가 피해자들의 이름에 주목했죠." 멀비 요원은 마치 내게 먼저 대답할 기회를 주겠다는 듯이 뜸을 들이다가 입을 열었다. "로빈 캘러핸. 제이 브래드쇼. 이선 버드."

나는 잠시 생각에 잠겼다가 입을 열었다. "전 아무래도 시험에 떨어진 것 같군요."

"천천히 생각해보세요. 아니면 그냥 제가 알려드릴 수도 있고요."

"피해자들 이름이 새와 연관되어 있나요?"

멀비 요원은 고개를 끄덕였다. "맞아요. 로빈, 제이(로빈은 개똥지빠귀, 제이는 어치를 뜻한다 – 옮긴이), 그리고 버드라는 성. 조금 확대 해석이기는 하지만…… 대충 말씀드리자면 각각의 살인이 일어난 후 사건 현장에서 가장 가까운 경찰서에…… 범인이 보낸 메시지로 추정되는 물건이 도착했어요."

"그래서 세 사건이 연관되었다는 거군요?"

"그런 것 같아요, 네. 하지만 다른 식으로 연관됐을 수도 있죠. 이 사건들을 듣고 뭔가 떠오르는 거 없나요? 탐정소설 전문가시잖아요."

나는 잠시 사무실 천장을 바라보다가 말했다. "약간 소설에 나오는 사건 같군요. 연쇄살인범이 등장하는 소설, 애거서 크리스티 소설 같은 거요."

멀비 요원은 등을 조금 곧추세웠다. "특별히 생각나는 애거서 크리스티 소설이 있나요?"

"《주머니 속의 죽음》이 떠오르네요. 그 소설에도 새가 나오던

가요?”

“모르겠어요. 하지만 제가 생각했던 소설은 그게 아니에요.”

“《ABC 살인사건》하고도 비슷한 것 같군요.” 내가 말했다.

멀비 요원은 마치 상이라도 탄 사람처럼 빙그레 웃었다. “맞아요. 제가 생각했던 소설이 바로 그거예요.”

“이름 말고는 피해자들의 연결 고리가 전혀 없으니까요.”

“정확해요. 이름뿐 아니라 경찰서로 뭔가가 배달됐다는 점도 똑같아요. 책에서 푸아로는 범인에게서 A. B. C.라고 서명된 편지를 받죠.”

“그럼 당신도 그 소설을 읽은 겁니까?”

“당연하죠. 열네 살 때요. 애거서 크리스티 소설은 거의 다 읽었으니까 아마 그것도 읽었을 거예요.”

“크리스티의 걸작 중 하나죠.” 내가 잠깐 뜸을 들인 후에 말했다. 그 책의 플롯은 잊은 적이 없다. 연쇄살인사건이 발생하는데 피해자들의 이름이 연관되어 있었다. 처음에는 A로 시작되는 도시에서 A.A.라는 이니셜을 가진 사람이 살해된다. 그다음에는 B라는 도시에서 B.B.라는 이니셜을 가진 사람이 살해되는 식이다. 알고 보니 범인은 피해자 중에서 딱 한 명만 죽이고 싶었지만 미치광이 연쇄살인마가 저지른 연쇄살인처럼 보이게 꾸몄다.

“그렇게 생각하세요?” 멀비 요원이 말했다.

“네. 확실히 크리스티가 쓴 최고의 플롯이라고 할 수 있죠.”

“다시 읽어볼 생각이긴 한데 먼저 위키피디아에서 줄거리를 읽어봤어요. 책에는 네 번째 살인도 있더군요.”

“그럴 겁니다, 네. D로 시작하는 이름을 가진 사람이 마지막으로 살해되죠. 범인은 미치광이가 살인을 저지른 것처럼 꾸몄지만 사실은 줄곧 한 사람을 죽이는 게 목적이었습니다. 그러니까 다른 살인은 한마디로 위장이었죠."

"위키피디아 줄거리 요약에도 그렇게 적혀 있더군요. C.C.라는 이니셜을 가진 피해자가 처음부터 범인이 죽이려던 사람이었죠."

"맞아요." 멀비 요원은 왜 날 찾아왔을까? 단지 내가 추리소설 전문 서점의 주인이기 때문에? 아니면 책을 구하려고? 하지만 그렇다면 왜 아까 전화했을 때 콕 집어서 나와 통화하고 싶다고 했을까? 추리소설 전문 서점에서 일하는 사람과 이야기하고 싶었다면 그냥 들어와서 아무 직원에게나 말을 걸면 된다.

"《ABC 살인사건》에 대해 더 말해줄 수 있나요? 전문가 의견을 듣고 싶네요." 잠시 뒤에 멀비 요원이 말했다.

"내가 전문가라고요? 그렇지도 않습니다. 근데 뭐가 알고 싶은 겁니까?"

"모르겠어요. 뭐든지 좋아요. 무슨 얘기든 듣고 싶어요."

"글쎄요, 매일 낯선 남자가 가게에 찾아와《ABC 살인사건》을 한 권씩 사 가기는 합니다. 그 외에는 딱히 무슨 말을 해야 할지 모르겠군요." 멀비 요원은 잠시 눈썹을 치켜세우더니 내가 농담을 했다는 걸—비록 실패한 농담이었지만—깨닫고 알아들었다는 뜻으로 살짝 미소 지었다. 내가 그녀에게 물었다. "이 살인사건들이 그 책과 연관이 있다고 생각하나요?"

"네. 아니라기에는 너무 비현실적이라서요." 멀비 요원이 말했다.

"누군가 몰래 살인을 저지르려고 책을 모방했다는 건가요? 이를테면 누가 로빈 캘러핸을 살해하고 싶었는데 새에 집착하는 연쇄살인마의 짓처럼 보이도록 다른 사람들까지 죽였다는 겁니까?"

"아마도요." 멀비 요원은 그렇게 말하더니 손가락으로 코 옆부터 눈 밑까지 문질렀다. 그녀의 작은 손마저도 창백했고, 손톱에는 매니큐어를 칠하지 않았다. 멀비 요원은 다시 말이 없어졌다. 대화보다 침묵이 더 많은 이상한 신문이었다. 멀비 요원은 내가 그 침묵을 채워주기를 바라는 듯했다. 나는 아무 말도 하지 않기로 했다.

마침내 멀비 요원이 입을 열었다. "제가 왜 찾아왔는지 궁금하시죠?"

"네."

"질문에 대답하기 전에 먼저 최근 일어난 다른 사건에 대해 묻고 싶네요."

"그러세요."

"아마 못 들어보셨을 거예요. 작년 봄, 코네티컷주 노워크 선로 옆에서 빌 만소라는 남자가 변사체로 발견됐어요. 매일 특정 열차를 타고 통근하던 사람이었는데 처음에는 사고로 기차에서 떨어진 줄 알았죠. 하지만 지금은 다른 데서 살해되었다가 선로로 옮겨진 걸로 보고 있어요."

"들어본 적 없습니다." 내가 고개를 저으며 말했다.

"뭐 떠오르는 거 없나요?"

"뭘 보고 말입니까?"

"빌 만소의 죽음이요."

"아뇨." 나는 그렇게 말했지만 조금은 거짓이었다. 뭔가가 떠오르기는 했는데 정확히 뭔지는 기억나지 않았다. "없는 것 같네요." 내가 덧붙였다.

멀비 요원은 다시 기다렸고, 내가 말했다. "왜 날 만나러 왔는지 말해주시죠."

그녀는 가죽 가방의 지퍼를 열더니 종이 한 장을 꺼냈다. "2004년에 당신이 이 서점 블로그에 썼던 리스트, 기억하세요? '여덟 건의 완벽한 살인'이라는 리스트였죠."

2

나는 1999년에 대학을 졸업한 뒤로 계속 서점에서 일했다. 처음에는 보스턴 시내에 있는 보더스 서점에서 짧게 근무했고, 그다음에는 하버드 스퀘어에 남아 있던 몇 안 되는 독립 서점 중 한 곳에서 부점장으로, 나중에는 점장으로 일했다. 당시에는 아마존이 전쟁에서 승리해 유통 시장을 완전히 장악한 직후라서 대다수 독립 서점은 허리케인 앞의 조잡한 텐트처럼 쓰러져버렸다. 하지만 내가 일했던 레드라인 서점은 그럭저럭 버텨내고 있었다. 아직 온라인 쇼핑에 익숙하지 않은 나이 든 고객들 덕분이기도 했으나 가장 큰 이유는 주인인 모트 에이브럼스가 서점이 자리한 2층짜리 건물의 소유주라서 월세를 낼 필요가 없었기 때문이다. 나는 레드라인에서 2년은 부점장으로, 이후 3년은 점장으로 일하면서 틈틈이 책을 구입하는 업무까지 맡았다. 내 전문 분야는 픽션, 특히 범죄물이었다.

레드라인에서 일하는 동안 장차 내 아내가 될 클레어 맬러리도 만났다. 당시 클레어는 보스턴대학을 중퇴한 직후였는데 레드라인의 직원으로 채용되었다. 우리가 결혼한 해에 모트 에이브럼스는 35년간 함께 살았던 아내 샤론을 유방암으로 잃었다. 모트와 샤론은 서점 근처에 살았는데 우리 부부와 친한 친구가 되었다. 부모자식 간이라 해도 될 정도였다. 샤론의 죽음은 우리 모두를 힘들게 했고 특히 모트는 남아 있던 삶의 열정을 다 빼앗겨버렸다. 샤론이 죽은 지 1년이 되었을 때 모트는 서점 문을 닫겠다고 했다. 하지만 내가 서점을 인수해서 계속 경영하고 싶다면 내게 넘기겠다고 했다. 나는 그 제안을 진지하게 생각 해봤지만 당시 클레어는 이미 레드라인을 그만두고 지역 케이블 방송 사에서 일하고 있었던 데다 나 역시 서점에서 장시간 일하거나 대출을 받아서 내 가게를 운영하고 싶은 마음이 딱히 없었다.

그래서 보스턴에 있는 추리소설 전문 서점 올드데블스에 연락했 고, 당시 서점 주인이었던 존 헤일리는 내게 일자리를 주었다. 나는 이 벤트 매니저로 일하면서 서점에서 준비 중이었던 블로그, 그러니까 추 리소설 애호가들을 위한 사이트에 글을 올리는 업무도 맡았다. 내가 레 드라인에서 마지막으로 근무하는 날이 서점의 마지막 영업일이기도 했다. 나는 모트와 함께 레드라인 앞쪽 출입문에 자물쇠를 채운 다음, 모트를 따라 서점 뒤쪽에 있는 그의 사무실로 갔다. 모트는 로버트 파 커(탐정 스펜서를 주인공으로 소설을 쓴 미국 작가 – 옮긴이)에게 받은, 먼지 가 수북한 싱글몰트 위스키를 꺼냈고 우리는 건배했다. 그때 나는 모트 가 아내를 잃고 이제는 서점마저 그만두었으니 그해 겨울을 넘기기 힘 들 거라고 생각했다. 하지만 예상과 달리 모트는 겨울을 넘기고 봄까지 살았으나 결국 그해 여름에 위니피사우키 호숫가에 있는 별장에서 죽 었다. 클레어와 내가 방문하기로 한 날을 일주일 앞두고.

'여덟 건의 완벽한 살인'은 내가 올드데블스 블로그에 처음 올린 글이었다. 당시 나의 새로운 보스였던 존 헤일리는 내가 좋아하는 추리소설 리스트를 써서 올리라고 했다. 하지만 나는 범죄소설에 등장하는 완벽한 살인 리스트를 쓰겠다고 했다. 왜 내가 좋아하는 책을 다른 사람들과 공유하는 게 내키지 않았는지는 잘 모르겠지만, 완벽한 살인에 대해 쓰면 조회 수가 올라갈 거라고 생각했다. 당시는 몇몇 블로그가 대박을 터뜨리면서 블로그 주인들이 유명해지고 돈도 많이 벌던 때였다. 누가 매일 블로그에 줄리아 차일드(미국의 요리연구가이자 셰프-옮긴이) 레시피를 올렸는데 그게 책으로 나오고, 심지어 영화로도 만들어졌던 기억이 난다. 나는 올드데블스 블로그가 나를 믿을 만하고 유명한 범죄소설 전문가로 만들어줄 거라는 망상에 빠졌던 게 틀림없다. 클레어도 이 블로그가 크게 성공할 것이고, 내가 범죄소설 평론가라는 천직을 찾게 될 거라 자꾸 말하며 그 망상을 부추겼다. 사실 나는 이미 천직을 찾은 상태였다. 적어도 내 생각으로는 그랬다. 나는 책을 파는 사람이었고, 하루에도 손님들과 수백 번씩 짧은 대화를 나누는 일상에 만족했다. 무엇보다 세상에서 독서를 제일 사랑했다. 그것이야말로 나의 진정한 천직이었다.

그럼에도 왠지 아직 쓰지도 않은 '완벽한 살인'에 관한 글을 실제보다 더 중요한 일로 보기 시작했다. 나는 이 글로 우리 블로그의 분위기를 정하고, 세상에 나를 드러내는 셈이었다. 따라서 내용뿐 아니라 리스트 자체도 완벽하길 원했다. 그 리스트에는 반드시 유명한 책과 잘 알려지지 않은 책이 모두 들어가야 했다. 황금시대(비슷한 패턴과 스타일의 고전적인 추리소설이 유행했던 1920~30년대 - 옮긴이) 작품은 물론이거니와 현대 소설까지 말이다. 나는 며칠 동안 고심하며 리스트를 손보았다. 다른 책을 넣기도 했다가 빼기도 하고 아직 안 읽은 책을 조사하기도 했다. 리스트를 완성할 수 있었던 유일한 이유는 존이 아직 블로그에 글이 하나도 올라오지 않았다고 투덜댔기 때문이다. "이건 그냥 블로그야. 그냥 아무 리스트나 써서 올리라고. 누가 점수를 매기는 것도 아니니까."

시의적절하게도 그 포스팅은 핼러윈 데이에 올라갔다. 이제 와서 읽어보면 약간 민망하다. 너무 장황하게 썼고, 가끔 허세를 부리기도 했다. 인정받고 싶은 욕구가 너무 노골적으로 드러났다. 내가 블로그에 올린 글은 다음과 같다.

여덟 건의 완벽한 살인
작성자: 맬컴 커쇼

1981년에 개봉한 〈보디 히트〉는 로런스 캐스던 감독의 저평가된 네오 누아르 작품이다. 그 영화에서 폭탄 전문가 테디 루이스는 명대사를 남긴다. "근사한 범죄를 저지르려고 할 때마다 엿 될 방법이 쉰 가지는 돼. 그중에서 스물다섯 개만 생각해내도 천재지⋯⋯. 그리고 넌 천재가 아니야." 맞는 말이다. 하지만 지금까지 발표된 범죄소설들을 살펴보면 불가능에 가까운 범죄, 다시 말해 완전범죄를 시도한 범죄자들—대다수는 죽거나 감옥에 갔다—이 수두룩하다. 그들 대다수가 궁극적인 완전범죄, 즉 완벽한 살인을 저질렀다.

다음은 내가 생각하기에 범죄소설 역사상 가장 똑똑하고 독창적이며 실패할 염려가 없는(그게 가능하다면) 살인을 저지른 작품들이다. 범죄소설 분

야에서 내가 좋아하는 책들도 아니고, 이 책들이 걸작이라고 주장하는 것도 아니다. 단지 범인이 완벽한 살인이라는 이상적인 개념을 거의 깨달은 작품들이다.

중요한 스포일러는 피하려고 노력하겠지만 미리 경고하건데 100퍼센트 장담할 수는 없다. 그러니 아직 읽지 않은 책이 있고, 아무것도 모르는 상태로 읽고 싶다면 먼저 책을 읽고 리스트를 보기 바란다.

《붉은 저택의 비밀》, A.A. 밀른, 1922

앨런 알렉산더 밀른은 전설적인 캐릭터—혹시 모르는 사람을 위해 밝히자면 곰돌이 푸—를 창조하기 한참 전에 완벽한 범죄소설을 한 편 썼다. 시골 저택을 배경으로 하는 추리소설로, 오랫동안 연락을 끊고 지냈던 형이 갑자기 나타나 마크 아블렛에게 돈을 요구한다. 문이 잠긴 방에서 총이 발사되고 형은 죽는다. 마크 아블렛은 사라져버린다. 변장이며 비밀 통로 같은 터무니없는 속임수가 있기는 해도 살인자가 세운 계획의 기본 뼈대는 매우 교묘하다.

《살의》, 앤서니 버클리 콕스, 1931

최초의 '역逆' 범죄소설(첫 장부터 범인과 피해자가 나오는 작품)로 유명하다. 한마디로 어떻게 하면 남들 몰래 아내를 독살할 수 있는지 보여주는 사례 연구다. 살인자가 시골 의사여서 독극물에 쉽게 접근할 수 있다는 점이 살인에 도움이 되었다. 그의 악처는 단지 첫 희생자에 불과했다. 일단 완벽한 살인을 저지르고 나면 또 죽이고 싶은 유혹에 빠지는 법이니까.

《ABC 살인사건》, 애거서 크리스티, 1936

푸아로는 알파벳에 집착하는 듯한 '미치광이'가 저지른 연쇄살인사건을 조사 중이다. 범인은 앤도버Andover에서 앨리스 애셔Alice Ascher를 죽인 다음, 벡스힐Bexhill에서 베티 버나드Betty Barnard를 죽이는 식으로 살인을 이어간다. 미리 계획한 특정인의 살인을 다른 살인 속에 숨겨 미치광이 짓이라고 믿게 하는 교과서적 사례를 보여준다.

《이중 배상》, 제임스 M. 케인, 1943

암울하고 운명론적인 결말 때문에 개인적으로 케인 작품 중에서 가장 좋아한다. 그렇기는 해도 작품 중심부를 관통하는 살인—보험 회사 직원 월터 허프는 팜파탈인 필리스 니르들링거와 함께 그녀의 남편을 살해하려고 계획한다—역시 훌륭하게 실행되었다. 연출된 살인의 전형을 보여준다. 두 공범은 차에서 남편을 살해한 뒤 마치 그가 기차 뒤쪽에 있는 흡연 칸에서 사고로 떨어진 것처럼 보이도록 시신을 선로에 놓아둔다. 월터 허프는 승객들이 남편을 봤다고 증언해주도록 남편 행세를 하며 기차에 탄다.

《열차 안의 낯선 자들》, 퍼트리샤 하이스미스, 1950

여덟 개 작품 중에서 가장 독창적이다. 각자 죽이고 싶은 사람이 있었던 두 남자는 상대가 원하는 사람을 대신 죽여주기로 한다. 한 사람이 살인을 저지르는 동안 다른 사람은 완벽한 알리바이를 만들어둔다. 두 남자는 아무런 연결 고리가 없기 때문에—기차에서 만나 잠깐 이야기를 나눈 것이 전부다—살인은 미제로 남는다. 물론 이론상으로는 그렇다. 플롯이 뛰어난데도 하이스미스는 강압과 죄책감, 한 사람이 다른 사람을 자기 뜻대로 조

종하는 주제에 더 관심을 보인다. 완성된 소설은 매혹적이면서도 극도로
비열하다. 하이스미스의 전작 대부분이 그렇듯이.

《익사자》, 존 D. 맥도널드, 1963

20세기 중반 범죄소설 작가 중에서 저평가된 맥도널드는 범인이 누구인지
밝히는 데 별로 관심이 없었다. 그보다 범죄자의 심리에 훨씬 관심이 많아
서 범인을 끝까지 숨기지 못한다. 하지만 《익사자》는 예외이기에 좋은 작
품이다. 범인은 피해자를 익사시켜 사고사로 위장할 방법을 찾아낸다.

《죽음의 덫》, 아이라 레빈, 1978

물론 소설이 아니라 희곡이지만 강력하게 추천하는 작품이다. 더불어
1982년에 만들어진 동명의 훌륭한 영화도 찾아보시길. 주연을 맡았던 크
리스토퍼 리브가 완전히 달라 보일 것이다. 아주 독창적인 동시에 풍자적
이며 훌륭하고 재미있는 스릴러 연극이다. 심장이 약한 아내를 심장마비로
죽게 하는 첫 번째 살인은 똑똑할 뿐 아니라 절대 살인으로 의심받을 여지
가 없다. 심장마비는 누군가 의도했다 하더라도 자연사다.

《비밀의 계절》, 도나 타트, 1992

《살의》처럼 '역' 추리소설이다. 뉴잉글랜드주에 위치한 대학에서 고전학
강의를 수강하는 소수의 학생이 같은 수업을 듣는 친구를 살해한다. 독자
들은 범인이 누구인지 진작 알지만 왜 죽었는지는 알지 못한다. 살해 방법
은 간단하다. 매주 일요일에 등산하던 버니 코크런을 누군가 산골짜기로
밀어버린다. 주목할 만한 점은 무리의 리더 격인 헨리 윈터스가 자기들은

"버니에게 어떻게 죽을지 선택하게 했다"고 설명하는 것이다. 그들은 그날 버니가 어떤 등산로로 지나갈지 몰랐지만 선택할 확률이 가장 높은 길에서 기다렸다. 계획된 살인이 아니라 사고사로 보이게 하고 싶었기 때문이다. 그 뒤로는 인물들의 죄책감과 회한을 섬뜩하게 파헤쳐간다.

솔직히 말해서 이 리스트를 완성하느라 힘들었다. 책에 나온 완벽한 살인의 사례를 생각해내는 게 좋아하는 소설의 리스트를 작성하기보다 더 쉬울 줄 알았는데 그렇지 않았다. 그래서 책도 아닌 희곡, 《죽음의 덫》까지 집어넣은 것이다. 사실 아이라 레빈의 원작인 희곡도 읽은 적이 없고, 연극도 본 적이 없다. 하지만 영화는 좋아했다. 또한 이제 와서 돌이켜보니 내가 정말로 좋아하는 책 《익사자》는 이 리스트에서 빠져야 했다. 범인은 공기통을 매고 호수 밑바닥에서 기다리고 있다가 피해자를 호수 아래로 끌어당긴다. 재미있는 아이디어이기는 하지만 실현 가능성이 매우 낮고, 성공할 확률도 거의 없다. 피해자가 어디로 올 줄 알고 기다린단 말인가? 호수에 다른 사람이 있으면? 성공하기만 한다면 완벽한 사고사로 위장할 수 있기는 하다. 그럼에도 이 책을 무리해서 리스트에 넣은 이유는 내가 워낙 존 D. 맥도널드를 좋아하기 때문이다. 너무 유명하지 않은 작품, 아직 영화로 만들어지지 않은 작품도 넣고 싶었던 것 같다.

이 글을 올리자 클레어는 너무 잘 썼다고 칭찬해줬고, 사장 존은 블로그에 첫 글이 올라왔다는 사실에 안도했다. 나는 댓글이 달리기를 기다리며 이 포스팅이 인터넷에서 유명해지고, 네티즌들도 덩달아 자기들이 가장 좋아하는 살인에 대해 갑론을박을 벌이는 상상에 잠시 빠져들었다. 라디오 방송국 NPR에서 날 초대해 그 주제에 대해 이야기하자고 할지도 몰랐다. 하지만 포스팅에는 달랑 두 개의 댓글이 달렸다. SueSnowden이라는 아이디로 올라온 첫 번째 댓글은 "와!! 장바구니에 추가해야 할 새 책이 잔뜩 늘어났네요!!"였고, ffolliot123이라는 아이디가 쓴 두 번째 댓글은 "완벽한 살인에 대해 쓰면서 존 딕슨 카의 책을 한 권도 언급하지 않았다는 건 분명 글쓴이가 완벽한 살인에 대해 전혀 모른다는 뜻이다"였다.

존 딕슨 카의 책을 넣지 않은 이유는 그의 작품을 좋아하지 않기 때문이었다. 하지만 아마 저 댓글을 쓴 사람의 말이 맞을 것이다. 카는 밀실 살인과 불가능한 범죄를 전문으로 다루었다. 이제 와서 생각하면 어리석은 일이지만 당시 나는 저 댓글이 거슬렸다. 아마도 어느 정도 동의했기 때문일 것이다. 심지어 '또 다른 여덟 건의 완벽한 살인' 같은 제목의 후속 포스팅도 올릴까 생각했다. 하지만 그다음에 올린 글은 전년도에 발간된 추리소설 중에서 내가 좋아하는 작품 리스트였고, 그 포스팅은 한 시간 만에 다 써버렸다. 책 제목을 클릭하면 우리 서점의 온라인 상점으로 연결되게 해놓아서 존이 아주 흐뭇해했다. "우리가 하는 일은 책을 파는 거야, 맬. 토론을 하자는 게 아니라고." 존이 말했다.

3

멀비 요원은 출력한 종이 한 장을 내밀었다. 나는 그걸 받아서 내가 작성했던 리스트를 훑어보았다. "기억납니다. 근데 워낙 옛날이라서요."

"무슨 책을 골랐는지 기억나세요?"

나는 다시 종이를 훑어봤고, 내 눈은 단번에 《이중 배상》으로 향했다. 불현듯 그녀가 왜 날 찾아왔는지 알 수 있었다. "아, 선로에서 발견된 남자. 그게 《이중 배상》을 따라 했다고 생각하시나요?"

"그럴 수도 있다고 봐요, 당연히. 빌 만소는 정기적으로 열차를 타고 통근하던 사람이었어요. 다른 데서 죽이고 열차에서 떨어져 죽은 것처럼 꾸몄죠. 그 얘기를 들었을 때 대번에 《이중 배상》이 떠올랐어요. 책은 아니고 영화였지만. 책은 읽은 적이 없거든요."

"내가 그 책을 읽었기 때문에 날 찾아온 겁니까?"

멀비 요원은 두 눈을 맹렬히 깜빡거리더니 고개를 저었다. "아뇨. 당신을 찾아온 이유는 이 사건이 영화 혹은 책을 모방했을지도 모른다는 걸 깨달았을 때 구글에서 《이중 배상》과 《ABC 살인사건》이 모두 언급된 사이트를 검색했고, 그러다 당신이 쓴 리스트가 나왔기 때문이에요."

멀비 요원은 기대에 찬 표정으로 내 눈을 똑바로 바라보았다. 하지만 내 시선은 나도 모르게 그녀의 눈에서 미끄러져 넓은 이마로, 거의 보이지 않을 정도로 옅은 눈썹으로 옮겨갔다. "제가 용의자인가요?" 나는 그렇게 말해놓고 웃었다.

그녀는 등받이에 살짝 등을 기댔다. "공식적인 용의자는 아니에요. 네, 만약 그랬다면 제가 여기 혼자 오지 않았을 거예요. 하지만 전 이네 사건이 동일범의 소행일 가능성, 범인이 일부러 당신 리스트에 있는 범죄를 모방했을 가능성을 조사하고 있어요."

"《이중 배상》과 《ABC 살인사건》이 모두 들어간 리스트를 작성한 사람이 나 혼자는 아닐 텐데요."

"솔직히 말하면 당신이 거의 유일해요. 그러니까 두 책이 모두 들어간 리스트가 또 있기는 한데 당신 것이 제일 짧아요. 다른 리스트들은 '죽기 전에 읽어야 할 추리소설 100선'처럼 훨씬 더 길죠. 반면 당신 건 눈에 확 띄어요. 완벽한 살인을 저지르는 법에 관한 리스트고, 여덟 권의 책이 언급됐죠. 당신은 보스턴의 추리소설 전문 서점에서 일하고요. 네 사건은 모두 뉴잉글랜드주에서 일어났어요. 이 모두가 우연일 수 있지만 그래도 조사해볼 가치가 있다고 생각했죠."

"누군가 《ABC 살인사건》을 모방했다는 건 확실해 보입니다. 하지만 선로에서 시신이 발견되었다고 해서 《이중 배상》을 모방했다는 건 억지 같은데요."

"그 책도 기억하세요?"

"그럼요. 제가 좋아하는 책입니다." 사실이었다. 나는 열세 살쯤에 그 책을 읽고 완전히 꽂혀서 1944년에 프레드 맥머리와 바버라 스탠윅이 주연한 동명의 영화까지 찾아 보았다. 영화를 본 뒤로 필름 누아르 세계에 빠져들었고, 10대 시절 내내 고전 영화를 많이 쌓아둔 비디오 가게를 찾아다녔다. 《이중 배상》 때문에 보게 된 누아르 영화 중에서 첫 경험을 능가하는 작품은 하나도 없었다. 가끔은 미클로시 로자가 작곡한 영화 음악이 뇌리에 영원히 박힌 듯했다.

"선로에서 빌 만소의 시체가 발견된 날, 기차의 비상 창문 하나가 열렸어요. 시체가 발견된 곳 근처를 지날 때요."

"그럼 빌 만소가 정말로 기차에서 떨어졌을 가능성도 있지 않나요?"

"전혀요. 현장 감식반은 그가 다른 곳에서 살해된 뒤 선로로 옮겨졌다는 걸 알아냈어요. 부검의도 빌 만소가 두부 외상으로 사망했다고 확인해주었고요. 아마 흉기로 내려쳤을 거예요."

"그렇군요."

"그렇다면 빌 만소를 죽인 범인이나 공범이 기차에 탔다가 빌 만소가 떨어진 것처럼 보이려고 비상 창문을 부쉈다는 뜻이죠."

그녀와 이야기를 나눈 뒤 나는 처음으로 약간 불안해졌다. 영화도 마찬가지지만 소설 《이중 배상》에서 보험 회사 직원 월터 허프와 정유 회사 간부의 아내 필리스는 사랑에 빠지고, 둘은 함께 남편의 살해 계획을 세운다. 서로를 사랑하기 때문이기도 했지만 또한 돈을 벌기 위해서였다. 월터는 남편이 사고로 죽었을 때 보험금이 지급되는 생명보험 증서를 위조하고, 특히 기차 사고로 죽을 경우 보험금이 두 배로 지급되는 '이중 배상' 조항까지 넣는다. 월터와 부정한 아내 필리스는 자동차에서 남편을 목 졸라 죽이고, 월터는 남편 행세를 하며 기차에 올라탄다. 최근에 다리가 부러진 남편처럼 보이려고 가짜로 다리에 깁스하고 목발까지 짚는다. 월터는 깁스가 완벽한 소품이 될 거라고 생각한다. 다른 승객들은 그를 본 것만 기억하지 얼굴까지 기억하지는 못할 터였다. 월터는 기차 맨 끝에 있는 흡연 칸으로 가서 뛰어내린다. 그런 다음 필리스와 함께 죽은 남편의 시신을 선로로 옮겨서 그가 사고로 기차에서 떨어진 것처럼 보이게 꾸민다.

"그러니까 《이중 배상》 속 살인처럼 보이게 연출했다는 말인가요?" 내가 말했다.

"네. 하지만 그렇게 생각하는 사람은, 그 사건이 《이중 배상》과 연관이 있다고 확신하는 사람은 나뿐이에요."

"어떤 사람들이었나요? 살해된 사람들 말입니다." 내가 물었다.

멀비 요원은 사무실 천장을 올려다보았다. "우리가 알아낸 바로는 피해자들 간의 연관성은 전혀 없어요. 전부 뉴잉글랜드주에서 일어났고, 소설에 나오는 사건을 모방한 것 같다는 사실을 제외하면요."

"내 리스트에 나오는 소설이겠군요."

"맞아요. 당신 리스트가 연결 고리일 가능성이 있죠. 하지만 또 다른 연결 고리도 있기는 해요……. 사실 연결 고리라기보다 내 육감에 가까운데 죽은 피해자들 모두…… 나쁜 사람은 아니지만 그렇다고 좋은 사람도 아니었어요. 호감 가는 사람이 하나라도 있는지 의심스러워요."

나는 잠시 생각했다. 사무실은 점점 더 어두워졌다. 본능적으로 손목시계를 봤지만 아직 이른 오후였다. 뒷골목으로 창문 두 개가 나 있는 창고를 바라보았다. 두 창틀 모두 눈이 쌓여 있었고, 창밖으로 보이는 거리는 땅거미가 내렸을 때만큼이나 어두웠다. 나는 책상에 놓인 스탠드를 켰다.

"예를 들어서," 멀비 요원이 말을 이었다. "빌 만소는 이혼한 금융 브로커예요. 그의 장성한 자식들을 만나본 형사 말로는 지난 2년 동안 아버지를 본 적이 없고, 딱히 다정한 아버지도 아니었다고 해요. 아버지를 싫어하는 기색이 역력했다고 하더군요. 그리고 로빈 캘러핸은 아마 당신도 알겠지만 꽤 논란이 많았죠."

"뭐 때문이었죠?"

"몇 년 전에 동료의 결혼을 파탄 냈을 거예요. 그 뒤에는 자기 결혼도 깨졌고요. 그러고 나서 일부일처제를 반대하는 책을 썼죠. 오래전 일이에요. 그 후에 비호감으로 찍혔고요. 구글에서 검색해보면……."

"글쎄요, 그것만으로는……." 내가 말했다.

"맞아요. 요즘 세상에는 누구나 적이 있죠. 하지만 당신 질문에 대답하자면, 지금까지 살해된 사람들은 그다지 훌륭한 사람은 아닐 가능성이 있어요."

"누군가 내 리스트를 읽고 그 방법을 따라 하기로 했다는 겁니까? 그것도 죽어 마땅한 사람들을 죽이면서요? 그게 당신 가설인가요?"

멀비 요원이 입술을 쭉 내밀자 원래 창백했던 입술이 한층 더 창백해졌다. 그녀가 말했다. "터무니없는 말로 들리는 거 아는데……."

"아니면 내가 그 리스트를 작성하고 직접 실행해보기로 했다고 생각합니까?"

"그 말도 터무니없게 들리네요. 나도 알아요. 하지만 누군가가 애거서 크리스티 소설 속 살인을 따라 하면서 동시에 살인을 기차 사고로 위장하는 것도 있을 법하지 않은 일이죠. 그게 누구 소설이었죠?"

"제임스 케인." 내가 대답했다.

"맞아요." 책상 스탠드에는 노란색 전구가 달려 있었는데 그 불빛을 받은 멀비 요원은 사흘 동안 한숨도 못 잔 사람 같았다.

"이 사건 간의 연관성을 언제 알게 됐습니까?" 내가 물었다.

"당신 리스트를 언제 발견했냐는 말인가요?"

"그런 뜻이겠네요. 네."

"어제요. 책은 이미 다 주문했어요. 요약한 줄거리도 다 읽었고요. 그러다 당신을 직접 만나기로 마음먹었죠. 당신에게 통찰력이 있어서, 어쩌면 최근 미제 사건 중에서 당신 리스트와 연관되는 사건들을 찾아낼 수 있을지도 모른다고 생각했어요. 그럴 가능성이 희박하다는 건 알지만……."

나는 그녀에게 받은 종이를 내려다보며 내가 골랐던 여덟 권의 책을 다시 상기했다. "이들 중 몇 개는 따라 할 수 없습니다. 혹은 따라 했다 해도 알아차리기 힘들고요."

"무슨 뜻인가요?" 멀비 요원이 물었다.

나는 리스트를 훑어봤다. "《죽음의 덫》은 아이라 레빈이 쓴 희곡입니다. 이 작품도 아나요?"

"아는데 다시 듣고 싶네요."

"이 작품에서는 여자가 너무 깜짝 놀라는 바람에 심장마비로 죽습니다. 남편과 그의 친구가 꾸민 짓이죠. 심장마비로 죽은 사람이 사실은 살해되었다는 걸 밝히기는 불가능하기 때문에 당연히 완벽한 살인입니다. 하지만 누군가가 그걸 흉내 내고 싶었다고 해봅시다. 첫째로 누군가에게 심장마비를 일으키기도 힘들 뿐더러, 그게 살인이라는 걸 알아내기는 훨씬 더 힘듭니다. 최근에 심장마비로 의심스럽게 죽은 사람이라도 찾아낸 건 아니겠죠?"

"사실은 찾아냈어요." 그렇게 말하는 멀비 요원의 눈에 처음으로 만족스러운 빛이 스쳤다. 정말로 자신이 뭔가를 알아냈다고 믿고 있었다.

"자세한 내용은 모르지만 메인 주 록랜드에 사는 일레인 존슨이라는 여자가 작년 9월에 심장마비로 죽었어요. 원래 심장 질환이 있기 때문에 자연사로 보여요. 하지만 그녀의 집에 누군가 침입한 흔적이 있었어요."

나는 귓불을 만지작거렸다. "도둑이 들었다는 겁니까?"

"경찰은 그렇게 생각하더군요. 누군가 물건을 훔치거나 그녀를 공격하려고 집에 몰래 들어갔는데 일레인 존슨은 침입자를 보자마자 심장마비로 죽어버렸죠. 그래서 도둑은 곧바로 도망쳤고요."

"집에서 사라진 물건은 없었나요?"

"네. 사라진 물건은 없었어요."

"그것만으로 단정하기는 애매한데요."

"하지만 생각해보세요." 멀비 요원이 몸을 앞으로 약간 내밀며 말했다. "누군가를 심장마비로 죽이고 싶다고 해보자고요. 우선 심장이 약한 피해자를 골라야 하는데 일레인 존슨이 거기에 해당되죠. 그런 다음에는 무시무시한 분장을 하고 그녀가 혼자 사는 집에 몰래 숨어 있다가 벽장에서 튀어나오는 거예요. 여자는 즉사하고 그러면 당신 책에 나온 대로 살인을 저지른 거죠."

"실패하면요?"

"그럼 범인은 냅다 도망칠 테고, 여자는 그 사람이 누구인지 특정하지 못할 거예요."

"하지만 신고는 하겠죠."

"당연하죠."

"그런 일을 겪었다고 신고한 사람이 있었나요?"

"아뇨. 제가 아는 한 없었어요. 하지만 그건 한 번에 성공했다는 뜻 아닌가요?"

"그렇군요."

멀비 요원은 잠시 말이 없었다. 마룻바닥을 따라 탁탁거리는 소리가 들렸다. 네로가 우리 쪽으로 오고 있다는 뜻이었다. 그 소리를 들은 멀비 요원이 몸을 돌려 네로를 바라보았다. 그녀는 네로에게 자기 손의 냄새를 맡게 하더니 능숙하게 네로의 머리를 쓰다듬었다. 네로는 바닥에 주저앉더니 옆으로 벌렁 누워 가르릉거렸다.

"고양이를 키우시나 보네요?" 내가 말했다.

"두 마리요. 이 녀석은 집으로 데려가시나요, 아니면 여기에서 지내나요?"

"여기서 지냅니다. 녀석에게는 서가가 있는 방 두 개와 가끔씩 먹이를 주는 낯선 사람들이 세상에 전부죠."

"행복한 삶처럼 들리네요."

"네로는 만족하는 것 같습니다. 우리 서점의 손님 절반은 그저 네로를 보러 오니까요."

네로는 다시 네 발로 서더니 뒷다리를 한 번에 하나씩 쭉 펴고는 다시 서점 앞쪽으로 걸어갔다.

"그래서 제게 원하시는 게 뭔가요?" 내가 물었다.

"음, 누군가가 정말로 당신의 리스트를 이용해 살인을 저지르고 있다면 당신이 전문가죠."

"글쎄요."

"제 말은 그 리스트 속 책에 관해서는 당신이 전문가라는 뜻이에요. 당신이 좋아하는 책일 테니까."

"그렇긴 하죠. 하지만 그 리스트는 아주 오래전에 작성했고, 그 책들을 전부 다 잘 아는 건 아닙니다."

"그래도 당신 의견을 들어서 손해 볼 건 없죠. 제가 모은 사건들이 있는데 좀 봐주셨으면 해요. 지난 몇 년간 뉴잉글랜드주에서 발생한 미제 살인사건 리스트예요. 어젯밤에 서둘러 작성한 거라서 사실 요약본에 불과하지만요." 멀비 요원은 서류 가방에서 스테이플러로 찍은 종이 다발을 꺼냈다.

"알겠습니다." 내가 종이를 받아 들며 말했다. "여기 적힌 정보도…… 기밀인가요?"

"제가 요약한 대다수 정보는 대중에게 공개된 정보예요. 당신 리스트와 연관이 있어 보이는 사건을 알려주시면 제가 자세히 조사할게요. 솔직히 말하면 저도 이 중에서 하나 걸리기를 바라는 심정이에요. 제가 이미 살펴보기는 했는데 당신은 책을 다 읽었으니까……."

"저도 몇 권은 다시 읽어야겠습니다." 내가 말했다.

"그럼 절 도와주시는 건가요?" 멀비 요원이 등을 살짝 펴더니 반쯤 미소 지었다. 윗입술이 얇아서 말할 때 잇몸이 보였다.

"노력해보죠." 내가 말했다.

"고마워요. 그리고 하나만 더 부탁할게요. 여덟 권 모두 주문하기는 했는데 혹시 여기에 그 책들이 있다면 오늘 밤부터 당장 읽고 싶어요."

나는 컴퓨터로 재고를 확인해보았다. 《이중 배상》과 《ABC 살인사건》, 《비밀의 계절》이 몇 권 있었고, 《붉은 저택의 미스터리》도 한 권 있었다. 《열차 안의 낯선 자들》도 한 권 있었지만 1950년에 발행된 초판본으로 보존 상태가 완벽해서 적어도 1만 달러는 될 터였다. 계산대 근처 자물쇠가 달린 케이스에 50달러가 넘어가는 책들을 따로 보관했지만, 그 책은 거기에 있지 않았다. 내 사무실에 있었다. 역시나 자물쇠가 달린 유리 케이스 안에. 내가 아직 이별할 준비가 안 된 책들을 보관하는 곳이다. 내게는 수집가 기질이 있는데 서점에서 일하는 사람으로서도, 집에 있는 책꽂이가 터져나갈 정도로 많은 책을 소장한 사람으로서도 딱히 좋은 기질이라고 할 수 없었다. 나는 《열차 안의 낯선 자들》은 없다고 말하려다가 FBI 요원에게 거짓말하지 않기로 마음먹었다. 적어도 그렇게 사소한 일로는. 그래서 책의 가치를 솔직하게 말했더니 멀비 요원은 주문한 책이 도착할 때까지 기다리겠다고 했다. 《익사자》는 분명히 우리 집에 있었고, 《살의》도 집에 있을 것 같았다. 《죽음의 덫》 희곡은 서점에도 집에도 없었지만 분명히 어디선가 구할 수 있을 터였다. 나는 멀비 요원에게 이런 사실을 전부 말했다.

"어차피 하룻밤에 여덟 권을 다 읽지는 못해요." 그녀가 말했다.

"오늘 밤은 어디에서……?"

"이 근처에 묵을 거예요. 플랫오브더힐 호텔예요. 당신이 그 사건들을 훑어보고 나면 내일 아침쯤에…… 다시 만나서 의견을 들어보고 싶어요."

"그렇게 하죠. 근데 내일 서점 문을 열지 잘 모르겠네요. 이런 날씨라면……"

"호텔로 오세요. 당신 식사비는 FBI에서 지불할 거예요."

"알겠습니다." 내가 말했다.

서점 입구에서 멀비 요원은 가져가는 책값을 계산하겠다고 했다.

"걱정 마세요. 다 읽고 그냥 돌려주시면 됩니다."

"고마워요."

멀비 요원이 문을 열자 돌풍이 사방으로 날뛰며 베리 가를 지나갔다. 거리에는 눈이 쌓였고, 바람에 날아가 쌓인 눈 때문에 거리의 뾰족한 모서리들이 지워졌다.

"조심해서 가세요." 내가 말했다.

"여기서 멀지 않아요. 내일 열 시, 맞죠?" 멀비 요원이 내일 아침 약속을 확인했다.

"네." 나는 그렇게 대답하고 문간에 서서 그녀가 자신을 휘감은 눈 속으로 사라지는 모습을 지켜보았다.

4

나는 서점에서 떨어진 찰스가, 언덕 위 브라운스톤으로 지은 로프트 아파트에 혼자 살았다. 집주인은 그 집의 실제 가치를 전혀 모르는, 아흔 살의 보스턴 상류층 노부인이었다. 덕분에 나는 헐값에 그 집에서 살 수 있었고, 주인 할머니가 돌아가셔서 경제관념이 뛰어난 아들에게 집이 넘어갈까 봐 조마조마했다.

서점에서 우리 집까지는 평소 10분이 안 걸리지만 오늘은 밑창이 닳은 신발을 신고 눈보라를 헤치며 걸어가야 했다. 눈발이 얼굴을 찔렀고, 인적 끊긴 거리를 노래하며 지나가는 바람에 가로수들이 휘었다. 찰스가에 도착해 술집 세븐스가 영업을 하는지 확인할까 하다가 마음을 바꿔서 치즈와 와인을 파는 가게로 들어갔다. 올드스펙클드헨 맥주 여섯 개들이 한 세트와 저녁으로 먹을, 햄과 치즈가 들어간 바게트 샌드위치를 구입했다. 원래는 저녁에 폭찹을 해 먹으려고 아침에 냉동실에 있던 고기까지 내놓았지만 멀비 요원에게 받은 자료를 얼른 읽어보고 싶었다.

아파트에 도착해 눈을 치우지 않은 계단을 올라가 육중한 현관문 앞에 섰다. 호두나무로 만든 문에는 주철로 된 손잡이가 달려 있었다. 나는 발을 쿵쿵 굴러 신발 바닥에 붙은 눈을 떼어낸 뒤 현관문을 열고 안으로 들어갔다. 누군가—아마 메리 앤일 것이다—가 이미 우편물을 분류해 현관 옆 사이드 테이블에 올려놓았다. 나는 금이 간 타일 바닥 위로 녹은 눈을 뚝뚝 흘리며 축축한 카드 청구서를 집어 들고는 계단을 올라가 3층의 로프트를 개조한 집으로 들어갔다.

늘 그렇듯이 이 아파트는 겨울에는 숨 막힐 정도로 더웠다. 나는 재킷과 스웨터를 벗고, 기울어진 양쪽 벽에 하나씩 있는 창문을 모두 열었다. 집 안에 찬 공기가 스며들 정도로만. 그런 다음 맥주 다섯 병을 냉장고에 넣고 하나를 땄다. 이 집은 원룸이기는 해도 거실이 따로 있을 정도로 넓었다. 소파에 앉아 테이블에 두 발을 올린 채 멀비 요원에게 받은 자료를 읽기 시작했다.

사건들은 시간 순서대로 정리되어 있었고 사건마다 맨 앞에 날짜와 장소, 피해자 이름이 적혀 있었다. 막판에 급하게 정리한 요약본이었는데도 문장이 완벽해서 저널리즘 교재를 읽는 듯했다. 멀비 요원은 학창 시절 전체를 통틀어 A 학점 이하를 받아본 적이 없을 것이다. 나는 그녀가 왜 FBI가 되었는지 궁금했다. FBI보다는 공부가 더 잘 어울리는 사람으로 보였다. 영문학 교수나 학자 같은. 우리 서점에서 일하는 골수 책벌레, 에밀리 바사미안과 약간 비슷한 분위기였다. 에밀리는 나와 이야기할 때 내 눈을 쳐다보지 못했다. 멀비 요원은 그 정도로 사회성이 떨어지지는 않았지만 어리고 미숙했다. 또한《양들의 침묵》에 나오는 클라리스 스탈링(역시나 새 이름(starling은 찌르레기를 뜻한다 - 옮긴이)이다)도 연상시켰다. 내 마음은 늘 책과 영화로 향한다. 책을 읽기 시작한 후로 늘 그랬다. 그리고 멀비 요원은 클라리스 스탈링처럼 FBI 요원을 하기에는 너무 유순해 보였다. 그녀가 권총집에서 권총을 획 꺼내 들거나 용의자를 거칠게 신문하는 모습은 상상하기 힘들었다.

'그래도 신문을 하긴 했어. 널 신문했잖아.'

나는 그 생각을 머리에서 밀어내고 맥주를 마시며 먼저 사건 리스트를 죽 훑어본 다음, 세부 사항을 읽어나갔다. 별다른 정보가 없다는 걸 금방 알 수 있었다. 적어도 눈에 확 띄는 정보는 없었다. 미제 사건은 대부분 총기 범죄로 도시에 사는 젊은이들이 피해자였다. 그중 한 사건은 연관되었을 가능성이 있어 보였지만 정보가 워낙 적었다. 대니얼 곤잘레즈라는 남자가 미들섹스펠스에서 개를 데리고 산책하다가 총에 맞아 죽은 사건이었다. 작년 9월 이른 아침에 일어났고, 멀비 요원은 현재 사건에 대한 단서가 전혀 없다고 적어놓았다. 이 사건이 내 눈에 들어온 이유는 《비밀의 계절》에 나오는 살인과 비슷했기 때문이었다. 그 책에 나오는 살인자들은 고전학을 공부하는 대학생들로 친구 버니 코크란을 죽이기로 마음먹는다. 예전에 숲에서 디오니소스 축제를 흉내 내다가 실수로(혹은 고의로) 한 농부를 죽인 적이 있는데 버니 코크란이 그 사실을 발설할까 두렵기 때문이다. 버니는 그 축제에 참가하지 않았지만 그들이 살인을 저질렀음을 알아내고, 이를 빌미로 부유한 친구들에게 공짜 식사라든가 이탈리아 여행 같은 혜택을 얻어낸다. 그들은 버니가 술김에 누군가에게 사실을 털어놓을까 걱정하고, 결국 그를 살해하기로 마음먹는다. 그들 중에서 가장 똑똑한 학생인 헨리 윈터가 살인 계획을 세운다. 그들은 버니가 일요일 오후마다 장시간 등산한다는 사실을 알고 있던 터라 그가 지나갈 만한 길, 깊은 산골짜기가 내려다보이는 등산로에 잠복한다. 마침내 버니가 나타나자 그들은 버니를 골짜기로 밀어버리고, 그의 죽음이 사고사로 보이기를 바란다. 버니가 다니는 등산로가 정해지지 않았다는 점에서 자신들의 계획된 살인이 숨겨지길 바란다.

아침 산책길에 살해된 대니얼 곤잘레즈가 그 책의 살인과 연관이 있을까? 그가 총에 맞아 죽은 걸 생각하면 아닐 듯했지만 어쩌면 매일 정해진 활동을 하는 사람을 죽였다는 점에서는 《비밀의 계절》을 모방했을 수도 있다. 나는 노트북을 켜고 그의 부고 기사를 찾아보았다. 곤잘레즈는 전문대학에서 스페인어를 가르치는 비정년 교수로 일했다. 라틴어나 그리스어가 아니기는 해도 어학 교수였다. 그렇다면 가능성이 있었고, 나는 내일 아침에 멀비 요원에게 말하기로 마음먹었다.

나머지 사건들도 읽어보았다. 특히 존 D. 맥도널드의 《익사자》를 생각하며 익사 사건을 찾아보았다. 하지만 만약 누가 사고사로 위장되어 익사했다면 미제 살인사건 리스트에 올라오지 않았을 것이다.

약물 과다로 죽은 사람도 없었다. 그건 《살의》에 나온 살해 방법이었다. 주인공 의사는 아내를 모르핀중독자로 만들어버린 다음, 다른 사람들에게 그 사실을 알려 동네에 소문이 나게 한다. 그러고는 모르핀을 과다 주입해서 아내를 살해한다. 물론 지난 몇 년간 뉴잉글랜드주에서 약물 과다로 죽은 사람은 수백 명, 아니 수천 명은 될 것이다. 그중에 고의로 살해된 사람도 있을까? 처음에 '여덟 건의 완벽한 살인' 리스트를 작성했을 때는 너무 기발해서 범인이 절대 잡히지 않을 만한 살인을 생각해내려고 했다. 그러니 만약 누군가가 그 책들에 나오는 살인 방법을 성공적으로 모방했다면 잡히지 않을 터였다.

나는 샌드위치를 두 번 베어 먹고, 맥주를 한 병 더 마셨다. 집 안은 너무 고요했지만 텔레비전을 켜고 싶지 않아서 대신 음악을 틀었다. 막스 리히터의 《오색찬란한 스물네 개의 엽서24Postcard In Full Colour》 음반이었다. 소파에 등을 기대고 높은 천장을, 몰딩 아래 지그재그로 갈라진 가느다란 금을 바라보았다. 눈에 익은 광경이었다. 내일 아침 식사 자리에서 멀비 요원에게 뭐라고 말할지 생각했다. 일단 대니얼 곤잘레즈 사건이 《비밀의 계절》과 연관되어 있을지도 모른다고 말할 것이다. 그리고 사고로 익사한 사람, 특히 호수에서 익사한 사람이 있는지 찾아보라고 할 것이다. 또한 약물 과다로 죽은 사람, 특히 주사기로 약물을 주입한 사건이 있는지도 조사해보라고 할 것이다.

음반이 끝나자 다시 처음부터 재생시키고 소파에 누웠다. 생각이 많아져서 마음을 가라앉히고 머릿속으로 리스트를 작성하기로 했다. 먼저 가설을 작성해보았다. 첫 번째 가설은 누군가 내 리스트를 이용해 무작위로 사람을 죽이고 다닌다는 것이다. 음, 무작위는 아닐지 모른다. 적어도 살인자가 보기에는 죽어 마땅한 사람들일 수 있다. 두 번째 가설은 내가 용의자일 수도 있지만 절대 심각한 용의자는 아니라는 것이다. 멀비 요원이 말했듯이 그랬다면 그녀 혼자 오지 않았으리라. 오늘 오후에 멀비 요원이 찾아온 목적은 날 떠보고, 내가 어떤 사람인지 감을 잡기 위해서였다. 만약 그녀가 날 의심한다면, 다음번에 우리가 만날 때는—내일 아침이나 혹은 나중에라도—다른 FBI 요원과 함께 올 것이다. 세 번째 가설은 범인이 누구든 간에 단순히 내 리스트만 이용하는 게 아니라는 것이다. 범인은 나를 알고 있다. 잘은 모르더라도 약간은.

내가 그렇게 생각하는, 아니 확신하는 이유는 멀비 요원이 언급한 다섯 번째 피해자 때문이다. 록랜드의 자택에서 심장마비로 사망한 일레인 존슨. 사실 나는 그녀를 알고 있다. 잘 아는 건 아니지만 그 이름을 듣자마자 내가 아는 일레인 존슨과 동일인이라고 확신했다. 예전에 비컨힐에 살았던 그녀는 우리 서점 단골이었고, 우리 서점에서 작가를 초대하는 낭독회가 열릴 때마다 빠지지 않고 참석했다. 아까 그 자리에서 멀비 요원에게 바로 말했어야 했지만 그러지 않았다. 앞으로도 꼭 말해야 한다는 느낌이 들기 전까지는 하지 않을 작정이었다.

멀비 요원도 틀림없이 내게 숨기는 정보가 있을 것이다. 그러니 나도 이 정보를 숨길 것이다.

난 나 자신을 보호해야 했다.

5

나는 소파에서 잠이 들었다가 일어나서 다 마신 맥주병을 씻었다. 먹다 만 샌드위치를 버리고 양치질하고 잠옷으로 갈아입은 다음, 책꽂이 앞으로 가서 원하던 책을 찾아냈다.《익사자》. 내가 소장한 책은 1963년 골드메달출판사에서 처음으로 발행한 페이퍼백이었다. 당시 존 D. 맥도널드의 페이퍼백이 대부분 그랬듯 이 책 표지도 충격적이었다. 하얀색 비키니를 입은 검은 머리 여자가 누군가에게 예쁜 다리 한 쪽을 두 손으로 붙잡힌 채 암녹색 심연으로 끌려 내려가고 있었다. 이런 표지들은 두 가지를 보장했다. 섹스와 죽음. 엄지로 책 가장자리를 훑고 책장을 휘리릭 넘겼다. 낡은 책 특유의 퀴퀴한 냄새가 코를 찔렀다. 나는 늘 이 냄새가 좋았다. 책 수집가로서 이런 냄새는 책을 오랫동안 함부로 보관했으며, 마분지 상자에 넣어 축축한 지하실 바닥에 오랫동안 방치했다는 뜻임을 알고 있었는데도. 하지만 이 냄새를 맡으면 초등학교 6학년 때 책을 사러 다녔던 애니 서점으로 즉시 돌아갈 수 있었다. 당시에는 보스턴에서 서쪽으로 45여 분 거리인 미들햄이라는 도시에서 살았다. 열한 살이 되면서 다트포드 로드를 따라 2.5킬로미터 떨어진 미들햄 도심까지 자전거를 타고 다녀도 된다는 허락을 받았다. 미들햄 도심에는 가게가 세 군데뿐이었는데 고급스러운 분위기를 풍기려고 미들햄제너럴이라 이름을 붙인 편의점과 낡은 우체국 건물 안에 있는 골동품점, 그리고 애니 서점이었다. 애니 서점은 앤서니 블레이크라는 영국인이 운영하는 프랜차이즈 중고 서점이었다. 주로 대중소설을 판매했는데—뒷주머니에 쏙 들어가는 크기의 페이퍼백—나는 거기서 이언 플레밍 소설을 비롯해 어린 나를 사로잡았던 피터 벤츨리와 애거서 크리스티 작품도 구입했다.《익사자》를 구입한 것도 거기가 틀림없다. 당시 나는 존 D. 맥도널드의 유명한 트래비스 맥기 시리즈를 이미 눈에 띄는 대로 구입한 뒤였다. 맥도널드의 스탠드얼론(시리즈에 속하지 않는 독립적인 작품 - 옮긴이)은 구하기가 힘들었다. 내가 자전거를 타고 미들햄 도심을 다닐 무렵에 그 지역의 열성적인 범죄소설 애호가가 죽었던 게 틀림없다. 왜냐하면 애니 서점에 갑자기 펄프 픽션(통속소설로 분류되는 작품 - 옮긴이)이 무더기로 늘어났는데 존 D. 맥도널드뿐 아니라 미키 스필레인, 앨리스터 매클린스, 에드 맥베인의 87분서 시리즈까지 있었기 때문이다. 내 용돈으로는 한 번 쇼핑할 때마다 세 권까지 살 수 있었다. 당시에는 그런 책 세 권을 읽는 데 일주일도 안 걸렸다. 가끔은 사흘 만에 다 읽어치우기도 했다. 하지만 이미 소장한 책을 기꺼이 다시 읽었다. 그 시절 이후로《익사자》를 다시 읽지는 않았지만 기본 줄거리는 뇌리에 강하게 남아 있다.

주인공—착한 여자였다—은 신앙심이 아주 깊은 비서로, 억눌린 성적 에너지를 운동으로 풀었다. 그녀는 주변의 죄 많은 자들을 살해하고 다녔는데 그중에는 그녀의 상사와 바람을 피우는 유부녀도 있었다.

그녀는 스쿠버 장비를 착용하고 유부녀가 평소 수영하는 호수 밑바닥에 숨어 있다가 유부녀의 다리를 붙잡아 아래로 끌어당긴다. 난 그 살인을 절대 잊을 수 없다. 완벽한 살인 리스트를 만들 때 이 책이 불쑥 떠올랐다. 다시 읽지는 않았지만 내게는 친숙한 작품이었다.

　나는 《익사자》를 들고 침대로 갔다. 첫 문단을 읽자 단어들이 너무도 익숙하게 다가왔다. 책은 시간 여행을 가능하게 한다. 진정한 독자라면 누구나 아는 사실이다. 책은 그 책을 쓴 시절로 우리를 데려갈 뿐 아니라 그 책을 읽던 내게로 데려간다. 마지막으로 이 책을 읽었을 때 나는 아마 열한 살이나 열두 살이었을 것이다. 계절은 여름이었고, 나는 시트 한 장만 덮은 채 좁아터진 내 방에서 늦게까지 책을 읽었다. 방 구석에서는 모기들이 앵앵거렸다. 아버지는 거실에서 레코드를 틀었는데 많이 취했을수록 음량이 컸다. 그 끝은 대개 똑같았다. 어머니는 음악 소리―주로 재즈였다. 가끔은 프랭크 자파나 웨더 리포트 같은 퓨전 음악을 듣기도 했지만―를 줄였고 아버지는 어머니가 자신을 이해하지 못한다고 나무랐다. 하지만 내게는 그냥 배경음일 뿐이었다. 왜냐하면 나는 그 방에 없고 플로리다에 있었기 때문이다. 플로리다에서 수상한 부동산 개발업자, 섹시한 이혼녀와 함께 버번 하이볼을 마시고 있었다. 거의 마흔 살이 된 나는 지금 여기서 28년 전에 들고 있었던 바로 그 책, 50년 전에는 어떤 회사원이나 주부의 손을 거쳤던 그 책을 들고 똑같은 단어들을 눈으로 훑고 있었다.

　새벽 네 시쯤에야 책을 다 읽었다. 침대에서 내려가 리스트에 있는 다른 책을 한 권 더 가져오려다가 그냥 자기로 했다. 침대에 엎드려 방금 읽은 책을 생각했다. 호수에서 수영하는데 밑에서 무언가가 발목을 끌어당기면 어떤 기분일까? 그러자 잠이 쏟아지면서 늘 그렇듯이 아내의 얼굴이 떠올랐다. 하지만 난 아내의 꿈을 꾸지 않았다. 《익사자》꿈을 꾸지도 않았다. 도망치는 꿈, 사람들에게 쫓기는 꿈을 꿨다.

평생 매일 밤 꾸는 꿈이었다.

아침에 아파트를 나설 때도 아직 눈이 내리고 있었지만 눈발은 약해졌고, 내리는 눈의 절반은 아직 몰아치는 돌풍에 흩날렸다. 땅에는 이미 60센티미터의 눈이 쌓여 있었다. 도로는 눈을 다 치웠지만 인도는 아직 그대로여서 나는 도로 한가운데로 걸어갔고, 찰스가의 가파른 언덕을 조심해서 내려갔다. 하늘에는 먹구름이 드리워졌어도 날은 환했다. 아마도 새하얀 눈 때문일 것이다. 나는 자전거를 탈 때 이용하는, 가슴을 가로지르는 낡은 메신저 백을 한쪽 어깨에 멨다.

약속 시간보다 호텔에 일찍 도착했다. 최근 내가 사는 동네에 새로 생긴 플랫오브더힐은 찰스가에서 약간 떨어진 창고를 개조한 부티크 호텔이었다. 안에는 고급 레스토랑과 예쁜 바가 있는데 굴을 하나에 1달러씩 파는 월요일 저녁에는 가끔 그 바에 가곤 했다.

"호텔 투숙객과 아침을 먹기로 했는데요." 나는 프런트를 혼자 지키는, 슬픈 눈의 여자에게 말했다. 그녀는 바를 지나서 테이블이 여덟 개 있는 작은 식당으로 나를 안내했다. 자리를 안내해주는 웨이터가 없었기에 벽돌 벽이 내다보이는 커다란 창문 옆 구석 테이블로 가서 앉았다. 식당에는 나 혼자뿐이었다. 여기서 일하는 직원이 있기는 한지, 아니면 눈보라 때문에 전 직원이 출근을 못 한 건지 의아했다. 그런 생각을 하자마자 빳빳한 흰 셔츠에 검은 바지를 입은 웨이터가 회전문을 밀치며 나왔고, 식당 입구에 멀비 요원이 나타났다. 그녀는 날 발견하고 내 쪽으로 다가왔다. 때마침 웨이터가 테이블에 메뉴판을 내려놓았다. 우리 둘 다 커피와 주스를 시켰다.

"FBI에서 출장비를 넉넉하게 주는 모양입니다." 내가 말했다.

멀비 요원은 잠시 어리둥절한 표정이더니 이렇게 대답했다. "아, 이 호텔은 서점과 가깝길래 제가 사비로 예약했어요. 나중에 비용을 대 줄지도 모르죠."

"잠은 잘 잤어요?" 내가 물었다. 멀비 요원의 눈 밑에 짙은 자주색 다크서클이 있었다.

"책을 읽느라 거의 못 잤어요."

"나도 그래요. 무슨 책을 읽었습니까?"

"《붉은 저택의 비밀》요. 리스트 맨 처음에 있는 책부터 읽는 게 좋을 것 같아서요."

"어땠어요?" 나는 그렇게 말하고 커피 한 모금을 마셨다가 혀끝을 데었다.

"좋았어요. 똑똑하더군요. 결말을 전혀 예측하지 못했어요." 멀비 요원이 도자기로 만든 커피 잔 옆쪽을 만지작거리더니 몸을 앞으로 내밀고 입술도 쭉 내밀어 커피를 한 모금 마셨다. 그 동작이 꼭 물을 마시는 새 같았다.

"솔직히 말해서 그 책을 리스트에 넣기는 했지만 자세한 내용은 기억이 안 납니다. 아주 오래전에 읽었거든요."

"당신이 요약한 그대로예요. 시골 저택을 배경으로 한 추리소설인데 좀 어처구니없어요. 읽는 동안 계속 클루가 생각나더라고요. 그 보드게임⋯⋯."

"머스터드 대령이 서재에서 살해했다."

"맞아요. 하지만 그 게임보다는 낫죠." 멀비 요원에게 기본적인 줄거리를 듣자 그제야 기억이 났다. 마크 아블렛이라는 부자가 시골 저택에서 살고 있다. 꼭 살인사건이 일어나도록 설계된 듯한 영국식 저택이다. 마크는 사이가 소원해진, 망나니 형에게서 편지 한 통을 받는다. 오스트레일리아에 사는 형이 그를 만나러 가겠다는 내용이다. 저택에 도착한 형이 서재로 안내되어 마크 아블렛을 기다리는데 총성이 울린다. 오스트레일리아에서 온 형은 죽고, 마크 아블렛은 실종된다. 마크가 형을 죽이고 달아난 게 분명하다.

소설 속 탐정은 이 저택에 묵고 있는 손님과 약간 안면이 있는 토니 질링엄이라는 남자다. 그는 친구 빌과 함께 사건을 수사한다. 알고보니 서재에는 저택 밑을 쭉 통과해서 골프장으로 나갈 수 있는 비밀통로가 있고, 당연히 용의자는 여러 명이다.

"형은 없었던 거죠?" 내가 멀비 요원의 말을 자르며 물었다.

"맞아요. 진짜 형은 오래전에 죽었고, 이번 일과는 상관이 없어요. 마크 아블렛은 범인의 꾐에 넘어가 형으로 변장했다가 살해됐죠. 하지만 이 살인의 백미는 그게 아니에요. 안 그래요?" 멀비 요원의 말이 어찌나 빠른지 그녀가 말을 멈춘 후에야 그게 질문임을 깨달았다.

"내가 그 소설을 리스트에 넣은 이유는 범인이 시신과 누명을 쓸 사람을 동시에 제공했기 때문입니다. 둘은 같은 사람이지만 그 사실을 아는 사람은 범인뿐이죠."

"어젯밤에 내가 밑줄 친 부분을 읽어도 될까요?"

"그럼요." 내가 대답하자 멀비 요원이 가방에서 페이퍼백을 꺼내 책장을 넘겼다. 내 자리에서도 그녀가 몇몇 페이지에 쳐놓은 밑줄이 보였다. 나는 아내가 떠올랐다. 아내는 무슨 책을 읽든 늘 손에 펜을 들고 책에 메모할 준비를 했다. 불현듯 멀비 요원에게 《열차 안의 낯선 자들》 초판본을 빌려주지 않아서 다행이라는 생각이 들었다.

"찾았어요." 그녀가 책 가운데를 눌러서 납작하게 펴더니 몸을 앞으로 내민 채 읽기 시작했다. "경위가 저택에 도착해보니 죽은 남자가 한 명, 사라진 남자가 한 명이었다. 당연히 사라진 남자가 죽은 남자를 쐈다는 게 더 그럴듯한 가설이었다. 하지만 더 그럴듯하다 못해 거의 확실한 사실이 있으니 경위는 가장 그럴듯한 가설을 유일한 정답으로 보고 수사할 것이며 따라서 편견을 버리고 다른 정답을 알아낼 가망은 거의 없다는 것이다.'" 멀비 요원은 거기까지 읽고 책을 덮은 뒤 말을 이었다. "이 부분을 읽으니까 이런 생각이 들더라고요. 만약 당신이 이 책을 바탕으로 살인을 저지를 거라면 어떻게 하겠어요?"

내가 어리둥절한 표정이었는지 그녀가 다시 덧붙였다. "시골 저택 서재에서 누군가를 총으로 쏴 죽일 건가요?"

"아뇨. 아마 두 사람을 죽인 다음에 한 사람의 시신을 숨겨놓고 살인자가 달아난 것처럼 꾸밀 겁니다."

"바로 그거예요."

웨이터가 주변을 맴돌고 있어서 우리는 식사를 주문했다. 멀비 요원은 에그플로렌틴을 골랐다. 나는 배가 고프지 않았지만 신선한 과일을 곁들이고 수란을 올린 토스트를 주문했다. 주문이 끝난 후에 그녀가 말했다. "난 규칙에 대해 생각하게 됐어요."

"'규칙'이라뇨?"

"음." 멀비 요원이 잠시 생각에 잠겼다. "만약 내가 이런 일을 하기로 했다면……. 그러니까 당신 리스트에 올라온 여덟 건의 살인을 실행하는 걸 목표로 삼는다면요, 가이드라인을 정하는 게 도움이 될 거예요. 규칙 말이에요. 살인을 똑같이 따라 할 것인가, 아니면 살인 이면의 개념을 따라 할 것인가. 어느 정도로 비슷해야 하는가."

"그러니까 범인이 책 속에 나오는 살인을 어디까지 고수할지 정해주는 규칙을 세웠다는 말입니까?"

"아뇨, 살인의 세세한 부분들 말고 그 이면의 철학 말이에요. 범인은 이 책을 실생활에서 실험하고 있는 거나 마찬가지예요. 그저 책을 흉내만 내기로 했다면 그냥 시골 저택 서재에서 누군가를 쏘아 죽이면 끝이겠죠. 혹은 《ABC 살인사건》도 그대로 흉내 내면 되고요. 그러니까 액턴에 사는 애비 애덤스를 찾아서 죽인다든가 하는 식으로요. 하지만 이자의 목적은 그게 아니에요. 제대로 하는 거예요. 규칙이 있다고요."

"그러니까 《붉은 저택의 비밀》을 모방하기로 했다면 경찰이 절대 찾아내지 못하고, 의심하지도 않을 용의자를 만드는 거로군요."

"바로 그거예요. 사실 꽤 똑똑한 방법이죠. 간밤에 계속 생각해봤어요. 내가 누군가를 죽이고 싶다고 쳐요……. 예를 들어, 예전에 사귀었던 남자를요."

"그렇다고 치죠."

"만약 그를 그냥 죽여버리면 난 용의자가 될 거예요. 하지만 내가 두 사람을 죽였다고 해보죠. 예전에 사귀었던 남자와 그가 새로 사귀는 여자. 그런 다음, 새로 사귄 여자의 시신을 감추는 거예요. 그러면 여자가 남자를 죽이고 달아난 것처럼 보일 수 있죠. 경찰은 범인이 누구인지 찾지도 않을 거예요. 범인을 이미 안다고 생각하겠죠."

"그건 쉬운 일이 아닙니다. 당신도 알다시피." 내가 말했다.

"정말로 그럴 생각은 없어요."

"범인은 기꺼이 두 사람을 죽일 수 있어야 하니까요."

"맞아요."

"그리고 시신을 숨기기도 쉽지 않고요."

"경험에서 비롯된 말은 아니죠?"

"추리소설을 워낙 많이 읽어서요."

"주요 용의자가 사라진 사건이 있는지 찾아봐야겠어요."

"그런 경우가 흔합니까?" 내가 물었다.

"사실 그렇지는 않아요. 요즘에는 자취를 감추기가 쉽지 않죠. 대부분은 명확한 흔적이 남아요. 하지만 사라지는 경우도 있기는 하죠."

"요원 님은 뭔가를 알아낸 것 같군요. 죽여도 될 두 명의 피해자를, 혹은 악당을 찾아내는 게 문제일 겁니다. 그런 다음에 한 명은 죽고, 한 명은 사라지는 거죠. 당신 가설이 맞다면요. 범인을 뭐라고 불러야 할까요? 이름이 있어야 합니다."

"이름이라……."

"새에 관련된 이름으로요."

"아뇨, 그건 헷갈려요. 찰리라고 하죠."

"왜 찰리죠?"

"그냥 떠올랐어요. 아뇨, 거짓말이에요. 이름을 뭘로 할까 생각하다 보니까 카피캣(모방하는 사람이라는 뜻 - 옮긴이)이 생각났고, 그러니까 고양이가 연상되면서 어릴 때 처음으로 키웠던 고양이가 떠올랐어요. 그 고양이 이름이 찰리였죠."

"가여운 찰리. 이름을 범인에게 붙여도 될 만큼 나쁜 고양이였나요?"

"사실 그래요. 뼛속까지 킬러였죠. 매일 쥐와 새를 잡아서 집으로 물고 왔다니까요."

"아주 좋네요." 내가 말했다.

"그럼 찰리로 정한 거예요."

"어디까지 말했죠? 맞다, 죽어 마땅한 희생자 둘을 찾는다고요. 찰리는 죄 없는 사람을 죽이는 건 좋아하지 않습니다."

"그건 아직 확실하지 않아요. 하지만 그럴 가능성은 있죠." 멀비 요원은 그렇게 말하며 웨이터가 그녀 앞에 음식을 놓을 수 있도록 몸을 약간 뒤로 뺐다. 그러고는 웨이터에게 고맙다고 말한 뒤 포크를 집어들었다. "먹으면서 말해도 될까요? 어제 저녁을 안 먹었더니 배고파 죽겠어요."

"그럼요." 내가 주문한 수란도 도착했다. 가장자리가 살짝 덜 익은 수란을 보니 갑자기 속이 울렁거렸다. 나는 육면체 모양으로 자른 멜론을 포크로 찍었다.

"내가 틀릴 수도 있어요." 첫입을 다 먹은 후에 멀비 요원이 말했다. "이건 당신과 연관된 일일 수도 있죠. 누군가가 당신의 주의를 끌려고 그러는 걸 수도 있어요. 당신을 함정에 빠뜨리려고 그럴 수도 있고요." 멀비 요원은 그렇게 말하며 눈을 살짝 크게 떴다. 나는 그 가능성을 생각한다는 듯이 아랫입술을 내밀었다.

"만약 그렇다면," 마침내 내가 말했다. "내 리스트에 올라간 책들을 바탕으로 살인을 저지르는 게 이해가 가는군요."

"맞아요. 그래서 내가 일레인 존슨 사건을 더 자세히 살펴보려는 거예요. 그 심장마비로 죽은……."

"찰리가 죽였을 수도 있고, 아닐 수도 있는 피해자요." 내가 그녀의 말을 잘랐다.

"하지만 만약 찰리가 죽였다면 현장에 가봐야 해요. 틀림없이 《죽음의 덫》과 관련된 무언가가 있을 거예요."

"고백할 게 있습니다." 내가 그렇게 말하자 멀비 요원이 기대감으로 뺨을 붉혔다. "사실 난 그 연극을 본 적도 없고, 희곡을 읽은 적도 없어요. 하지만 영화를 봤고, 영화는 매우 훌륭했습니다. 어쨌든 부끄럽군요."

"당연히 그래야죠." 멀비 요원은 그렇게 말했지만 이내 웃음을 터뜨렸다. 그녀의 얼굴에서 홍조가 사라졌다.

"그러니까 '그 영화에 관해서' 내가 말할 수 있는 건 피해자가 심장마비로 죽는데 그 이유는 죽었다고 생각했던 남자가 침실에 나타나서 남편을 죽이는 걸 봤기 때문입니다. 일레인 존슨도 침실에서 죽었나요?"

"확인해봐야겠네요. 지금은 기억이 안 나요. 저기, 아까 당신이 고백할 게 있다고 했을 때 난 사실 다른 이야기를 예상했어요."

"내가 찰리라고 고백할 줄 알았습니까?" 나는 장난스러운 말투로 말했다.

"아뇨. 당신이 일레인 존슨을 안다고 고백하려는 줄 알았어요."

6

나는 머뭇거리다 말했다. "그 일레인 존슨이 예전에 보스턴에 살았나요?"

"네."

"그럼 내가 아는 사람이 맞네요. 친한 사이는 아니었지만 우리 서점 단골이었습니다. 서점에서 열리는 작가 낭독회에 오곤 했죠."

"왜 어제 오후에는 그 이야기를 안 했나요?"

"솔직히 말해서 같은 사람인 줄 몰랐습니다. 귀에 익은 이름이기는 했지만 워낙 흔한 이름이라서요."

"알겠어요." 멀비 요원은 그렇게 말했지만 내 눈을 피했다. "일레인 존슨은 어떤 사람이었나요?"

나는 잠깐 시간을 벌려고 생각하는 척했지만 사실 일레인은 잊으려야 잊을 수 없는 손님이었다. 엄청나게 두꺼운 안경―흔히 말하는 돌돌이 안경―을 썼고, 숱이 적은 머리카락에 직접 짠 듯한 스웨터를 입고 다녔다. 무더운 한여름에도 그랬다. 하지만 일레인을 잊을 수 없는 이유는 그 때문이 아니었다. 그녀가 판매직이라는 직종의 취약점을 이용해 직원을 붙잡고 자신이 좋아하는 주제에 대해 독설에 가까운 독백을 끝없이 퍼부어댔기 때문이다. 일레인이 좋아하는 주제는 범죄소설 작가—누가 천재고, 누가 그럭저럭 괜찮고, 누가 형편없는(그녀는 주로 "더럽게 못 쓰는"이라는 표현을 썼다) 작가인지—였고, 매일 서점에 와서 누구든 처음 만나는 직원을 붙잡고 늘어졌다. 그녀를 상대하기란 지치고 짜증 나는 일이었지만 우리 모두 요령이 생겼다. 일레인이 말하는 동안 계속 일하면서 10분 정도 들어주다가 그만하라고 확실하게 말하는 것이다. 무례하다고 생각하겠지만 사실 무례하기로 따지면 일레인 존슨을 따라갈 수 없었다. 그녀는 자기가 좋아하지 않는 작가에 대해 막말을 퍼부었다. 악의 없는 인종차별주의자에 대놓고 동성애자를 혐오했고, 놀랍게도 자기 행색은 생각하지 못한 채 남의 외모를 평가하기 좋아했다. 누구든 서점에서, 아니 어떤 가게에서든 일하다 보면 까다로운 손님을 상대하는 데 익숙해지기 마련이다. 매일 오는 까다로운 손님일지라도. 일레인 존슨의 또 다른 문제는 그녀가 작가 낭독회에도 빠짐없이 참석하고, 늘 제일 먼저 손을 들어 가여운 작가를 교묘하게 혹은 대놓고 모욕하는 질문을 했다는 것이다. 우리는 늘 작가들에게 일레인의 존재를 미리 경고했지만, 또한 그녀가 사인을 받으려고 늘 책을 산다는 사실도 언급했다. 그녀 표현에 따르면 "재능은 하나도 없는 사기꾼" 작가가 올 때도 일레인은 늘 책을 샀다. 대부분의 작가들은 책을 팔 수 있다면, 특히나 하드커버 책이라면 재수 없는 인간이라도 기꺼이 참아준다.

나는 일레인 존슨이 메인 주 록랜드로 이사했다는 걸 알고 있었다. 이사하기 1년 전부터 그녀가 매일 우리에게 이사할 거라고 떠들어댔기 때문이다. 언니가 죽으면서 집을 물려주었다고 했다. 마침내 그녀가 보스턴을 떠난 날, 직원들과 나는 술집에 가서 축하주를 마셨다.

"상당히 거슬리는 손님이었습니다." 내가 멀비 요원에게 말했다. "매일 우리 서점에 와서 직원을 붙잡고 자기가 읽는 책에 대해 이야기했죠. 이제야 일레인이 메인 주로 이사 갔다는 게 기억나네요. 하지만 당신에게 그 이름을 처음 들었을 때는 동일인이라는 생각을 못 했습니다. 난 그녀를 일레인으로만 알고 있었거든요. 일레인 존슨이 아니라."

"죽을 만한 사람이었나요?" 멀비 요원이 물었다.

나는 양쪽 눈썹을 치켜세웠다. "죽을 만한 사람이냐고요? 내 개인적 의견을 묻는 겁니까? 아뇨, 당연히 아니죠."

"아, 미안해요. 아까 거슬리는 사람이었다고 해서 물어본 거예요. 지금까지 죽은 사람들은 다 비호감이었으니까. 적어도 내가 보기에는요. 일레인 존슨도 그런 부류일까요?"

"단연코 비호감이죠. 레즈비언은 남자와 많은 시간을 보내지 않기 때문에 형편없는 작가가 된다고 말한 적도 있습니다. 남자가 지적으로 더 우월하다면서요."

"어머."

"일레인은 그저 사람들을 약 올리려고 그런 말을 했던 것 같습니다. 사실 쓰레기 같다기보다는 슬프고 외로운 사람이었어요."

"일레인 존슨의 심장이 약하다는 걸 알고 있었나요?"

심장 수술을 받은 후에 일레인이 보풀이 일어난 스웨터의 목을 내리며 주름진 가슴 위에 생긴 쪼글쪼글한 흉터를 보여주었던 기억이 났다. 내가 "다시는 보여주지 마세요"라고 했더니 그녀가 깔깔 웃었다. 가끔씩 난 일레인 존슨의 행동이 그냥 연기일 뿐이고, 사실 그녀가 정말로 원했던 건 사람들이 자신을 함부로 대하는 게 아니었을까 싶다.

"들은 기억이 나네요. 한동안 일레인이 서점에 뜸했던 적이 있습니다. 그때 우리 모두 신났죠. 그런데 그녀가 다시 나타났어요. 그때 심장 수술을 받고 왔다고 말했던 기억이 납니다."

웨이터가 조용히 다가왔다. 멀비 요원의 접시는 깨끗하게 비어 있었고, 내 수란은 그대로였다. 웨이터가 음식이 괜찮냐고 물었다.

"미안합니다. 음식은 맛있어요. 아직 먹는 중입니다." 내가 말했다.

웨이터는 멀비 요원의 접시를 가져갔고, 그녀는 커피를 더 달라고 했다. 나는 수란을 먹어보기로 했다. 먹지 않으면 이상하게 보일 터였다. 멀비 요원은 손목시계를 보더니 서점 문을 열 거냐고 물었다.

"열 겁니다. 손님은 안 오겠지만 네로가 잘 있는지 봐야죠."

"아, 네로." 멀비 요원이 애정이 담긴 목소리로 말했다.

나는 그녀가 고양이를 키운다고 했던 말이 기억나서 물었다. "당신 고양이는 누가 봐주고 있나요?" 그 말이 끝나자마자 너무 사적인 질문이었다는 걸 깨달았다. 그녀가 싱글인지 떠보는 질문처럼 들리기도 했다. 내가 집적거렸다고 생각하는 건 아닐까? 나는 멀비 요원보다 나이가 아주 많지는 않았지만—아마 열 살 정도—새치 때문에 더 나이 들어 보였다.

"그 애들은 괜찮아요. 둘이 함께 있으니까 외롭지 않을 거예요." 멀비 요원이 얼버무렸다.

나는 계속 먹었고, 그녀는 휴대전화를 보다가 액정이 아래로 가게 해서 테이블에 내려놓으며 말했다.

"일레인 존슨이 사망한 날인 9월 13일 저녁에 당신이 어디에 있었는지 물어봐야겠네요."

"물론이죠. 그게 언제인가요?"

"13일이요."

"아니, 요일 말입니다."

"확인해볼게요." 멀비 요원이 다시 휴대전화를 집어 들더니 10초 동안 스크롤을 이리저리 움직였다. "토요일이네요."

"그때 미국에 없었습니다. 런던에 있었어요." 나는 매해 9월 초에 런던으로 2주씩 휴가를 떠난다. 개학한 뒤라서 관광객은 적고 날씨는 여전히 좋기 때문이다. 게다가 내가 서점을 비워도 괜찮은 시기다.

"정확히 언제부터 언제까지 영국에 머물렀나요?" 멀비 요원이 물었다.

"13일이 토요일이라면 그 이튿날, 그러니까 14일 일요일에 귀국했습니다. 원하시면 제가 탔던 비행기 정보를 알려드리죠. 어쨌든 9월 첫 2주 동안이었다는 건 확실합니다."

"네, 고마워요." 멀비 요원이 말했고, 나는 그 말을 내가 탄 비행기 정보를 알고 싶다는 뜻으로 받아들였다.

"만약 일레인 존슨이 찰리에게 살해됐다면……." 내가 말했다.

"그랬다면요?"

"찰리가 내 리스트를 이용했을 가능성이 훨씬 높아지네요."

"맞아요. 또한 찰리가 당신을 알고 있을 뿐 아니라 당신 주변 인물들까지 알고 있다는 뜻이죠. 피해자 중 한 명이 당신이 아는 사람이라는 건 우연의 일치일 리가 없어요."

"나도 그렇게 생각합니다."

"당신에게 원한을 품은 사람이 있나요? 예전에 서점에서 일했던 직원이라든가 일레인 존슨이 올드데블스의 단골이라는 걸 알 만한 사람이요."

"내가 알기로는 없습니다. 사실 우리 서점에서 일하는 직원이 많지 않아요. 나 말고 두 명인데 지금 있는 직원들은 2년 넘게 일했거든요."

"그 사람들 이름 좀 알려주시겠어요?" 가방에서 수첩을 꺼내며 멀비 요원이 말했다.

나는 에밀리와 브랜던의 이름을 알려주었고, 그녀는 수첩에 이름을 적었다.

"어떤 사람들인가요?"

나는 아는 대로 말해주었지만 별로 할 말이 없었다. 에밀리 바사미안은 4년쯤 전에 보스턴 외곽의 윈슬로 칼리지를 졸업한 뒤 명망 있고 유서 깊은 사설 도서관인 보스턴 애서니움에서 인턴으로 근무했는데 적은 월급을 보충하려고 우리 서점에서 일주일에 20시간 일했다. 인턴 기간이 끝나자 근무 시간을 늘렸고, 그 후로 계속 일하고 있다. 에밀리의 사생활에 대해서는 아는 게 거의 없었다. 에밀리는 말수가 극히 적었고, 어쩌다 말할 때도 책 이야기만 했기 때문이다. 가끔은 영화 이야기를 할 때도 있었다. 나는 에밀리가 필명으로 책을 쓰지 않을까 의심했지만 확인할 수는 없었다. 반면 브랜던 윅스는 아주 사교적인 직원이었는데 아직도 록스베리에서 엄마·누이들과 살았다. 아마 에밀리와 나는 브랜던에 관해서는 물론, 그의 가족이나 그가 현재 만나는 애인에 관해서도 모르는 게 없을 것이다. 2년 전 휴가철에 추가 직원으로 뽑았을 때는 과연 이 친구가 매일 나올지 의심스러웠다. 하지만 내가 기억하는 한 브랜던은 그 후로 하루도 빠지지 않았고, 심지어 지각한 적도 없었다.

"두 사람뿐인가요?"

"현재 직원이요? 네. 내가 매일 출근하니까요. 휴가를 갈 때는 임시 직원을 뽑거나 서점 공동 소유주인 브라이언이 와서 교대 근무를 합니다. 원하시면 지금까지 일했던 직원들 명단을 작성해서 보내드리죠."

"브라이언은 브라이언 머레이 말인가요?"

"네, 브라이언을 아세요?"

"서점 웹사이트에서 봤어요. 물론 알기도 하고요, 네."

브라이언은 사우스엔드에 사는, 어느 정도 이름이 알려진 작가로 엘리스 피츠제럴드 시리즈를 썼다. 시리즈는 현재까지 수월하게 스물다섯 권이나 나왔다. 예전처럼 잘 팔리지는 않지만 계속 출간되는 중이고, 브라이언이 창조한 여탐정 엘리스는 영원히 서른다섯 살이다. 책의 배경은 1980년대 후반 보스턴으로 고정되어 패션도 변함이 없고, 과학기술도 발전하지 않는다. 2년 동안 방영되었던 텔레비전 시리즈《엘리스》에서도 마찬가지였다. 이 시리즈 덕분에 브라이언은 사우스엔드의 타운 하우스와 메인 주 북쪽 끝에 있는 호숫가 별장을 살 수 있었고, 남은 돈으로 올드데블스에 투자까지 할 수 있었다.

"그 명단에 더 포함될 사람이 있을까요? 서점에 불만이 많은 손님이라든가 당신이 예전에 사귀었던 애인들은요?"

"그래 봤자 몇 명 안 될 겁니다. 내가 유일하게 사귄 여자는 아내뿐인데 아내는 죽었어요."

"어머, 상심이 크시겠네요." 멀비 요원은 그렇게 말했지만 표정으로 보아 이미 알고 있었던 게 분명했다.

"리스트에 있는 책들을 계속 생각해보겠습니다."

"고마워요. 생각나는 게 있으면 뭐든 바로 알려주세요. 사소하거나 말이 안 되는 거라도요. 들어서 손해 볼 건 없으니까요."

"그러죠." 나는 냅킨을 접어 먹다 남은 음식 위에 내려놓았다. "오늘 체크아웃할 건가요, 아니면 계속 여기 묵을 건가요?"

"열차가 취소되지 않는 한 체크아웃할 거예요. 열차가 취소되면 여기에 하룻밤 더 묵게 되겠죠. 하지만 지금 떠나지는 않을 거예요. 아직 당신에게 못 들은 이야기가 있어요. 어젯밤에 내가 준 미제 사건은 훑어봤나요?"

나는 딱히 눈에 띄는 사건은 없다고 말했다. 조깅하다가 총에 맞아 죽은 대니얼 곤잘레스만 제외하고.

"그 사건이 당신 리스트와 무슨 상관이 있죠?" 멀비 요원이 물었다.

"아마 없을 겁니다. 하지만 도나 타트의 책 《비밀의 계절》이 떠오르더군요. 그 책에서 범인들은 피해자가 지나갈 거라고 생각하는 등산로에서 피해자를 기다리죠."

"저도 그 책 읽었어요. 대학 때."

"그럼 그 장면 기억납니까?"

"대충요. 범인들이 숲에서 섹스 의식을 하다가 누군가를 죽이지 않았나요?"

"그건 첫 번째 살인이죠. 그때 농부를 죽였습니다. 두 번째 살인이 내가 리스트에서 언급한 겁니다. 그들은 친구를 절벽 아래로 밀어버리죠."

"대니얼 곤잘레즈는 총에 맞았어요."

"압니다. 살해 방법은 완전히 다르죠. 그보다는 곤잘레즈가 개를 데리고 산책했다는 사실과 더 연관이 있습니다. 곤잘레즈는 매일 혹은 일주일에 한 번씩 산책했을 겁니다. 아마 전혀 연관이 없을 테지만……."

"아뇨, 도움이 돼요. 내가 좀더 알아볼게요. 대니얼 곤잘레즈 사건과 관련된 용의자가 몇 명 있어요. 그중에서 그의 옛 제자는 아직도 조사를 받고 있죠. 하지만 당신 리스트와 연관되었을 가능성이 있어 보이네요."

"대니얼 곤잘레즈가…… 재수 없는 인간이었나요? 더 나은 표현을 못 찾겠군요."

"모르겠어요. 하지만 알아볼게요. 용의자가 많은 걸 보면 그랬을 거 같기는 해요. 그럼 그 사건뿐인가요? 곤잘레즈 사건……?"

"네. 그리고 조사 범위를 미제 살인사건에서 더 넓혀야 할 것 같습니다. 사고로 물에 빠져 죽거나 약물 과다로 죽은 사건도 살펴보세요. 아, 말이 나온 김에." 나는 메신저 백을 열고 챙겨온 책 두 권을 꺼냈다. 어젯밤에 다시 읽었던《익사자》페이퍼백과 오늘 아침 책꽂이에서 찾아낸《살의》페이퍼백이었다.《살의》는 팬북스에서 출간된 것으로 보관 상태가 매우 나빠서 표지가 떨어지기 일보 직전이었다. 나는 두 권을 멀비 요원 쪽으로 밀었다. "고마워요. 꼭 돌려드릴게요." 그녀가 말했다.

"너무 부담 갖지 않아도 됩니다. 둘 다 아주 귀중한 작품은 아니니까요. 《익사자》는 어젯밤에 다시 읽었습니다. 읽은 지가 너무 오래돼서요."

"아, 네. 뭐가 좀 떠올랐나요?"

"이 책에는 두 개의 살인이 나옵니다. 여자는 수영하다가 살해되죠. 이 표지에 나오는 대로 호수 밑으로 끌려갑니다. 하지만 이거 말고도 살인이 하나 더 있는데 그게 정말로 역겨워요. 살인자는 힘이 아주 센 여자예요. 거의 초자연적일 정도로 힘이 세죠. 그 여자가 손으로 남자에게 심장마비를 일으켜서 죽게 합니다. 손에 이렇게 힘을 줘서." 나는 손가락을 편 채 손을 들어 올려 시범을 보였다. "남자 갈비뼈 밑으로 집어넣은 다음 천천히 올라가는 겁니다. 그러다 심장이 잡히면 확 비트는 거죠."

"으윽." 멀비 요원이 얼굴을 찡그리며 말했다.

"그게 가능한지조차 모르겠습니다. 설사 가능하다 해도 부검하면 다 밝혀질 테고요."

"그렇죠. 그래도 익사 사건은 한번 찾아봐야겠네요. 우리 찰리는 익사 살인을 따라 하고 싶었을 거예요. 특히 책의 제목이 '익사자'니까요."

"네."

"책에서 또 알아낸 게 있나요?"

이 책에서 살인을 얼마나 섹시하게 그렸는지 잊고 있었다는 말은 하지 않았다. 미치광이 살인자 앤지는 자신에게 두 개의 인격이 있다고 상상했다. 하나는 잔 다르크 같은 면으로 그 순수함 때문에 고통에 휘둘리지 않았다. 또 다른 면은 그녀가 '붉은 암말'이라고 부르는 감정이었는데 그 감정을 느낄 때면 등이 휘고 젖꼭지가 빳빳해졌다. 앤지는 살인을 저지를 때마다 이 두 인격을 모두 경험한다. 그걸 보며 나는 의문이 들었다. 살인자들은 다 저래야 하나? 살인을 저지르는 동안 스스로에게서 분리되어 다른 누군가가 되어야 하나? 찰리도 그럴까?

하지만 멀비 요원에게는 이렇게만 말했다. "사실 걸작은 아닙니다. 난 존 D. 맥도널드를 좋아하지만 앤지 캐릭터만 제외하면 이 책이 그의 최고작은 아니에요."

멀비 요원은 어깨를 으쓱이고는 두 책을 가방에 넣었다. 책에 대한 내 비평은 이 사건들과 별로 상관이 없다는 걸 깨달았다. 그래도 그녀는 고개를 들고 말했다. "정말 큰 도움이 됐어요. 당신 의견이 듣고 싶을 때 자료를 보내도 될까요? 책을 계속 읽을 거라고 하셨으니까……."

"물론이죠."

우리는 메일 주소를 교환하고 자리에서 일어났다. 멀비 요원은 호텔 입구까지 날 배웅했다. "날씨가 어떤지 보고 싶어요." 나와 함께 호텔 밖으로 나가며 그녀가 말했다. 이제 눈은 거의 내리지 않았지만 도시는 완전히 변해서 모퉁이마다 바람에 실려온 눈이 쌓여 있었다. 나무는 휘어 있었고, 근처 건물의 벽돌 벽은 하얀 천을 씌운 듯했다.

"조심해서 돌아가세요." 내가 말했다.

우리는 악수를 나눴고, 내가 그녀를 멀비 요원이라고 부르자 그녀는 그웬으로 불러달라고 했다. 정강이까지 쌓인 눈을 천천히 헤치고 걸어가며 나는 그걸 좋은 징조로 받아들이기로 했다.

7

20분 뒤 서점에 도착했더니 에밀리 바사미안이 서점 앞, 차양 아래 서서 휴대전화를 보고 있었다.

"여기서 얼마나 기다린 거야?" 내가 물었다.

"20분이요. 사장님한테 연락이 없길래 오늘도 평소와 같은 시간에 문을 여나 보다 했어요."

"미안. 나한테 문자라도 보내지 그랬어." 말은 그렇게 했어도 나는 에밀리가 지난 4년간 내게 문자를 보낸 적이 한 번도 없고, 앞으로도 절대 보내지 않으리라는 걸 알고 있었다.

"괜찮아요. 어차피 열쇠를 안 가져온 제 잘못인걸요." 에밀리가 말했다. 나는 문을 열었고, 에밀리를 뒤따라 서점으로 들어갔다.

네로가 야옹거리며 우리를 맞이하러 왔다. 에밀리는 쪼그려 앉아 네로의 턱을 긁어주었고, 나는 계산대 뒤로 가서 조명을 켰다. 에밀리는 다시 일어나서 초록색 롱코트를 벗었다. 코트 안에는 평소 에밀리의 작업복이나 다름없는 옷을 입고 있었다. 무릎 밑까지 내려오는 어두운 색 치마에 투박한 부츠, 셔츠를 받쳐 입은 빈티지 스웨터였다. 가끔은 스웨터 대신 티셔츠를 입기도 했다. 에밀리가 입는 티셔츠는 그녀가 뭘 좋아하고 싫어하는지 알려주는 드문 단서였다. 책과 관련된 티셔츠도 있었고―셜리 잭슨의 《우리는 언제나 성에 살았다》 빈티지 표지가 그려진 티셔츠도 있었는데 높이 자란 풀 속에 있는 검은 고양이 그림이었다―더디셈버리스트라는 밴드의 티셔츠도 몇 개 있었다. 작년 여름에는 "서머아일 메이 데이 1973$^{summerisle\ may\ day\ 1973}$"이라고 적힌 티셔츠를 입었고, 나는 온종일 어디서 많이 들어본 것 같다고 생각했다. 참다못해 에밀리에게 물었더니 1970년대 공포영화 〈위커맨〉에 나오는 등장인물의 이름을 따온 것이라고 했다. 아주 예전에 봤던 영화였다. "공포영화 좋아해?" 내가 물었다.

나와 이야기할 때면 늘 그렇듯이 내 이마나 턱을 보며 에밀리가 말했다. "그런 편이죠."

"자네가 최고로 꼽는 공포영화 다섯 편은 뭐야?" 나는 대화를 이어가고 싶었다.

에밀리는 잠시 눈살을 찌푸리며 생각한 뒤에 말했다. "〈악마의 씨〉, 〈엑소시스트〉, 〈블랙 크리스마스〉 오리지널, 〈천상의 피조물〉, 〈캐빈 인 더 우즈〉요."

"내가 본 건 두 편뿐이네. 〈샤이닝〉은?"

"별로요." 에밀리는 빠르게 고개를 저었다. 더 자세히 설명할 줄 알았는데 그걸로 끝이었다. 에밀리는 자기 이야기를 잘하지 않았다. 상관없었다. 나도 그러니까. 그리고 요즘에는 그런 사람이 아주 드물다. 그렇기는 해도 나는 에밀리의 사생활이 궁금했다. 에밀리에게는 서점에서 일하는 것 말고 다른 야망이 있을까?

에밀리가 눈에 젖은 코트를 거는 동안 나는 출근하기 힘들었냐고 물었다. "버스 타고 와서 괜찮았어요." 에밀리가 말했다. 그녀는 찰스강 반대편, 케임브리지의 인먼 스퀘어 근처에 살았다. 에밀리의 생활 형편에 대해 내가 아는 사실은 그녀가 윈슬로 칼리지를 졸업한 다른 두 명과 함께 방 세 개짜리 아파트에서 산다는 것뿐이었다.

에밀리는 서점 뒤쪽, 내가 새로 도착한 책들을 쌓아둔 테이블로 갔다. 그녀의 주 업무는 우리 서점 온라인 사이트를 업데이트하고 관리하는 것이다. 우리는 이베이며 아마존, 알리브리스를 비롯해 내가 알지도 못하는 소수의 사이트에서 중고 서적을 판매한다. 전에는 내가 직접 주문을 관리했지만 이제는 에밀리가 도맡아서 하고 있다. 내가 에밀리의 미래 계획에 조바심을 내는 이유도 그 때문이다. 에밀리가 일을 그만두면 나는 아주 골치가 아파질 터였다.

계산대로 가서 전화에 남겨진 메시지가 있는지 확인하고―하나도 없었다―우리 서점 블로그에 로그인했다. 요즘에는 거의 들어가지 않는데 그웬 멀비를 만나고 나니 블로그를 살펴보고 싶은 마음이 들었다. 블로그에는 총 211개의 글이 있었고 가장 마지막에 올린 포스팅이 두 달 전이었다. '직원들의 선택'이라는 제목이었다. 나는 에밀리와 브랜던에게 최근 읽고 좋았던 책에 대해 두 문장씩 쓰라고 주기적으로 강요했다. 브랜던은 리 차일드의 잭 리처 시리즈 최신판을 골랐고, 에밀리는 도로시 B. 휴스의 《고독한 곳에》를 짤막하게 소개하는 글을 썼다. 내가 고른 책은 케이트 앳킨스의 《개를 데리고 일찌감치 집을 나섰다 *Started Early, Took My Dog*》였다. 물론 읽지는 않았지만 서평과 요약된 줄거리를 어찌나 많이 읽었는지 정말로 읽은 것 같았다. 제목도 마음에 들었고(에밀리 디킨슨의 시 제목에서 따왔다 - 옮긴이).

그 뒤로 한 시간 정도는 스크롤을 내리며 블로그에 올라온 글을 역순으로 살펴봤다. 지난 10년간의 내 삶을 거꾸로 사는 듯한 기분이었다. 존 헤일리가 서점을 그만두고 내게 넘겼던 주에 그가 처음이자 마지막으로 올린 글이 있었다. 존은 2012년에 올드데블스와 모든 재고를 브라이언 머레이와 내게 팔았다. 브라이언이 거의 모든 돈을 냈는데도 그는 내게 지분의 50퍼센트를 주었다. 내가 서점을 경영하기로 했기 때문이다. 지금까지는 순조롭게 풀렸다. 처음에는 브라이언이 경영에 많이 참견할 거라고 생각했지만 그렇지 않았다. 그는 매해 열리는 올드데블스 개업 기념일 파티와 작가 낭독회에 참석할 뿐 나머지는 다 내게 맡겼다. 내가 매해 런던에 다녀오는 그 2주 동안만 제외하고. 그래도 나는 브라이언을 자주 만났다. 브라이언은 1년에 두 달 정도만 엘리스 피츠제럴드 시리즈를 쓰고, 나머지 열 달은 그의 표현대로 하면 '음주 휴가'라서 비컨힐 호텔에 있는 작은 바의 가죽 스툴에 죽치고 앉아 있었다. 나는 그와 술을 마시러 종종 바에 들렀는데 가급적 초저녁에 가려고 했다. 너무 늦게 도착하면 습관적인 이야기꾼인 브라이언이 자신의 가장 재미있는 에피소드를 들려주었기 때문이다. 내가 이미 100번쯤 들은 이야기였다.

스크롤을 한참 더 아래로 내렸다가 5년 전에는 포스팅이 하나도 올라오지 않았다는 걸 깨달았다. 아내가 죽은 해였다. 그녀가 죽기 전에 내가 마지막으로 올린 포스팅은 2009년 12월 22일, '추운 겨울밤에 읽기 좋은 추리소설'이었다. 아내는 2010년 1월 1일 새벽에 교통사고로 죽었다. 술에 취해서 차를 몰다가 2번 국도 고가도로에서 미끄러져

추락했다. 경찰은 신원 확인을 위해 내게 사진을 보여주었다. 아내의 이마와 머리는 하얀 천으로 덮여 있었다. 사고로 두개골이 완전히 부서진 모양이었다. 하지만 얼굴에는 상처 하나 없었다.

　나는 '추운 겨울밤에 읽기 좋은 추리소설' 리스트를 읽었다. 전부 겨울이나 눈보라를 배경으로 한 소설이었다. 이 시기에는 그냥 책 제목만 나열하고 설명을 쓰지 않았다. 그 리스트는 다음과 같다.

《헤이즐무어 살인사건》, 애거서 크리스티, 1931

《나인 테일러스》, 도로시 L. 세이어스, 1934

《눈사람 속의 시체 *The Corpse in the Snowman*》, 니컬러스 블레이크, 1941

《틴셀(크리스마스트리에 거는 반짝이는 술 - 옮긴이)에 묶이다 *Tied Up in Tinsel*》, 나이오 마시, 1972

《샤이닝》, 스티븐 킹, 1977

《고리키 파크》, 마틴 크루스 스미스, 1981

《스밀라의 눈에 대한 감각》, 페터 회, 1992

《심플 플랜》, 스콧 스미스, 1993

《아이스 하베스트 *The Ice Harvest*》, 스콧 필립스, 2000

《레이븐 블랙》, 앤 클리브스, 2006

　이 리스트를 작성할 때《샤이닝》을 넣어도 될지 걱정했던 기억이 났다.《샤이닝》은 공포소설이지 추리소설이 아니기 때문이다. 하지만 내가 좋아하는 책이었으므로 그냥 집어넣었다. 내 인생이 영원히 바뀔 사건을 며칠 앞두고 했던 사소한 생각들, 사소한 일들이 기억난다는 게 신기했다.

만약 그해 12월로 돌아갈 수 있다면 이런 리스트는 절대 쓰지 않을 것이다. 필사적으로 아내와 싸우며 그녀의 불륜을 알고 있다고, 마약을 다시 하는 것도 알고 있다고, 하지만 용서할 테니까 내게 돌아오라고 말할 것이다. 그런다고 해서 달라진다는 법은 없다. 하지만 적어도 시도는 해보리라.

스크롤을 더 내렸더니 이번에는 다른 리스트가 나왔다. '불륜을 주제로 한 범죄소설'이었다. 재빨리 포스팅이 올라온 날짜를 확인했다. 당시 나는 아내의 불륜을 모르고 있었지만 무의식중에 짐작했던 게 틀림없다. 직감적으로 무슨 일이 벌어지고 있다고 느꼈을 것이다. 스크롤을 계속 내렸더니 포스팅이 점점 더 자주 올라왔다. 내가 블로그에 글을 올리는 데 점점 더 능숙해진 시기였다. 또다시 이런 생각이 들었다. 왜 우리는 매사에 리스트를 만들려고 할까? 무엇이 우리로 하여금 이런 리스트를 작성하게 할까? 나는 독서광이 된 뒤로, 애니 서점에서 용돈을 다 탕진한 뒤로 늘 이런 리스트를 작성했다. 내가 제일 좋아하는 책 열 권. 제일 무서운 책 열 권. 제임스 본드 시리즈 걸작선. 로알드 달 걸작선. 어릴 때는 왜 그랬는지 알 것 같다. 심리학자가 아니더라도 그것이 내게 정체성을 부여하려는 방법임을 알 수 있다. 나는 딕 프랜시스가 쓴 소설을 한 권도 빼지 않고 다 읽은 (그리고 그중 최고의 작품 다섯 권을 꼽을 수 있는) 열두 살 소년이었다. 그게 없다면 난 그저 친구도 없고, 사이가 소원한 어머니와 술을 너무 많이 마시는 아버지를 둔 외로운 소년에 불과했다. 그게 내 정체성이었는데 누군들 그런 정체성을 원하겠는가. 하지만 내가 궁금한 점은 왜 아직도 리스트를 계속 작성하냐는 것이다. 이제 나는 보스턴에 살면서 하고 싶은 일을 하고 사랑하는 여자와 결혼까지 했었는데. 그걸로 충분하지 않았던 걸까?

마침내 내가 블로그에 처음 올렸던 포스팅 '여덟 건의 완벽한 살인'이 나왔다. 지난 24시간 동안 이 글을 신물 나게 읽은 터라 또 읽을 필요는 없었다.

출입문이 열리자 나는 고개를 들었다. 두툼한 패딩 점퍼를 입고 후드까지 쓴 중년 부부였다. 원래도 덩치가 큰 사람들 같았는데 옷을 잔뜩 껴입으니 거의 공처럼 보일 지경이었다. 출입문을 통과할 때도 일렬로 들어와야 했다. 그들은 후드를 벗고 점퍼의 지퍼를 내리더니 미소 띤 얼굴로 내게 다가와 자기들이 미네소타주에서 온 마이크와 베키 스웬슨이라고 소개했다. 나는 그들이 우리 서점에 가끔씩 찾아오는 특별한 손님들, 보스턴으로 여행을 오면 꼭 우리 서점에 들르는 열렬한 추리소설 독자임을 단번에 알아보았다. 올드데블스는 많이 알려진 서점은 아니었지만 추리소설 독자들에게는 유명했다.

"미네소타 날씨까지 함께 가져오셨네요." 내 말에 두 사람 다 웃음을 터뜨리며 몇 년 전부터 보스턴 여행을 계획했다고 말했다.

"치어스 레스토랑에도 가야 하고, 클램차우더도 먹어야 하고, 당연히 올드데블스에도 와야죠." 남자가 말했다.

"네로는 어디 있나요?" 여자가 말하자 마치 신호라도 준 것처럼 네로가 신간 코너를 돌아 두 사람에게 갔다. 네로도 나름 밥값을 했다.

마이크와 베키는 한 시간 반가량 머물다 갔다. 그 시간의 90퍼센트는 이야기를 나누는 데 할애되었고, 쇼핑은 10퍼센트뿐이었다. 그래도 그들은 작가의 친필 사인이 있는 하드커버 책을 100달러어치는 샀고,

내게 이스트 그랜드 포크스에 있는 집 주소를 알려주며 거기로 보내달라고 부탁했다. "캐리어에 공간을 남겨두는 걸 깜빡했어요." 베키가 말했다.

그들이 서점을 나설 때는 눈이 그친 뒤였다. 두 사람은 기념품으로 우리 서점 책꽂이도 몇 개 사 갔다. 나는 치어스보다 나은 근처 레스토랑을 서너 군데 알려주기도 했다. 내가 그들을 위해 열린 문을 붙잡고 있을 때 후드 달린 맨투맨 티셔츠만 입은 브랜던이 나타났다. 비록 장갑을 끼고 털모자를 썼으며 그 위에 후드까지 쓰기는 했지만. 나는 오늘 브랜던이 출근한다는 걸 까맣게 잊고 있었다. "놀라셨어요? 오늘 금요일이잖아요." 브랜던이 말했다.

"알아."

"오늘이 금요일이라서 천만다행이죠." 브랜던이 우렁찬 목소리로 '천만다행'을 유달리 길게 늘여서 말했다. "그리고 이렇게 출근할 직장이 있어서 온종일 집에만 있을 필요가 없는 것도 천만다행이고요."

"수업 취소됐어?" 내가 물었다.

"아, 네." 브랜던은 경영학 수업을 주로 오전에 들었고, 이 서점에서 일하게 된 뒤로는 계속 그랬다. 지난번에 물어봤을 때 곧 졸업한다고 했으니 아마 서점 일도 조만간 그만둘 터였다. 브랜던이 그만둬도 서점 운영에는 문제가 없을 테지만, 쉬지 않고 떠들어대던 그의 수다가 그리울 것이다. 에밀리의 침묵과 멋진 대조를 이루던 수다였다. 아마 내 침묵과도.

브랜던은 맨투맨 티셔츠 앞에 달린 주머니에서 책을 꺼내—리처드 스타크의 《인간사냥》—내게 건네며 말했다. "존잼이네요." 브랜던이 처음 근무를 시작했을 때 나는 손님들이 있으니 서점에서는 '존나' 라는 말을 쓰지 말라고 계속 주의를 줘야 했고, 그래서 저 정도에 그쳤다. 브랜던이 내 제안에 따라 서점에서 저 책을 빌려간 게 불과 이틀 전이었다. 서점에서 풀타임으로 일하면서 공부도 하고, (그의 말에 따르면) 꽤 활발한 사교활동을 하면서도 브랜던은 일주일에 세 권 정도 읽어냈다. 나는 브랜던에게 받은 책을 바라보았다. 1967년에 이 소설을 각색한 리 마빈 주연의 영화를 따라 제목을 《포인트 블랭크》로 바꿔서 출판된 책이었다.

"제가 가져갈 때부터 그랬어요." 브랜던이 말했다. 책 상태를 말하는 것이다. 우리 서점에서 일하는 직원은 책을 더럽히지 않는 한 어떤 책이든 집으로 가져가서 읽을 수 있다는 게 서점의 방침이었다.

"응, 멀쩡해." 내가 말했다.

"네, 맞아요." 브랜던은 그렇게 말하더니 "에밀리!"라고 외쳤다. 세 음절 모두 똑같이 힘을 주어서. 에밀리가 서점 뒤쪽에서 나오자 브랜던은 그녀를 껴안았다. 서점에 안 나온 지 하루를 넘어가면 가끔씩 브랜던이 하는 행동이었다. 반면 나를 껴안는 경우는 아주 드물었는데 서점 개업 기념일 파티나 어쩌다 가끔 영업이 끝난 뒤에 함께 세븐스에 가서 잠깐 맥주나 한잔할 때 정도였다. 이제 우리 세대 남자들에게는 포옹이 전형적인 인사법이 됐지만 나는 원래 포옹을 잘하지 않는다. 도저히 그 동작에 익숙해지지 않는다. 특히 남자답게 등을 토닥이는 포옹은. 내 이런 걱정을 들은 클레어는 자기와 연습하자고 했다. 그래서 한동안 우리는 상대가 집에 올 때마다 남자다운 포옹으로 서로를 맞이했다.

브랜던은 에밀리를 따라 서점 뒤쪽으로 갔다. 거기서 주문이 들어온 책의 리스트를 확인하고, 배송해야 할 책들을 모을 것이다. 같은 직원과 오랫동안 일한 덕분에 무슨 일을 하라고 지시할 필요가 없다는 건 엄청난 장점이었다. 그들이 의리를 지켜주었기 때문에 나는 다른 서점보다 훨씬 더 두둑하게 보수를 챙겨준다. 어차피 이 일로 큰돈을 벌 필요도 없었고, 브라이언 머레이도 영업 이익은 별로 신경 쓰지 않을 터였다. 그는 그저 자신이 소유한, 혹은 절반을 소유한 서점이 있어서 행복할 따름이었다.

나는 브랜던이 에밀리에게 《인간사냥》의 줄거리를 처음부터 끝까지 말해주는 걸 들으며 새로 들어온 책을 업데이트했다. 네 명의 손님이 더 왔는데 모두 혼자였다. 일본인 관광객, 조 스테일리라는 단골, 늘 공포소설 코너를 돌아다니지만 책은 한 권도 사지 않는, 얼굴이 눈에 익은 20대 남자, 추위를 피하려고 들어온 게 틀림없는 여자였다. 나는 휴대전화로 날씨를 확인했다. 이제 눈은 그쳤지만 앞으로 며칠간 기온은 영하 10도로 떨어질 예정이었다. 지금까지 내렸던 눈은 단단한 얼음으로 변하고, 도시의 때가 내려앉아 거뭇해질 터였다.

이메일을 확인하려고 다시 컴퓨터 앞에 앉았다가 '여덟 건의 완벽한 살인' 포스팅이 그대로 있는 우리 서점 블로그를 다시 힐끗 보았다. 맨 밑에는 포스팅과 관련된 정보가 적혀 있었다. 작성자 이름인 맬컴 커쇼와 글이 올라온 날짜와 시간, 댓글이 세 개 달렸다는 표시. 내가 기억하는 건 두 개뿐이었으므로 새로운 댓글을 읽으려고 클릭했다. 가장 최근 댓글은 채 24시간도 안 되는 어제 새벽 세 시에 닥터 셰퍼드라는 사람이 작성했다. 나는 댓글을 읽었다. "리스트의 절반까지 왔네.《열차 안의 낯선 자들》완료,《ABC 살인사건》마침내 끝.《이중 배상》격파.

《죽음의 덫》은 영화로 봤고. 리스트를 다 마치면 (오래 걸리지 않을 거야) 연락할게. 아니면 내가 누군지 벌써 알았을까?"

8

그날 저녁 나는 냉장고에 있던 폭찹을 구웠다. 하지만 아직 충격이 가시지 않아서 너무 오래 굽는 바람에 가장자리가 오그라들고 육포처럼 질겨졌다.

늦은 오후부터 영업이 끝나는 일곱 시까지 '완벽한 살인' 포스팅에 달린 세 번째 댓글이 계속 떠올랐다. 단어를 하나하나 분석하며 서른 번은 읽었을 것이다. 댓글 작성자의 이름 '닥터 셰퍼드'가 계속 생각나서 검색해보았더니 애거서 크리스티의 유명한 소설 《애크로이드 살인 사건》에 나오는 화자 이름이었다. 그 책으로 그녀는 스타 작가가 되었다. 1926년에 출간되었는데 아주 영리한 반전으로 유명하다. 이야기는 에르퀼 푸아로의 이웃인 시골 의사 셰퍼드의 일인칭 시점으로 진행된다. 솔직히 말해서 책 제목이 죽은 남자의 이름이라는 사실을 제외하고는 그가 어떻게 죽었는지 전혀 기억나지 않는다. 그저 소설 결말에 이르러서 화자가 범인으로 밝혀진다는 사실만 기억난다.

집에 도착한 나는 곧바로 책꽂이로 가서 그 책을 찾아냈다. 내가 소장한 판형은 펭귄출판사에서 1950년에 발행한 페이퍼백으로 단순

한 초록색 표지였고 그림은 없었다. 줄거리가 기억날까 싶어서 책장을 휘리릭 넘겨보았지만 전혀 기억나지 않아 그날 밤에 다시 읽기로 했다. 그 댓글을 단 사람이 그냥 내 리스트에 올라온 책을 하나씩 읽어나가는 평범한 독자일 수도 있을까? 아주 희박하지만 그럴 가능성도 있었다. 다만 읽었다고 언급한 책들이 마음에 걸렸다. 이미 비슷한 범죄가 일어난 책들이었다.《ABC 살인사건》,《이중 배상》,《죽음의 덫》, 그리고 그웬 멀비는 아직 모르지만《열차 안의 낯선 자들》까지. 나는 그 책과 같은 사건이 일어났다는 걸 알고 있었다. 그리고 그 사실을 알고 있는 사람이 하나 더 있었다.

여기까지 읽은 독자라면 내가 직접 밝힌 것보다 이 범죄에 더 많이 연관되었다는 사실을 이미 짐작했을 것이다. 증거도 충분했다. 이를테면 왜 그웬 멀비에게 처음 질문을 받았을 때 내 심장박동이 빨라졌을까?

왜 나는 일레인 존슨을 안다고 바로 말하지 않았을까?

FBI 요원이 다녀간 뒤에 왜 나는 저녁으로 샌드위치를 두 입만 먹고 버렸을까?

왜 나는 쫓기는 꿈을 꿀까?

왜 나는 그웬에게 닥터 셰퍼드의 댓글을 바로 알리지 않았을까?

그리고 아주 영민한 독자라면 내 이름을 줄여서 부르는 맬Mal이 프랑스어로 '나쁨'을 뜻한다는 사실도 알아차렸을 것이다. 하지만 그건 좀 심한 비약이기는 하다. 왜냐하면 맬은 진짜 내 이름이기 때문이다. 이 이야기를 쓰려고 몇 사람의 이름을 바꾸기는 했어도 내 이름은 바꾸지 않았다.

이제는 사실을 털어놓아야 할 때다

클레어 이야기를 해야 할 때다.

그 역시 그녀의 본명이다. 클레어 맬러리. 클레어는 코네티컷주 페어필드 카운티의 부촌에서 세 자매 중 장녀로 자랐다. 부모는 딱히 좋은 사람은 아니었지만 그렇다고 이 이야기에서 자세히 다뤄야 할 만큼 나쁜 사람도 아니었다. 그들은 부유하고 속물적인 사람들이었다. 특히 그녀의 엄마는 세 딸의 외모와 체중에 집착했다. 엄마가 그랬기 때문에 줏대라고는 전혀 없는 아빠도 엄마 생각에 동의했다. 그들은 세 자매를 메인주의 여름 캠프와 고급 사립학교에 보냈다. 장녀 클레어는 보스턴 대학을 선택했다. 도시에서 살고 싶었지만 뉴욕시와 하트포드는 고향과 너무 가깝게 느껴졌기 때문이다.

다큐멘터리 감독이 되고 싶었던 클레어는 대학에서 영화와 텔레비전을 전공했다. 1학년 때는 아무 문제도 없었다. 하지만 2학년이 되면서 무대연출을 전공하는 애인 때문에 약물, 특히 코카인에 심하게 중독되었다. 중독 증상이 심해지면서 공황장애에 시달렸고 그 때문에 술을 많이 마셨다. 수업도 듣지 않아 학사 경고를 받았고, 잠깐 다시 수업을 듣기도 했지만 결국 3학년 때 중퇴했다. 부모는 클레어를 다시 집에 돌아오게 하려고 애썼으나 그녀는 보스턴에 남았다. 알스톤의 아파트에 세를 얻고, 내가 막 점장으로 승진한 레드라인 서점에서 일하면서.

정말로 첫눈에 반한 사랑이었다. 적어도 나는 그랬다. 면접을 보러 온 그녀는 긴장한 기색이 역력해서 손을 살짝 떨었고 계속 하품을 했다. 이상하다고 생각할 수 있지만 나는 그게 극도로 불안하다는 신호임을 알 수 있었다. 그녀는 사장 사무실에 있는 회전의자에 앉아 양손을 허벅지에 얌전히 내려놓았다. 코듀로이 스커트에 검은색 레깅스를 입고 터틀넥 스웨터를 입었는데 매우 말랐고 목이 길었다. 몸에 비해 머리가 너무 커 보였고, 얼굴은 거의 완벽한 원형이었다. 암갈색 눈동자와 가느다란 콧날, 도톰한 입술. 새까만 머리는 단발이었는데, 내가 보기에는 유행에 뒤처지는 헤어스타일이었다. 1930년대 영화에 등장하는 겁 없는 아마추어 탐정이 할 법한 머리였다. 그런데도 어찌나 예쁜지 나는 명치가 무지근하게 쿵쿵거렸다.

그녀에게 일해본 경험이 있는지 물었더니 거의 없다고 했다. 다만 지난 몇 년간 여름마다 고향 쇼핑몰에 있는 월든북스에서 일했다고 했다.

"좋아하는 작가가 누굽니까?" 클레어는 내 질문에 놀란 표정이었다.

"재닛 프레임, 버지니아 울프, 지넷 윈터슨이요." 클레어는 잠시 생각하더니 말을 이었다. "시도 좋아해요. 에이드리언 리치, 로버트 로웰, 앤 섹스턴의 시요."

"실비아 플라스도?" 나는 그렇게 물어놓고 속으로 민망했다. 가장 유명한 고백파 여성 시인을 모르는 사람이 어디 있겠는가. 그걸 굳이 언급하다니 멍청한 짓이었다.

"물론이죠." 클레어는 그렇게 말하고는 내가 좋아하는 작가를 물었다.

나는 그 질문에 대답했고, 우리는 그런 식으로 작가 이야기를 하며 한 시간 정도 대화를 이어갔다. 나는 실제 일에 관한 질문은 달랑 하나만 했다는 걸 깨달았다.

"몇 시부터 몇 시까지 근무할 수 있나요?" 내가 물었다.

"아." 클레어는 생각에 잠기며 볼을 만졌다. 나는 그게 그녀의 습관임을 바로 알아차렸다. 앞으로 그 동작을 자주 보게 될 것이며, 나중에는 그걸 그저 그녀 특유의 사랑스러운 동작이 아닌 걱정스러운 징조로 보게 될 거라는 사실을 전혀 모른 채. "제가 왜 생각하는지 모르겠네요. 언제든 좋아요." 클레어가 웃으며 말했다.

그녀에게 데이트 신청할 용기를 내기까지 6주가 걸렸다.

그때도 마치 함께 외근을 나가는 것처럼 말했다. 보스턴 공공도서관에서 루스 렌들 초청 행사가 열릴 예정이었는데 나는 클레어에게 함께 갈 생각이 있는지 물었다. 클레어는 좋다고 말하더니 "그 여자 책은 한 권도 안 읽어봤어요. 하지만 점장님이 좋아하신다면 읽어야죠"라고 덧붙였다. 나는 그 후로 며칠간 셰익스피어 소네트를 분석하는 대학원생처럼 그 문장을 분석했다. "끝나고 술이라도 한잔할까?" 내가 말했다. 내가 듣기에는 비교적 차분한 목소리였다.

"좋아요." 클레어가 대답했다.

11월 저녁이었고, 우리가 코플리 스퀘어를 대각선으로 가로질러 도서관으로 향할 무렵에는 날이 이미 어두워졌다. 공원에는 마른 낙엽이 흩어져 있었다. 우리는 작은 강당 뒤쪽에 앉았다. 루스 랜들을 인터뷰한 사람은 지역 라디오방송 사회자였는데 자기 자신에게 관심이 너무 많았다. 그래도 재미있는 인터뷰였고, 끝난 뒤에 클레어와 나는 술을 마시러 포어하우스에 갔다. 우리는 술집 영업이 끝날 때까지 구석 칸막이 좌석에 앉아 책은 물론 서점의 다른 직원들에 대해 이야기했다. 사적인 이야기는 하지 않았다. 하지만 새벽 두 시에 우리가 알스톤에 있는 그녀의 아파트 앞에 서서 바람에 몸을 떨고 있을 때, 심지어 키스도 하기 전에 클레어가 말했다. "좋은 생각이 아니에요."

"무슨 말이야?" 내가 웃으며 말했다.

"나랑 뭘 하고 싶다고 생각하는지 모르겠지만 어쨌든 좋은 생각이 아니라고요. 난 문제가 많아요."

"상관없어."

"좋아요." 클레어는 그렇게 말했고, 나는 그녀를 따라 안으로 들어갔다.

대학 시절에 연애를 두 번 했는데 한번은 1년간 애머스트 칼리지에 공부하러 온 독일 교환학생을, 다른 한번은 내가 4학년일 때 입학한 메인 주, 홀튼 출신의 신입생을 만났다. 내가 편집자로 있었던 문학 잡지 동아리에 가입해서 알게 되었다. 나는 두 사람에게 비슷한 감정을 느꼈다. 내가 그들에게 끌렸던 이유는 그들이 내게 끌렸기 때문이었다. 둘 다 침묵을 못 견디고 계속 떠들어대는 타입이었고, 나는 조용한 편이라서 그들과 잘 맞았다. 페트라가 독일로 돌아가자 나는 그녀에게 가능한 한 빨리 독일을 방문하겠다고 했다. 하지만 미국을 떠난 후에도 우리 관계가 지속될 거라고 생각해본 적 없다는 페트라의 대답에 나는 어리둥절하면서도 왠지 엄청난 안도감을 느꼈다. 나는 페트라가 날 사랑하는 줄 알았다. 2년 뒤 대학을 졸업하고 나서 신입생이었던 루스 포터에게 이제 나는 보스턴으로 떠나고, 그녀는 대학에 계속 남을 테니 그만 헤어지자고 말했다. 나는 루스가 좋다고 할 줄 알았는데 그녀는 배에 총이라도 맞은 듯한 표정이었다. 여러 차례에 걸친 고통스러운 대화 끝에 마침내 루스와 헤어질 수 있었고, 나는 내가 그녀에게 상처를 줬음을 깨달았다. 그제야 내가 여자의 마음을 잘 읽지 못한다는 걸 알았다. 어쩌면 여자뿐 아니라 그냥 전반적으로 인간의 마음을 잘 읽지 못할 것이다.

그래서 클레어 맬러리의 아파트에 들어섰을 때, 우리가 겉옷도 벗지 않은 채 키스하기 시작했을 때 내가 말했다. "참고로 말하자면, 난 비언어적인 신호에 아주 둔해. 그러니까 내가 알아야 할 게 있으면 전부 다 말해줘."

클레어는 웃었다. "정말이요?"

"응, 꼭 말해줘." 나는 이미 그녀를 사랑하고 있다는 말이 나오려는 걸 간신히 참았다.

"알았어요. 전부 다 말해줄게요."

클레어는 그날 밤부터 이야기를 시작했다. 먼지가 뿌옇게 낀 침실의 창문 두 쪽에 여명이 가득 차는 동안 클레어는 침대에 누워 중학교 때 과학 선생에게 2년 넘게 성추행당한 일을 말해주었다.

"다른 사람에게 말 안 했어?" 내가 말했다.

"네. 뻔한 말이지만 너무 창피했어요. 내 탓이라고 생각했고, 적어도 선생님이 나랑 섹스를 한 건 아니라고 계속 합리화했죠. 우린 키스조차 안 했어요. 사실 어떤 면에서 선생님은 내게 친절했어요. 선생님이랑 사모님 둘 다. 하지만 나랑 단둘이 남으면 선생님은 늘 내 뒤로 가서 날 끌어안은 채 한 손은 내 셔츠 속에 넣고, 다른 손은 청바지 속으로 넣었죠. 그런 상태로 사정했던 것 같아요. 하지만 절대 내 옷을 벗기거나 자기 옷을 벗지는 않았어요. 끝나고 나면 늘 약간 멋쩍은 표정으로 '아주 좋았어' 같은 말을 하고는 화제를 바꿨어요."

"맙소사."

"별거 아니에요. 내 인생에는 엿 같은 일이 많았는데 그중 하나였을 뿐이에요. 가끔은 그 선생님보다 우리 엄마가 내 인생을 더 망쳐놓은 것 같다는 생각이 들어요."

클레어는 양팔 안쪽과 양쪽 갈비뼈를 따라 문신이 있었다. 그저 가느다란 검은색 직선이었다. 내가 그 문신에 대해 물었더니 클레어는 문신을 새기는 느낌이 너무 좋지만 몸에 평생 남기고 싶은 이미지를 도저히 고를 수가 없다고 했다. 그래서 그냥 한 번에 선 하나씩만 새긴다고 했다. 나는 아파 보일 정도로 마른 그녀의 몸을 아름답다고 생각했듯이 그 문신도 아름답다고 생각했다. 한동안 우리 관계는 아주 순조로웠다. 나는 클레어에게 아무런 지적도 하지 않았고, 클레어가 한 말을 의심하지도 않았기 때문이다. 그녀에게 문제가 있다는 건 알고 있었다. 클레어는 술을 너무 많이 마셨고(비록 약은 1년 가까이 끊었지만), 너무 적게 먹었으며, 가끔씩 섹스를 할 때면 내가 자신을 성적 대상으로만 취급해주기를 원했다. 정상적이고 사랑이 넘치는 섹스만으로는 늘 부족했고 그 이상을 원했다. 술에 취하면 클레어는 내게 등을 돌린 채 내 손을 앞으로 끌어당기고 내 몸에 자신의 몸을 비벼댔다. 나는 그녀의 중학교 때 과학 선생이 생각나지 않을 수 없었고, 지금 클레어도 그 선생을 생각하는지 궁금했다.

하지만 이런 어두운—어둡다고 할 수나 있을지 모르겠지만—면은 우리가 첫 3년 동안 사귀면서 나누었던 감정의 일부에 불과했다. 우리가 나눈 감정은 주로 엄청난 친밀감, 그리고 자물쇠와 열쇠처럼 마음이 꼭 맞는 누군가를 만난 데서 비롯되는 행복이었다. 그게 내가 생각해낼 수 있는 최고의 비유다. 진부한 표현이지만 또한 사실이기도 하다. 누군가와 그렇게 마음이 통했던 적은 그때가 처음이었고, 그 후로도 없었다.

우리는 라스베이거스에서 결혼했고, 증인은 5분 전에 만난 블랙잭 딜러였다. 라스베이거스로 도망친 가장 큰 이유는 클레어의 엄마 때문이었다. 클레어는 만약 자신이 결혼한다면 엄마가 제멋대로 결혼식을 준비할 게 뻔했는데 그런 결혼식은 하고 싶지 않다고 했다. 나는 라스베이거스든 어디든 상관없었다. 내 어머니는 3년 전에 폐암으로 돌아가셨다. 평생 담배는 피운 적이 없는데도. 반면 골초인 아버지는 당연히 아직 살아 있고, 현재는 플로리다 주 포트 마이어스에 거주 중이다. 내가 아는 한 여전히 알코올중독이고, 매일 윈스턴을 세 갑씩 피운다. 클레어와 나는 결혼한 뒤 함께 서머빌로 이사해 유니언 스퀘어 근처 3층짜리 아파트의 2층에 세 들어 살았다. 그 무렵 클레어는 레드라인 서점을 그만두고, 서머빌의 케이블방송국에 행정직으로 취직해 단편 다큐멘터리를 만들기 시작했다. 1년 뒤 레드라인은 문을 닫았고, 나는 올드데블스에 취직했다. 그때가 스물아홉이었고, 평생 하고 싶은 일을 찾은 듯했다.

하지만 클레어는 일이 잘 풀리지 않았다. 그녀는 케이블방송국에서 일하는 게 싫었지만 관심이 가는 자리는 전부 대학 졸업장을 요구했다. 그래서 다시 에머슨칼리지에서 파트타임으로 공부해 대학 졸업장을 따기로 했다. 또 센트럴 스퀘어에 있는 허름한 술집에서 바텐더로 일하기도 했다. 나는 클레어를 만나러 그 술집에 가곤 했다. 고막이 터질 듯한 펑크 밴드의 음악에 시달리며 오랫동안 바에 앉아 기네스를 마셨고, 갈색 뿔테 안경을 쓰고 스키니진을 입은 힙스터들의 추파를 받는 아내를 지켜보았다. 무대에서 연주하는 아마추어 밴드의 우레 같은 음악 소리를 무시한 채 소설을 읽을 수 있는 능력도 개발했다. 내가 술집의 다른 손님들보다 나이가 더 많지도 않았는데 책과 희끗희끗한 머리카락 때문에 더 나이 든 기분이 들었다. 다른 바텐더들은 날 클레어의 할배라고 불렀고, 클레어도 날 할배라고 불렀다. 한동안은 아내도 내가 술집에 찾아오는 걸 좋아했던 것 같다. 근무가 끝나면 클레어는 나와 함께 맥주를 마셨고, 우리는 팔짱을 낀 채 어둠을 가르며 쓰레기가 뒹구는 케임브리지와 서머빌의 거리를 따라 집으로 걸어갔다. 하지만 2007년에 무언가가 바뀌었다. 클레어의 동생 줄리가 결혼하면서 클레어는 갑자기 가족 일에 휘말려 들었고, 동생과 엄마 사이에서 완충재 역할을 하도록 투입되었다. 지난 몇 년간 늘었던 몸무게가 다시 줄어들었고, 왼쪽 허벅지 안쪽에 검은 선 문신이 몇 개 더 늘어났다.

또한 패트릭 예이츠라는 새로 온 바텐더와 사랑에 빠졌다.

9

맛없는 저녁 식사를 마친 뒤에 펭귄출판사에서 발행한《애크로이드 살인사건》을 들고 일찌감치 침대에 누웠지만 집중이 되지 않았다. 마음이 아내에 대한 생각과 세 번째 댓글을 단 사람이 누구일까 하는 생각을 팔짝팔짝 오가는 탓에 첫 페이지를 읽고 또 읽었다. 나는 아파트의 퀴퀴한 공기를 폐에 가득 들이마셨다가 천천히 내쉬었다. 왜 그자는 자신을 닥터 셰퍼드라고 했을까? 자기가 살인자이기 때문이겠지? 그렇다고는 해도《애크로이드 살인사건》을 꼭 읽어야 할 필요는 없었다. 나는 시집을 쌓아둔 머리맡 탁자에 책을 내려놓았다. 요즘에는 밤이면 잠들기 전에 시를 읽었다. 최근에는 작가들의 전기나(비록 범죄소설은 거의 읽지 않아도 범죄소설을 쓰는 작가들의 전기는 읽었다) 유럽 역사에 꽂혔지만 잠들기 전에 마지막으로 읽는 글은 시였다. 모든 예술과 문학이 내게는 도와달라는 비명으로 들렸지만 특히 시는 더욱 그랬다. 나는 좋은 시는 아주 드물다고 확신하는데 좋은 시를 읽을 때면 오래전에 죽은 이방인이 내 귀에 속삭이는 것 같다. 자기 말을 전하려고 노력하면서.

　나는 침대에서 내려와 책꽂이로 가서 내가 가장 좋아하는 시, 존

스콰이어 경의 〈겨울 해 질 녘Winter Nightfall〉이 있는 시선집을 찾아냈다. 아마 그 시를 외울 수 있을 테지만 그래도 글로 보고 싶었다. 마음에 드는 시를 찾아내면 읽고 또 읽었다. 1년 내내 잠들기 전마다 실비아 플라스의 〈장마철 떼까마귀Black Rook in Rainy Weather〉를 읽은 적도 있다. 최근에는 피터 포터의 〈장례식An Exequy〉을 읽고 있다. 비록 절반도 이해하지 못하지만. 나는 시를 비평할 수 없어도 읽고 감동할 수는 있다.

다시 침대로 돌아가 스콰이어의 시를 읽은 다음 눈을 감자 마지막 구절이—"이 황량한 시골의 송장 같은 진흙 속에서 쩍쩍 소리를 내는 내 발자국"—만트라처럼 내 몸을 뒤흔들고 또 흔들었다. 다시 아내를 생각했다. 그리고 내가 내렸던 결정들도. 클레어의 삶에 패트릭 예이츠가 등장했을 때—사실 날짜까지 기억했다. 내 생일인 3월 31일이었기 때문이다—나는 뭔가 중대한 일이 생겼음을 단번에 눈치챘다. 그날 클레어는 오후 근무를 마치고 일찍 퇴근했다. 나와 함께 이스트코스트 그릴에서 내 생일을 축하하는 저녁을 먹기 위해서였다. "드디어 새 바텐더를 구했어." 그녀가 말했다.

"그래?"

"패트릭이라는 남잔데 오늘부터 교육을 시작했어. 괜찮은 사람 같아."

머뭇거리면서도 대담하게 그의 이름을 말하는 클레어를 보며 나는 패트릭이 아내에게 강한 인상을 남겼다는 걸 알았다. 아주 미약한 전류가 몸을 관통하는 듯했다.

"바텐더로 일한 경험은 있대?" 내가 굴을 삼키며 말했다.

"오스트레일리아의 펍에서 1년간 일했대. 그러니까 없는 것보단

낫지. 패트릭의 오른쪽 어깨에 에드거 앨런 포 문신이 있어. 그걸 보니까 당신 생각이 나더라."

나는 질투심이 많은 남편은 아니었지만 클레어는 나와 달리 평생 한 남자만으로 만족하며 살 여자가 아님을 알고 있었다. 클레어는 대학 때 숱하게 많은 남자를 사귀었다. 남자를 만날 때마다 혹은 길에서 남자를 지나칠 때마다 저 남자가 자신과 자고 싶어 할까 궁금해했고, 나중에는 저 남자들이 자신과 함께 자는 걸 어떻게 생각할지에 집착했던 시절이 있었다고 인정했다. 나는 그 고백을 들으며 그녀가 말해줘서 다행이라고 생각했다. 비밀로 하는 것보다 낫다고.

클레어는 닥터 마사라는 여자에게 2주에 한 번씩 상담을 받았다. 하지만 상담을 받고 나면 기분이 우울해졌고, 때로는 그 기분이 며칠씩 가기도 했다. 상담이 효과가 있는지 의문이었다.

마음 한구석으로는 언젠가 클레어가 바람을 피울 거라고 늘 예상했다. 바람까지는 아니더라도 다른 사람과 사랑에 빠질 거라고. 나는 그 사실을 받아들였다. 그리고 클레어의 입에서 나오는 패트릭의 이름을 들으며 드디어 그날이 왔다고 확신했다. 두려웠지만 어떻게 할지 이미 정해둔 터였다. 클레어는 내 아내였고 앞으로도 늘 그럴 것이며 나는 무슨 일이 있든 그녀의 곁을 지킬 것이다. 무조건 끝까지 버틸 거라고 생각하면 안도감이 들었다.

클레어는 패트릭과 바람을 피웠다. 적어도 감정적으로는 그랬다. 두어 번 정도는 육체적 관계를 가졌을 거라는 의심도 들었다. 하지만 나는 선장의 아내처럼 참을성 있게 기다렸다. 그녀가 폭풍우를 헤치고 살아서 돌아오길 바랐다. 가끔은 이런 의문이 들었다. 클레어가 옷에서는 패트릭이 피우는 아메리칸 스피릿 냄새를, 입에서는 술 냄새를 풍기며 퇴근 시간을 두 시간이나 넘겨 귀가했을 때 내가 좀더 싸우고, 헤어지겠다고 으름장을 놓고, 그녀를 질책했어야 했을까? 하지만 난 그러지 않았다. 그걸 선택하지 않았다. 그저 클레어가 돌아오길 기다렸고 8월 어느 무더운 여름밤에 그녀는 정말로 돌아왔다. 서점 일을 마치고 집에 돌아오니 클레어가 고개를 숙인 채 눈물을 글썽이며 소파에 앉아 있었다.

"내가 너무 멍청했어." 그녀가 말했다.

"약간."

"날 용서해줄 거야?"

"난 언제나 널 용서할 거야." 내가 말했다.

그날 밤늦게 클레어는 내게 자세히 알고 싶냐고 물었고, 나는 말해야 속이 시원할 것 같다면 하라고 했다.

"아니, 전혀. 지긋지긋해." 클레어가 말했다.

나중에 클레어가 아닌 다른 사람을 통해 패트릭 예이츠가 토요일 밤에 금전등록기에 있던 현찰을 몽땅 들고 사라졌으며, 그의 증발에 망연자실한 여자 바텐더가 최소한 셋은 된다는 소식을 들었다.

그 사건 후로 클레어와 나는 사이가 더 좋아졌지만 클레어의 상황은 더 나빠졌다. 그녀는 바텐더 일을 그만두고 에머슨칼리지도 중퇴했다. 한동안 우리 서점에서 일하다가 블랙베이에 있는 고급 레스토랑에서 바텐더 자리를 구했다. 벌이는 쏠쏠했지만 클레어는 창조성을 발휘할 수 없는 삶에 좌절했다. "평생 바텐더로 살고 싶지 않아. 난 다큐멘터리를 만들고 싶다고. 근데 그걸 하려면 다시 대학을 다녀야 해."

"대학에 다닐 필요 없어. 그냥 찍으면 돼." 내가 말했다.

그래서 클레어는 그렇게 했다. 저녁에는 레스토랑에서 일하고, 낮에는 단편 다큐멘터리를 만들었다. 하나는 타투이스트에 관한 다큐멘터리였고, 하나는 데이비스 스퀘어에 있는 폴리아모리(비독점적 다자 연애 - 옮긴이) 공동체에 관한 다큐멘터리였다. 심지어 우리 서점에 관한 다큐멘터리도 만들었다. 클레어는 이 세 개를 유튜브에 올렸고, 그걸 에릭 앳웰이 보게 되었다. 앳웰은 보스턴 외곽 사우스웰의 개조한 농가에 자칭 '이노베이션 인큐베이터' — 회사의 정식 이름은 블랙반엔터프라이즈였다 — 를 운영했다. 젊은 예술가들에게 공짜로 작업실을 (가끔은 숙소도) 제공하고, 그 대가로 작품 최종 수익금의 일정 퍼센트를 받는 회사였다. 앳웰은 클레어의 타투이스트 다큐멘터리가 마음에 든다면서 그녀와 계약했고, 자신의 회사 홍보 영상을 찍어달라고 부탁했다. 패트릭 예이츠와 달리 클레어가 에릭 앳웰을 처음 언급했을 때는 불길한 기분이 전혀 들지 않았다. 클레어는 그가 30대처럼 행동하는 전형적인 50대 남자로, 젊은 사람들에게 둘러싸이는 걸 좋아한다고 했다. 기왕이면 아첨꾼들에게.

"괴짜 같은데." 내가 말했다.

"모르겠어. 그보다는 사기꾼 같아. 어쩌다 차세대 거물을 발굴해서 일확천금을 벌기를 바라는 것 같아."

클레어는 앳웰의 회사가 있는 농가에서 주말을 보내고 돌아왔는데 나는 그녀가 어딘가 달라졌음을 눈치챘다. 안절부절못했고 약간 짜증을 냈지만 동시에 내게 더 다정했다. 주말이 지나고 며칠 뒤 클레어가 한밤중에 날 깨우더니 물었다. "왜 날 사랑해?"

"모르겠어. 그냥 사랑해."

"이유가 있을 거 아냐."

"당신을 사랑하는 데 이유가 있다면 사랑하지 않을 이유도 있는 셈이잖아."

"무슨 말이야?"

"모르겠어. 피곤해."

"안 돼. 말해줘. 궁금하단 말이야."

"알았어. 만약 당신이 아름다워서 내가 당신을 사랑한다고 해보자. 그러면 어떤 사고로 당신 얼굴이 흉해지면 더는 당신을 사랑하지 않을 거라는 뜻이잖아."

"아니면 그냥 늙어서 추해지거나."

"맞아. 그 경우도 해당되겠지. 또 당신이 좋은 사람이라서 내가 당신을 사랑한다면, 당신이 뭔가 나쁜 짓을 하면 더는 사랑하지 않겠지. 하지만 나한테 그런 일은 일어날 수 없어."

"당신은 내게 너무 과분한 사람이야." 클레어는 그렇게 말하더니 웃음을 터뜨렸다.

"당신은 내 어디가 좋아?" 내가 물었다.

"당신의 잘생기고 어려 보이는 얼굴." 클레어는 그렇게 말하고 또 웃었다. "사실 난 당신이 젊은 남자의 모습을 한 늙은 영혼이라서 좋아."

"언젠가는 늙은 남자의 모습을 한 늙은 영혼이 될 거야."

"빨리 그렇게 됐으면 좋겠다."

나는 주로 낮에 일하고, 클레어는 레스토랑에서 저녁에 근무했기 때문에 한참 후에야 그녀가 평일 낮에도 사우스웰에 계속 갔다는 사실을 알게 되었다. 나는 그녀가 모는 스바루의 주행거리를 계속 확인하기 시작했다. 그런 식으로 그녀를 감시해서 마음이 안 좋았지만 내 의심이 맞았다. 클레어는 주중에 두세 번씩 사우스웰에 다녀오는 게 분명했다. 나는 클레어가 앳웰이나 앳웰이 후원하는 다른 예술가와 바람을 피우고 있을 거라고 생각했다. 블랙반엔터프라이즈에 다녀올 다른 이유가 있을 거라고는 전혀 생각하지 못했다. 적어도 처음 몇 주 동안은 그랬다. 그러다 클레어가 일하러 갈 때 입는 청바지가 예전에는 딱 맞았는데 허리 주위로 점차 헐렁해진 것을 깨달았다. 또 클레어가 할머니에게 물려받은 보석함에서 코카인과 온갖 종류의 약이 들어 있는 작은 약 상자를 발견했다.

나중에 내가 다그쳤더니 클레어는 블랙반에서 처음으로 주말을 보냈을 때 앳웰이 엄청나게 많은 와인과 함께 저녁 파티를 열었다고 했다. 클레어가 그만 자러 가겠다고 했더니 앳웰이 계속 놀자면서 코카인을 조금만 하라고 설득했다. 이튿날 그녀가 홍보 영상을 다 찍자 앳웰은 감사의 표시로 전날 그들이 마셨던 상세르 와인 한 병과 코카인 0.5그램을 주었다. 또한 자기가 소량으로 나눠서 흡입하면 마약에 중독되지 않는 방법을 개발했다면서 그대로만 하면 걱정할 필요가 없다고 클레어를 안심시켰다.

클레어가 사우스웰에 가는 이유가 섹스가 아니라 마약이라는 걸 처음부터 알았다면 나는 더 빨리 간섭했을 것이다. 내가 그 사실을 알게 됐을 때 클레어는 다시 마약에 완전히 중독된 상태였다. 나는 늘 하던 대로 했다. 클레어가 끊겠다고 하기를, 재활 센터에 들어가겠다고 하기를 바라며 기다리기로 했다. 한심하다는 거 안다. 내가 뭔가 했더라면, 이를테면 최후의 통첩을 하고 클레어의 부모에게 연락하고 친구들에게 알리고 뭐라도 했더라면 결과가 달라졌을 수도 있다. 지금도 늘 그 생각을 한다.

10대 시절에 어머니에게 물은 적이 있다. 아버지가 술을 그렇게 많이 마시는데도 왜 참고 사냐고.

어머니는 눈살을 찌푸렸다. 화가 나서가 아니라 혼란스러웠기 때문이다. "나한텐 다른 선택의 여지가 없어." 마침내 어머니가 말했다.

"아빠랑 헤어질 수 있잖아요."

어머니는 고개를 저었다. "차라리 기다리련다."

"영원히 기다려야 한다고 해도요?"

어머니는 고개를 끄덕였다.

클레어가 내게서 마음이 떠났을 때 내가 느낀 감정도 그랬다. 난 그녀를 기다렸다.

2010년 1월 1일 새벽, 경찰관 둘이 우리 집 현관문을 두드렸을 때 난 아내가 죽었다고 확신했다. 그들이 입을 열기도 전에.

"알겠습니다." 경찰관이 클레어가 새벽 세 시에 교통사고를 당했고, 그 자리에서 즉사했다는 소식을 전해주자 나는 그렇게 말했다.

"다친 사람이 또 있나요?" 내가 물었다.

"아뇨, 차에는 부인 혼자뿐이었습니다. 사고에 연루된 다른 차량도 없었고요."

"알겠습니다." 나는 또 그렇게 말하며 경찰이 용건을 다 마쳤다는 생각에 문을 닫으려고 했다. 하지만 그들은 나를 막으며 함께 경찰서로 가서 신원을 확인해줘야 한다고 설명했다.

석 달 뒤 나는 클레어가 썼던 일기장을 발견했다. 그녀가 책꽂이에서 자기 공간이라고 주장했던 선반의 큼직한 하드커버 책들 뒤에 숨겨져 있었다. 읽지 않고 태워버리려고 했지만 호기심을 당해낼 수가 없었다. 그래서 비가 내리는 어느 봄날 저녁, 여섯 개들이 뉴캐슬 브라운 에일을 사 들고 집에 가서 의자에 앉아 처음부터 끝까지 다 읽었다.

10

요즘 나오는 추리소설은 이제 안 읽지만 그래도 트렌드는 알고 있다. 길리언 플린이 쓴 《나를 찾아줘》가 이 업계를 완전히 바꿔놓았고, 믿을 수 없는 화자와 한 가정에서 벌어지는 사건을 다룬 스릴러 소설이 갑자기 인기를 끌었다. 더불어 우리가 정말로 타인을, 특히 가장 가까운 사람을 믿을 수 있느냐는 질문을 던지는 책들도. 몇몇 후기를 읽어보면 사람들은 이를 최근 현상으로 생각하는 듯하다. 배우자의 비밀을 알게 된다는 개념이 새롭게 정립되었다는 듯이. 하지만 화자가 독자에게 몇 가지 사실을 생략하는 것은 한 세기가 넘도록 심리 스릴러의 기반이었다. 1938년에 발표된 소설 《레베카》의 화자는 독자에게 자신의 이름조차 알려주지 않았다.

사실 나는—아마 기만을 바탕으로 한 픽션의 왕국에서 오랜 시간을 보낸 탓에 편견이 생겼을 테지만—화자를 믿지 않듯이 살면서 만나는 사람들도 믿지 않는다. 우리는 누구에게서도 결코 완전한 진실을 얻을 수 없다. 처음으로 누군가를 만나 말을 나누기 전에도 이미 거짓과 절반의 진실이 존재한다. 우리가 입은 옷은 몸의 진실을 가리지만 또한 우리가 원하는 모습을 세상에 보여준다. 옷은 직조이자 날조다.

따라서 아내가 나 몰래 일기를 써왔다는 사실을 알고도 나는 놀라지 않았다. 또한 아내에게 한 번도 들은 적 없는 일이 일기장에 적혀 있는 걸 보고도 놀라지 않았다. 그런 일이 한두 개가 아니었다. 하지만 내가 일기장을 읽고 알게 된 사실은 이 이야기를 쓰는 목적과 아무 상관이 없으므로 그 내용을 모두 밝히지는 않을 것이다. 그녀는 그걸 세상에 알리고 싶어 하지 않았고, 나도 그렇다.

하지만 클레어와 에릭 앳웰 사이에 있었던 일은 기록해야 한다. 예상했던 대로 그들은 성관계를 맺었지만 사랑해서가 아니었다. 클레어는 코카인에 중독되었고, 앳웰은 한동안 공짜로 코카인을 주다가 돈을 요구하기 시작했다. 클레어와 내게는 월세와 생활비, 여행비를 넣어두는 공동 계좌가 있었지만 각자 개인 계좌도 가지고 있었다. 클레어의 계좌는 3주 정도 후에 바닥이 났다. 돈이 떨어지자 클레어는 돈 대신 몸을 주었다. 앳웰의 제안이었다. 대충 말하자면, 앳웰은 클레어에게 아주 모욕적인 짓까지 요구했다. 한번은 클레어가 중학교 때 선생에게 성추행당한 일을 말했더니 "그가 흥분해서 눈을 반짝거렸다"라고 적혀 있었다.

나는 일기를 다 읽었고, 돌아오는 주말에 차를 몰고 사우스웰을 지나 콩코드의 월든호수로 갔다. 주차장은 거의 비어 있었다. 기온이 영하 10도라서 호수는 꽁꽁 얼었고 호수 위의 하늘은 분필처럼 새하얬다. 나는 호수 너머 산마루로 올라가는 산책로를 따라간 다음, 공터에서 일기장에 등유를 붓고 불을 붙였다. 타고 남은 끄트러기는 발로 쾅쾅 밟았다. 일기장이 재가 되어 허공으로 날아가고 눈 위에는 검댕이 묻은 움푹 파인 구멍만 남을 때까지.

나는 클레어의 일기를 태워버린 걸 한 번도 후회하지 않았다. 하지만 그걸 읽은 것은 지금도 가끔 후회된다. 서머빌에 있던 우리 아파트에서 비컨힐의 원룸으로 이사할 때 나는 클레어의 유품을 전부 버렸다. 그녀의 옷, 그녀가 사서 들여놓은 가구, 학교 졸업 앨범. 대신 클레어의 책은 몇 권 가지고 있다. 그녀가 학창 시절에 샀던 《시간의 주름》, 보스턴대학 신입생 때 수업 교재로 구입한 앤 섹스턴의 주석 달린 시선집 페이퍼백. 그 책은 늘 침대 머리맡 테이블에 놓아둔다. 가끔은 거기 실린 시를 읽기도 하지만 주로 클레어가 적은 메모와 낙서, 그녀가 밑줄 친 단어들을 본다. 가끔은 그녀의 볼펜이 종이에 남긴 자국을 만져보기도 한다.

요즘에는 그 책이 그저 거기 있다는 사실이, 손을 뻗치면 닿을 곳에 있다는 게 좋았다. 클레어가 죽은 지 5년이 됐지만, 그녀가 죽은 직후보다 요즘 들어 더 자주 머릿속으로 그녀에게 말을 건다. 애거서 크리스티의 《애크로이드 살인사건》을 들고 침대로 갔던 날 밤에도 클레어에게 말을 걸었다. 리스트에 대한 일이며, 멀비 요원이 찾아온 일, 이 책들을 다시 읽는 기분이 어떤지 전부 다 이야기했다.

아침 여덟 시 반쯤에 잠에서 깬 나는 잠깐이나마 잠들었다는 사실에 놀랐다. 간밤에 커튼을 치는 걸 깜빡한 탓에 눈이 따가울 정도로 밝은 햇살이 쏟아져 들어왔다. 창밖을 내다보니 길 건너편의 울퉁불퉁한 지붕은 눈으로 뒤덮였고, 홈통은 고드름으로 장식되어 있었다. 집집마다 창문에는 서리가 거미줄을 쳤고, 아래로 보이는 거리는 창백한 회색

빛이었다. 오늘 날씨가 엄청나게 춥다는 뜻이었다. 휴대전화를 확인해 봤더니 현재 기온이 영하 17도였다. 에밀리와 브랜던에게 오늘 쉬어도 된다고, 날씨가 너무 추워서 출근하라는 말은 못 하겠다는 이메일을 보내려다가 마음을 바꿨다.

옷을 두툼하게 껴입고 찰스가를 걸어서 오트밀을 파는 카페로 갔다. 구석 자리에 앉아 테이블에 놓여 있던 어제 자 《글로브》를 읽는데 휴대전화가 울렸다.

"맬컴, 나 그웬이에요."

"안녕하세요."

"자고 있었어요?"

"아, 아뇨. 아침 먹는 중입니다. 이따 서점으로 갈 거예요. 아직 보스턴인가요?"

"아뇨, 어제 오후에 집에 왔어요. 주문했던 책들도 이미 다 왔더군요. 그래서 어젯밤에 《열차 안의 낯선 자들》을 읽었어요."

"그랬군요. 어땠나요?"

"당신이랑 그 얘기를 하고 싶어서 입이 근질거려요. 언제 얘기할 수 있어요?"

"이따 서점에 도착해서 전화해도 될까요?" 내가 주문한 오트밀이 막 나왔고, 그릇에서 김이 모락모락 피어올랐다.

"물론이죠. 전화 주세요." 멀비 요원이 말했다.

나는 오트밀을 먹은 뒤에 올드데블스로 갔다. 에밀리는 벌써 출근해서 네로의 밥까지 준 뒤였다.

"일찍 출근했네." 내가 말했다.

"오늘 일찍 퇴근한다고 그랬잖아요."

"아, 맞다." 그런 말을 들은 기억이 나지 않았지만 나는 그렇게 대답했다.

"포포비치 씨에게서 또 메일이 왔어요." 양손을 비비며 에밀리가 말했다. "지난번에 주문한 책을 반품하고 싶대요."

"전부 다?"

"네. 책의 보관 상태가 형편없대요."

데이비드 포포비치는 책 수집가로 뉴멕시코주에 사는데 우리에게는 바로 옆집에 사는 사람처럼 느껴졌다. 늘 엄청나게 많은 책을 주문했고 적어도 그중 절반은 반품했다. 가끔 전화로 항의하기도 했지만 대개는 신랄하게 비방하는 이메일을 보냈다.

"그 사람과 거래하지 마."

"네?"

"반품할 거 있으면 다 받아줄 테니까 대신 앞으로는 주문 안 받겠다고 해. 그 작자 지긋지긋해."

"정말로요?"

"응. 내가 메일 쓸까?"

"아뇨, 그런 메일이라면 저도 얼마든지 쓸 수 있어요. 사장님도 참조해서 보낼까요?"

"응." 포포비치와 거래를 끊으면 아마 서점 수익에 차질이 생길 테지만 지금으로서는 상관없었다. 그리고 기분이 좋았다.

그웬에게 전화하기 전에 그동안 무시했던 랜덤하우스 홍보 담당자에게 메일을 보내서 작가 낭독회 날짜를 3월로 잡았다. 그런 다음 유리 케이스를 열고《열차 안의 낯선 자들》초판본을 꺼내서 전화기 옆으로 가져갔다. 짙은 푸른색 표지에 클로즈업한 남자의 얼굴과 아파 보이는 붉은 머리 여자가 촌스럽게 그려져 있었다.

신호음이 울리자마자 그웬이 전화를 받았다.

"나 맬컴이에요, 그웬." 내 입에서 그녀의 이름이 나오니 이상하게 들렸다.

"전화해줘서 고마워요. 이 책 말이에요."

"어땠나요?"

"음산해요. 영화를 봐서 줄거리는 알고 있었는데 책은 다르네요. 훨씬 더 어두운 것 같아요. 영화에서 두 남자가 모두 살인을 저질렀나요?"

나는 기억을 떠올렸다. "아닐걸요. 아닙니다, 확실해요. 영화에서는 주인공, 그러니까 테니스 선수가 아버지를 죽일 뻔하지만 죽이지는 않아요. 히치콕이 그러기를 원했다기보다는 프로덕션 코드(1930년대에 제정되고 시행된 미국 영화 산업의 검열 제도 – 옮긴이) 때문이었을 겁니다. 살인을 저지르고도 잡히지 않는 인물을 영화에 등장시킬 수 없었을 거예요." 그 책을 읽은 지도, 영화를 본 지도 오래되었지만 둘 다 기억이 생생했다.

"헤이스 규약 말이군요. 현실도 그렇다면 좋을 텐데요."

"그러게 말입니다."

"그리고 책에서는 테니스 선수가 아니더군요."

"누가요?"

"남자 주인공이요. 건축가였어요."

"아, 맞아요. 책을 읽으니까 도움이 되던가요?"

"리스트에서 당신은 그 책이 완벽한 살인을 보여주는 가장 좋은 예라고 했어요. 정확히 무슨 뜻이죠?" 내 질문을 무시한 채 그녀가 말했다.

"그건 완벽한 살인입니다. 왜냐하면 사실상 전혀 모르는 사람과 죽이고 싶은 사람을 교환하면 살인자와 피해자 간에는 아무런 연관성이 없어요. 그러니 절대 잡히지 않는 겁니다."

"나도 그 점을 계속 생각하고 있었어요. 이 책에 나오는 살인의 기막힌 점은 피해자와 아무 상관없는 사람이 살인을 저지른다는 사실이에요. 살인 방법이 특이해서가 아니죠."

"무슨 말이에요?" 내가 말했다.

"브루노는 유원지에서 가이의 아내를 죽여요. 목을 졸라서요. 전혀 기막힌 방법이 아니죠. 난 찰리의 법칙을 생각했어요. 만약 당신이 찰리이고, 그냥 한번 상상해봐요. 《열차 안의 낯선 자들》에 나오는 살인을 따라 한다면 어떻게 하겠어요?"

"무슨 말을 하고 싶은지 알겠어요. 따라 하기 아주 힘들 겁니다."

"맞아요. 그냥 유원지에 가서 아무나 목 졸라 죽일 수도 있지만 그 방법은 책의 살인 철학을 따르는 게 아니에요."

"자신과 함께 살인을 저지를 공범을 찾아야죠."

"나도 그렇게 생각했어요. 하지만 사실 꼭 그럴 필요는 없죠. 만약 내가 찰리이고, 《열차 안의 낯선 자들》의 살인을 흉내 내려 한다면, 장차 살해될 가능성이 큰 사람을 피해자로 고르겠어요. 지금 당장은 생각이 안 나는데, 아주 악랄한 방법으로 이혼한 사람이라든가……."

"그 남자 누구죠? 뉴욕에서 대대적으로 사기 친 사람?"

"버니 메이도프?"

"맞아요, 그 남자."

"그 사람도 해당되죠. 하지만 그가 죽기를 바라는 사람은 아마 너무 많을 거예요. 나라면 물의를 일으키며 이혼한 부부 중 한 명을 고르겠어요. 대중에게 살짝 알려진 이혼이요. 그런 다음에 버림받은 배우자가 어딘가로 떠났을 때 살인을 저지르는 거죠. 그게 이 책을 기리는 가장 좋은 방법 같아요."

"그럴듯하네요." 내가 말했다.

"나도 그렇게 생각해요. 조사해볼 가치는 있어요. 당신은 어때요? 어젯밤에 떠오른 생각 있었나요?"

"그제 밤잠을 설쳤더니 어젯밤에는 꽤 피곤하더군요. 그래서 새로 떠오른 생각은 없었습니다. 하지만 계속 생각해보죠."

"고마워요. 큰 도움이 됐어요." 그웬은 그렇게 말하더니 살짝 달라진 어조로 덧붙였다. "작년 가을에 당신이 영국으로 갈 때 탔던 비행기 정보, 잊지 말고 보내주세요."

"오늘 보내겠습니다." 내가 말했다.

전화를 끊자 네로가 마룻바닥을 따라 딸각딸각 소리를 내며 다가오더니 내 발치에 자리를 잡았다. 나는 약간 멍한 상태로 네로를 바라보며 방금 전에 멀비 요원과 나눴던 대화를 생각했다.

"했어요." 에밀리의 목소리가 들리자 나는 그쪽을 돌아보았다. 보기 드물게 환한 미소를 지으며 에밀리가 내 쪽으로 걸어왔다.

"뭘 해?"

"포포비치 씨에게 메일 보냈어요. 충격받을 거예요."

"자네는 아주 즐거워 보여."

"아니에요, 전……. 포포비치 씨가 절 얼마나 힘들게 했는지 아시잖아요."

"그래, 괜찮아. 솔직히 말해서 아쉬운 건 우리보다 그쪽이야. 손님이라고 늘 옳지는 않아."

에밀리가 다시 씩 웃더니 말했다. "사장님은 괜찮으세요?"

"괜찮아. 왜?"

"아, 아니에요. 그냥 좀 산만해 보여서 무슨 일이 있나 했어요."

에밀리가 내게 이 정도 관심을 보이는 건 그녀답지 않은 일이었다. 내가 어지간히 평소와 다르게 행동했나 보다. 나는 내가 무덤덤한 사람, 감정을 많이 드러내지 않는 사람이라고 생각했는데 아닐지도 모른다니 걱정스러웠다.

"잠깐 산책 좀 하고 와도 될까? 혼자 가게 볼 수 있겠어?" 내가 말했다.

"그럼요."

"금방 올게."

밖은 여전히 지독하게 추웠지만 해가 나왔고, 하늘은 더할 나위 없이 푸르렀다. 보도의 눈이 다 치워져서 지름길로 공원에 가리라 마음먹고 찰스가로 향했다. 아까 《열차 안의 낯선 자들》에 대해 그웬과 나눴던 대화를 계속 생각했다. 나는 그 책을 생각하지 않으려고 오랫동안 노력한 터였다.

추운 날씨인데도 공원에는 생각보다 사람들이 많았다. 한 아빠가

'아기 오리들에게 길을 비켜주세요'라는 제목의 청동 조각상에서 한 오리 위에 쌓인 눈을 치우고 자기 아기를 앉혀 사진을 찍었다. 나는 저 오리들 동상을 수천 번은 지나다녔는데 동상 곁에는 늘 엄마나 아빠 혹은 둘 다 서서 아이들 사진을 찍어주고 있었다. 여름에는 사진을 찍으려는 사람들이 종종 줄을 서기도 했다. 나는 늘 부모들이 왜 저러는지, 특별한 순간을 기록으로 남기려는 끈질긴 노력이 의아했다. 내가 부모가 아니다 보니 그들의 심정을 도저히 알 수 없었다. 클레어와 나는 아이를 갖는 일을 한 번도 의논하지 않았다. 나는 그게 전적으로 클레어에게 달린 일이라고 생각했지만 어쩌면 클레어는 내가 그 얘기를 꺼내주길 기다렸을지도 모른다.

나는 꽁꽁 언 호수 주위를 걸었다. 바람에 낙엽이 빙글빙글 돌았다. 방향을 바꿔서 다시 서점으로 걸어갔다. 나는 결백하지 않았다. 비록 가끔 그렇게 생각하는 사치를 누리기는 했어도. 만약 그웬 멀비가 진실을 알아낸다면 난 받아들여야만 한다.

11

클레어의 일기를 다 읽은 순간, 나는 내가 에릭 앳웰을 죽이리라는 걸 알았다. 하지만 몇 달이 지난 후에야 그 사실을 인정할 용기가 났다.

앳웰이 죽으면 내가 곧바로 용의자가 될 터였다. 클레어는 그의 집에 갔다가 오던 날 밤에 교통사고로 죽었다. 앳웰은 클레어의 체내에서 검출된 마약을 자신이 제공했다고 자백했다. 경찰은 당연히 클레어 커쇼, 결혼 전 성은 맬러리인 그녀가 블랙반엔터프라이즈의 부유한 소유주와 불륜 관계였다는 결론을 내렸다.

살인 청부업자를 고용해 앳웰을 죽이고, 그 시간에 나는 멀리 떠나 있는(해외로?) 방법도 생각했다. 하지만 그 방법은 성공하지 못할 이유가 너무 많았다. 첫째로 내게는 살인 청부업자를 고용할 정도의 돈이 없었다. 설사 어떻게 긁어모은다 해도 내 통장 잔고가 갑자기 사라진 걸 알면 누구라도 날 의심할 터였다. 또한 나는 그런 직업을 지지하고 싶지 않았다. 돈을 벌려고 사람을 죽이는 부류와는 절대 엮이고 싶지 않았다. 게다가 그건 살인 청부업자에게 내 삶을 휘두를 수 있는 큰 권력을 주는 셈이었다.

그래서 살인 청부는 도저히 할 수 없다는 결론을 내렸다. 하지만 에릭 앳웰이 살해될 때 보스턴에 없는 건 좋은 생각 같았다.

아내가 죽기 1년 전, 그러니까 2009년에 한 젊은 여자가 엄청나게 귀중한 초판본 한 무더기를 들고 우리 서점에 온 적이 있었다. 추리소설은 많지 않았지만 1892년 하퍼앤드브라더스출판사에서 출간된《셜록 홈스의 모험》초판본이 있었다. 나는 그 책이 너무 가지고 싶어서 몸이 쑤실 지경이었다. 모두 합쳐 열 권 정도였는데―족히 몇천 달러는 될 마크 트웨인 초판본도 두 권이나 있었다―지저분한 머리에 입술에는 허옇게 각질이 일어난 여자는 그 책을 그냥 장바구니에 넣어 왔다. 나는 그녀에게 책을 어디서 구했냐고 물었다.

"안 살 거예요?" 여자가 물었다.

"어디서 구했는지 말해주기 전에는 안 살 겁니다."

여자는 들어올 때처럼 재빨리 서점에서 나갔다. 지금 생각해보면 그냥 금전등록기에 있던 현금을 몽땅 털어서 살걸 그랬다는 후회가 든다. 그런 다음 원래 소유주를 찾아내서―분명 누군가의 집에 들어가서 훔쳐온 책일 것이다―돌려줄 수 있었다. 나는 경찰에 신고했고, 경찰은 책을 도난당했다는 신고가 들어오는지 지켜보겠다고 했다. 경찰에서는 다시 연락이 오지 않았고, 그 젊은 여자도 두 번 다시 보지 못했다. 당시 우리 서점에는 주말에만 일하는 직원이 있었는데 이름이 릭 머피였다. 릭은 호러소설에 관심이 많은 책 수집가였다.

나는 릭에게 귀한 초판본을 들고 왔던 여자 이야기를 했다.

"어쩌면 온라인에서 팔려고 할지도 몰라요." 릭이 말했다.

"인터넷을 할 사람으로는 안 보였는데."

"그래도 확인해볼 만해요. 괜찮은 소규모 사이트가 있거든요. 다크 웹에 가깝기는 한데 사람들이 암암리에 소장품을 판매하는 사이트죠."

주중에는 보험 회사의 IT 부서에 근무하는 릭은 덕버그라는 사이트를 보여주었다. 내게는 인터넷 초창기 게시판처럼 난해해 보였지만 릭은 귀한 소장품을 거래하는 포털 사이트를 찾아냈다. 모두 익명을 사용했다. 우리는 여자가 가져왔던 책을 찾아보았지만 나오지 않았다.

"여긴 또 뭐가 있어?" 내가 물었다.

"아, 웬일로 점잖은 사장님이 관심을 보이시네요. 대부분은 그냥 익명으로 채팅하는 공간이에요. 솔직히 말하면 이건 제대로 된 다크웹도 아니지만 익명성은 충분히 보장되죠."

릭은 마시다 만 초대형 탄산음료를 가지러 갔고, 나는 재빨리 그 페이지를 북마크했다. 나중에 다시 확인해봐야겠다고 생각했지만 그 후로는 들어가지 않았다.

2010년 후반에 에릭 앳웰을 죽여야겠다고 마음먹은 뒤 북마크를 훑어보다가 아직 그 링크가 남아 있는 걸 발견했다. 어느 날 저녁, 나는 서점 문을 닫은 뒤 몇 시간 동안 여러 사이트를 둘러봤고 '버트 클링'이라는 가명으로 가입했다. 그런 다음 '스와핑'이라는 사이트에 로그인했다. 정확히 뭘 교환하는지는 적혀 있지 않았지만 성적인 의미가 담겨 있는 듯했다. **60세 남성이 1천 달러 상당의 옷을 사드립니다. 젊고 섹시한 아가씨만 가능. 나와 함께 탈의실에 들어가야 합니다. 만지지는 않고 보기만 합니다.** 또 이런 제안도 있었다. **돈 대신 옥시코돈 받으시고 청소해주실 분 찾습니다.**

나는 대화창을 열고 이렇게 썼다. **《열차 안의 낯선 자들》 좋아하는**

분 없나요? 서로에게 이익이 되는 교환을 하고 싶네요. 그러고는 로그아웃했다.

24시간 동안 기다렸다가 다시 들어가보기로 마음먹었지만 겨우 열두 시간쯤 버텼다. 그날 서점은 조용했고, 나는 가명으로 다시 덕버그에 로그인했다. 답변이 하나 있었다. **그 책의 열렬한 팬이에요. 얘기 좀 하죠. 개인 채팅?**

좋아요. 나는 그렇게 대답하고 두 사람만 채팅할 수 있는 박스를 클릭했다. 두 시간 뒤에 새로운 메시지가 왔다. **당신이 원하는 건 뭔가요?**

지구에서 사라져야 할 사람이 있어요. 근데 내 손으로는 못 해요. 왠지 '죽인다'는 단어는 쓸 수가 없었다.

나도 마찬가지예요. 곧바로 답장이 왔다.

그럼 서로 도울까요?

좋아요.

가슴이 두근거리고 귀가 뜨거워졌다. 내가 덫에 걸린 걸까? 그럴 수도 있지만 에릭 앳웰의 정보만 주면 된다. 내 정보는 줄 필요 없다. 5분쯤 지난 후에 나는 해볼 가치가 있다는 결론을 내렸다.

그래서 이렇게 썼다. **에릭 앳웰, 매사추세츠 주, 사우스웰, 엘시노어가 255. 2월 6일에서 12일 사이.** 그 주에 나는 플로리다 주 새러소타에서 열리는 고서 판매가들의 세미나에 참석할 예정이었다. 이미 비행기

표까지 구매한 상태였다.

모니터를 바라보며 답을 기다렸다. 한 시간은 기다린 듯했지만 아마 10분밖에 안 되었을 것이다. 마침내 새로운 메시지가 나타났다. **노먼 채니, 뉴햄프셔 주 틱힐, 커뮤니티 로드 42. 3월 12일에서 19일 사이.** 30초 뒤에 다른 메시지가 떴다. **우린 다시는 메시지를 주고받지 않아야 해요.**

나는 **동의.** 라고 쓴 다음 우리 서점 책갈피 뒤쪽에 노먼 채니의 주소를 적고 로그아웃했다. 내가 아는 바로는 덕버그에서 우리가 나눴던 대화는 영원히 사라질 터였다. 그렇게 생각하니 위안이 되었다. 정말로 영원히 사라질지는 의심스러웠지만.

나는 심호흡을 하면서 지난 20분간 숨을 죽이고 있었음을 깨달았다. 책갈피에 적어둔 이름과 주소를 바라본 뒤 인터넷에서 검색하려다 멈칫했다. 좀더 신중해야 했다. 이 사람에 대해 알아낼 다른 방법이 있을 것이다. 지금은 이름만으로 충분했다. 솔직히 말해서 내가 죽여야 할 사람이 남자라서 다행이었다. 또 내가 나중이라서 정말 다행이었다. 일단 에릭 앳웰이 죽은 후에 내가 해야 할 일을 생각해도 늦지 않다.

2011년 2월, 나는 세미나에 참석했다. 새러소타에는 처음 가봤는데 낡은 벽돌 건물이 즐비한 도심가와 사랑에 빠져버렸다. 성지순례하는 마음으로 시에스타키에 있는 존 D. 맥도널드의 집을 찾아가기도 했는데 잠긴 대문 너머로 울창한 초목에 둘러싸인 20세기 중반의 현대적인 건축물이 보였다. 심지어 몇몇 세미나에도 참석했고, 이쪽 업계에서 몇 안 되는 친구 중 하나인 셸리 빙엄을 만나 저녁을 먹기도 했다. 셸리는 하버드 스퀘어에서 중고 서점을 운영하다가 플로리다 주 브레이든턴으로 '은퇴'해 안나마리아 아일랜드의 매주 열리는 벼룩시장에서 중고 서적을 판매했다. 우리는 게이터 클럽에서 마티니를 마셨는데 두 잔을 마신 후에 셸리가 말했다. "맬, 작년에 클레어 소식을 듣고 너무 마음이 아팠어요. 지금은 어때요?"

나는 대답하려고 입을 열었지만 대신 울기 시작했다. 어찌나 큰 소리로 울었는지 몇몇 사람이 나를 돌아볼 정도였다. 갑자기 격하게 눈물이 쏟아지는 바람에 나도 충격을 받았다. 자리에서 일어나 어두운 바 뒤쪽에 있는 화장실로 가 마음을 가라앉힌 뒤 다시 바로 돌아가 말했다. "정말 미안해요, 셸."

"아뇨, 괜찮아요. 괜한 얘기 꺼내서 미안해요. 한 잔씩 더 하고 지금 읽는 책 이야기나 하죠."

그날 밤늦게 다시 호텔 방에 돌아와 노트북을 켜고 《보스턴 글로브》지의 온라인 사이트에 들어갔다. 레드삭스의 오프시즌 트레이드가 머리기사였지만 두 번째 기사는 사우스웰에서 일어난 살인사건이었다. 경찰은 아직 피해자 이름을 밝히지 않았다. 나는 계속 노트북 앞에 앉아서 피해자 이름이 에릭 앳웰로 발표될 때까지 새로고침 버튼을 계속 누르고 싶었다. 하지만 억지로라도 자기로 했다. 호텔 방의 창문을 열고 시트 하나만 덮은 채 침대에 누워 창밖의 미풍 소리, 가끔 근처 고속도로를 쌩 지나가는 트럭 소리에 귀 기울였다. 그러다 동이 틀 무렵에 잠이 들었고 서너 시간 잔 후에 깼다. 식은땀으로 온몸이 축축했고, 몸에 시트가 감겨 있었다. 다시 《보스턴 글로브》 웹사이트에 들어가보았다. 시신의 신원은 보스턴의 저명한 사업가이자 앤젤 투자자 에릭 앳웰로 밝혀졌다. 나는 욕실로 달려가서 토한 뒤에 다시 침대에 누워 앳웰이 대가를 치렀다는 사실을 잠시 음미했다.

다시 보스턴으로 돌아갈 때쯤에는 사건에 대해 더 자세히 알게 되었다. 화요일 저녁에 에릭 앳웰의 하우스메이트가 앳웰이 실종되었다고 신고했다. 그는 매일 산책했는데 그날도 산책하러 나갔다가 돌아오지 않았다. 이튿날 아침 경찰은 수색 작업을 벌였고, 앳웰의 집에서 2킬로미터 떨어진 보호구역 산책로에서 그의 시신을 찾아냈다. 그는 몇 차례 총에 맞았고 지갑과 고가의 헤드폰, 휴대전화는 사라지고 없었다. 경찰은 강도에게 살해되었을 가능성을 조사했고 근처 주민들의 제보를 기다렸다. 혹시 수상한 사람을 보신 적 있나요? 총성을 들으신 분 있나요?

기사에서는 앳웰이 보스턴 미술계에 관심이 많아서 사우스웰의 개조한 농가에서 여러 모임과 모금 행사를 자주 마련한, 유명한 자선사업가라고 소개했다. 그가 마약중독자였다든가 무명의 예술가를 착취했다든가 클레어 맬러리의 교통사고와 연관이 있다는 이야기는 전혀 없었다. 나는 다행이라고 생각했다. 일주일이 지나자 앳웰의 죽음과 나를 연관시키는 사람은 아무도 없다고 믿기 시작했다. 그러던 일요일 오후, 감기에 걸려 집에서 쉬고 있는데 초인종 소리가 나서 깜짝 놀랐다. 문을 열기도 전에 경찰이 날 체포하러 왔다고 확신했다. 나는 마음의 준비를 했다. 찾아온 사람은 정말로 경찰이었지만—키가 크고 슬퍼 보이는 얼굴의 제임스라는 여자—범인을 체포하러 온 표정은 아니었다. 그녀는 짧게 몇 가지 질문할 거라고 했다. 나는 제임스 형사를 집 안으로 들였고, 그녀는 자신이 보스턴 경찰청 소속으로 사우스웰에서 일어난 에릭 앳웰의 미해결 살인사건 단서를 쫓는 중이라고 했다.

"에릭 앳웰을 아시나요?" 소파 가장자리에 걸터앉은 뒤 그녀가 물었다.

"모릅니다. 하지만 제 아내와 아는 사이였죠. 불행히도."

"그게 왜 불행한 일이죠?"

"이미 아실 텐데요. 그 때문에 절 찾아오셨을 테니까요. 제 아내는 에릭 앳웰을 위해 홍보 영상을 제작해주었고, 그 후로 그 사람과 친구가 됐습니다. 클레어는…… 아내는 사우스웰에 있는 그의 집에서 돌아오는 길에 교통사고로 죽었습니다."

"그 사고가 에릭 앳웰 탓이라고 생각하시나요?"

"네, 적어도 부분적으로는요. 앳웰을 만난 뒤로 아내가 다시 마약을 시작했으니까요."

제임스 형사는 고개를 천천히 끄덕였다. "앳웰이 마약을 줬나요?"

"네. 무슨 얘기를 듣고 싶으신지 압니다. 전 에릭 앳웰을 증오합니다……. 증오했습니다. 하지만 그의 죽음은 저와 아무 상관이 없어요. 사실 아내는 마약과 술을 끊었다가 다시 하기를 반복했죠. 앳웰이 아내에게 다시 약을 하라고 강요한 건 아닙니다. 아내에게 처음으로 약을 소개한 사람도 아니고요. 결국 그건 아내의 선택이었습니다. 전 앳웰을 용서했습니다. 힘들었지만 아내가 그렇게 된 뒤로 마침내 그를 용서하기로 했습니다."

"앳웰이 살해된 걸 아는 지금은 기분이 어떠신가요?"

나는 마치 생각하듯이 천장을 바라봤다. "솔직히 말해서 정말 모르겠습니다. 아까 앳웰을 용서했다는 말은 사실입니다. 하지만 그렇다고 해서 앳웰을 좋아한다는 뜻은 아닙니다. 그가 죽어서 슬프지는 않습니다만 딱히 기쁘지도 않습니다. 어쩌겠습니까. 솔직히 말해서 앳웰은 벌을 받은 거라고 생각합니다."

"그럼 누군가가 어떤…… 복수심에서 앳웰을 살해했다고 생각하시나요?"

"앳웰이 강도를 당한 게 아니라…… 고의로 살해되었다고 생각하냐는 뜻인가요?"

"네, 그런 뜻입니다." 제임스 형사는 거의 움직이지 않고 아주 가만히 앉아 있었다.

"그런 것 같습니다. 당연히요. 앳웰에게 마약을 받은 사람이 제 아내뿐일 리가 없습니다. 또 앳웰이 처음에는 공짜로 마약을 주고 중독자로 만든 뒤에 돈을 요구한 사람도 제 아내만이 아닐 겁니다. 다른 사람에게도 똑같이 그랬겠죠." 그 말이 끝나자마자 나는 애초에 마음먹은 것 이상으로 말을 많이 하고 있음을 깨달았다. 저 형사의 차분한 분위기에 이끌려 자꾸 말하고 싶어졌다.

제임스 형사는 다시 고개를 끄덕이더니 내가 더는 말하지 않는다는 걸 깨닫고 이렇게 말했다. "부인이 앳웰에게 준 돈이 많았나요? 당신 돈을 주지는 않았죠?"

"아내와 저는 개인 계좌가 따로 있어서 당시에는 몰랐지만, 네, 맞습니다. 아내는 마약값으로 앳웰에게 돈을 주고 있었습니다."

"이런 질문드려서 죄송합니다, 커쇼 씨. 당신이 알기로는 아내분과 앳웰 사이에 성관계가 있었나요?"

나는 머뭇거렸다. 마음 한편으로는 클레어의 일기를 통해 알게 된 사실을 이 형사에게 전부 말하고 싶었다. 하지만 말을 많이 할수록 내게 앳웰을 살해할 강력한 동기가 있다는 사실만 분명해질 터였다. "솔직히 모르겠습니다. 하지만 아마 있었을 겁니다." 나는 그렇게 말했다. 그러자 마치 눈물이 나오려는 듯 목이 살짝 멨고, 나는 손목 안쪽으로 눈을 눌렀다.

"알겠습니다." 제임스 형사가 말했다.

"클레어는 제정신이 아니었습니다." 나도 모르게 말이 튀어나왔다. "그러니까 마약 때문에요." 나는 볼을 타고 흐르는 눈물을 닦았다.

"이해합니다. 이렇게 찾아와서 힘든 기억을 다시 떠올리게 해서 죄송합니다, 커쇼 씨. 저도 이런 질문을 드리는 게 싫지만, 이런 사건을 수사할 때는 잠재적 용의자를 제거해나가는 게 제일 중요해서요. 2월 8일 오후에 어디 있었는지 기억하세요?"

"플로리다에 있었습니다. 세미나가 있어서요."

"아." 제임스 형사가 기뻐하는 표정으로 말했다. "어떤 세미나였죠?"

"고서적 판매상을 대상으로 한 세미나였습니다. 제가 여기 보스턴에서 중고 서점을 운영하고 있어서요."

"올드데블스, 맞죠? 저도 간 적이 있어요."

"그래요? 추리소설 좋아하시나요?"

"가끔 읽어요." 형사는 그렇게 말하더니 이 집에 들어온 후 처음으로 활짝 웃었다. "사라 파레츠키 낭독회에 참석했어요. 1년쯤 전이었죠?"

"맞습니다. 낭독을 잘해줬죠."

"그랬어요. 당신이 작가를 소개했던 사람인가요?"

"네. 절 기억하지 못한다 해도 용서해드리죠. 사람들 앞에서 말하는 건 영 서툴러서요."

"제 기억으로는 잘하셨어요."

"고맙습니다."

제임스 형사는 양손을 무릎에 올리고 말했다. "더 하실 말씀이 없으면 이제 끝난 것 같네요."

"없습니다." 나는 그렇게 말했고, 우리 둘은 동시에 일어났다. 제임스 형사는 나와 키가 비슷했다.

"아까 말씀하신 플로리다의 세미나에 참석했다는 확증이 필요할 거예요." 제임스 형사가 말했다.

나는 그녀에게 셸리 빙엄의 이름과 주소를 알려주고, 내가 탔던 비행기 정보를 보내주겠다고 약속했다.

제임스 형사는 명함을 남기고 갔다. 그녀의 이름은 로베르타였다.

12

뉴햄프셔 주 틱힐에 온 것을 환영한다고 적힌 표지판에는 이곳 인구가 730명이라는 정보도 있었다.

2011년 3월 14일 월요일이었다. 나는 새벽 다섯 시에 보스턴을 떠났고 지금은 여덟 시 반이다. 틱힐 마을은 화이트산맥 바로 북쪽에 있었다. 오기 전에 이 마을을 조사했다. 내가 죽여야 할 사람인 노먼 채니도. 하지만 자세히 조사하지는 않았고, 그마저도 도서관 컴퓨터를 이용했다. 누군가가 도서관 컴퓨터를 이용하다가 로그아웃하지 않은 채 일어나는 걸 보고 얼른 달려가 앉았다. 수첩을 가지고 있어서 거기에 메모할 수 있었다. 내가 알아낸 바로는 틱힐에는 식당 하나와 베드 앤드 브랙퍼스트 두 군데가 있었는데 몇몇 스키장과 가까워서 둘 다 인기가 많았다. 나는 지도를 꺼내 커뮤니티 로드에 있는 노먼 채니의 집을 정확히 표시했다. 지도상에서는 꽤 고립되어 있었다. 대충 약도를 그린 다음 노먼 채니에 대해 조사했다. 그는 3년 전, 22만 5천 달러로 틱힐에 있는 집을 구입했다. 그 외에 노먼 채니와 관련된 검색 결과는 2007년 마거릿 채니의 부고 기사뿐이었다. 매사추세츠 주 서쪽에 있는 홀리요크에서 교사로 재직했던 그녀는 집에서 화재로 사망했다. 사망 당시 47세였던 마거릿 채니의 유가족은 두 자녀인 스물두 살의 핀과 열아홉 살의 다시, 그리고 23년간 결혼 생활을 했던 남편이었다. 대수롭지 않은 정보였지만 나는 혹시 노먼 채니가 아내의 죽음에 책임이 있는지 의문이 들었다. 그래서 청부 살인의 표적이 된 걸까? 그래서 홀리요크를 떠나 거주민이 채 1천 명도 안 되는 작은 마을로 이사한 걸까?

문득 노먼 채니를 정말로 죽일 필요가 없다는 생각이 들었다. 만약 살인을 교환했던 사이트인 덕버그가 약속한 대로 익명성이 보장된다면, 나와 얘기했던 이방인이 내 정체를 알아내는 건 불가능하다. 뭐, 완전히 불가능한 건 아니다. 나의 그림자라고 할 수 있는 그 이방인이 나에 대해 전혀 모른다 해도 한 가지 사실은 알고 있다. 내가 에릭 앳웰이 죽기를 원한다는 것. 그 사실로 인해 나는 여러 후보자 중 한 명이 될 테지만 아닐 수도 있다. 그래도 약속을 이행하기로 마음먹었다. 그 편이 가장 안전해 보였다. 또한 역설적으로 가장 옳은 일일 수도 있다.

도서관 컴퓨터가 꺼지기 전에 얼른 핀 채니와 다시 채니를 검색했다. 아버지와 달리 둘은 SNS를 했다. 내가 제대로 찾았다면 핀 채니는 피츠필드의 작은 은행에서 일했고, 동네 펍에서 퀴즈 게임 사회도 봤다. 다시 채니는 보스턴 외곽에 살았고 케임브리지에 있는 레슬리대학의 대학원생이었다. 둘이 함께 찍은 사진이 있었는데 누가 봐도 남매였다. 새까만 머리카락, 짙은 눈썹, 푸른 눈, 작은 입이 똑같았다. 둘 다 아버지와 함께 살지 않는 듯했고, 그것이 내가 알아낸 가장 중요한 정보였다. 노먼 채니가 혼자 산다면 그를 처리하기가 한결 수월할 터였다.

틱힐에 들어섰을 때 막 눈이 내리기 시작했다. 허공을 가득 채운 가벼운 눈송이는 땅에 내려앉지 않는 듯했다. 마침내 언덕을 구불구불 올라가는 커뮤니티 로드를 찾아냈다. 드문드문 집이 있고 도로 상태가 나쁜 길이었다. 나는 차의 속도를 줄이고 42라고 적힌 숫자를 향해 다가갔다. 흰 글씨로 우편함이라고 적힌 검은 우편함만이 이곳에 집이 있다고 말해주는 유일한 표시였다. 그 앞을 천천히 지나가면서 비포장된 진입로를 눈으로 따라가보았지만 숲속에 있는 채니의 집은 보이지 않았다. 커뮤니티 로드 끝에 이르러 유턴한 다음 결정을 내렸다. 이번에는 채니의 집으로 이어지는 진입로로 들어갔다. 진입로가 왼쪽으로 구부러지자 그제야 집이 보였다. A 자 형태의 건물로 벽보다 창문이 더 많아서 스키장 근처의 작은 산장처럼 보였다. 차고는 없고 집 앞에 SUV 같은 차량 한 대만 주차된 걸 보고 매우 기뻤다. 집에 노먼 채니 혼자 있을 확률이 매우 높았다.

장갑을 끼고 발라클라바를 썼지만 얼굴을 다 가리지 않고 눈썹 위까지만 내렸다. 그런 다음 쇠지레를 들고 차에서 내렸다. 집으로 다가가 현관으로 이어지는 두 계단을 올라갔다. 현관문은 단단한 목재로 만들었지만 양옆에 길고 가느다란 유리를 대어놓았다. 초인종을 누른 뒤 어두운 집 안을 들여다봤다. 유리 표면의 물결무늬 때문에 집 안이 비뚤어져 보였다. 중년 남자가 아닌 다른 사람이 나온다면 발라클라바를 다 내려서 얼굴을 가린 채 차로 돌아갈 것이다. 자동차 번호판에는 이미 번호와 주가 보이지 않도록 진흙을 발라두었다.

아무도 나오지 않았다. 다시 한 번 초인종―네 음으로 이뤄진 가락―을 눌렀더니 덩치가 크고 건장한 남자가 어슬렁어슬렁 계단을 내려왔다. 유리 때문에 잘 보이지는 않아도 회색 트레이닝 바지에 체크무늬 셔츠를 입었다는 걸 알 수 있었다. 얼굴은 불그레했고, 숱이 많은 검은 머리는 며칠 안 감은 것처럼 삐죽삐죽 뻗어 있었다.

남자가 문을 잡아당겨 열었다. 그의 얼굴에서 두려움이라고는 찾아볼 수 없었다. 망설임조차 없었다. "뭐요?" 그가 말했다.

"노먼 채니 씨인가요?" 내가 물었다.

"그런데?" 그가 말했다. 등이 약간 굽고 한쪽 어깨가 다른 쪽보다 눈에 띄게 처지기는 했어도 180센티미터가 넘는 키였다.

나는 그의 머리를 겨냥해 쇠지레를 휘둘렀으나 채니는 뒤로 피했다. 대신 쇠지레 끝이 그의 코를 스쳤다. 뒤로 비틀비틀 물러서는 채니에게서 코에 금이 가는 듯한 빠지직 소리가 났고, 코피가 턱에서 셔츠로 뚝뚝 떨어졌다. 채니가 양손을 코로 가져가며 힘없는 목소리로 말했다. "이게 뭐야, 젠장."

나는 집 안으로 들어서며 다시 쇠지레를 휘둘렀다. 하지만 채니는 두툼한 왼팔로 쇠지레를 쉽게 막고는 내게 오른팔을 휘둘렀다. 그의 주먹이 내 어깨를 때렸다. 아프지는 않았지만 나는 잠시 균형을 잃었고, 그 틈에 채니가 내게 달려들어 양손으로 멱살을 잡더니 날 벽에 밀어붙였다. 무언가가 등 위쪽을 쿡 찔렀다. 아마 코트를 거는 고리일 것이다. 채니의 코에서 따뜻한 피가 뿜어 나와 내 얼굴에 튀었다. 패닉에 빠진 머릿속에서 예전 이언 플레밍 책에서 읽었던 장면이 떠올랐다. 나는 묵직한 부츠를 신은 오른발을 들어 채니의 발등을 세게 밟았다. 채니가 신음하며 내 멱살을 잡은 손에서 힘을 빼자 나는 그를 들이받았다. 채니는 뒤로 비틀거렸고, 우리는 몇 걸음을 내디딘 후에 함께 쓰러졌다. 내가 채니 위로 세게 떨어지면서 무언가 뚝 부러지는 소리가 났다. 채니의 얼굴이 일그러졌고, 그가 물 밖에 나온 물고기처럼 입을 뻐끔거렸다. 나는 몸을 일으켜서 한쪽 무릎으로 그의 가슴을 누른 채 다시 몸을 기울였다. 채니는 숨을 쉬려고 버둥거렸고, 나는 장갑을 낀 손으로 그의 굵은 목을 잡아 조르기 시작했다. 양 엄지를 있는 힘껏 눌렀다. 채니는 내 손을 떼어내려 했지만 이미 힘이 빠지고 있었다. 나는 눈을 감고 계속 목을 졸랐다. 1분쯤 혹은 몇 분 더 지난 후에 손에서 힘을 빼고 숨을 몰아쉬며 옆으로 쓰러졌다. 피 때문에 입에서 짠맛이 났다. 혀로 이를 훑어보았으나 아프고 상처가 난 곳은 혀끝이었다. 목을 조르는 동안 혀를 깨물고 있었던 게 틀림없었다. 나는 입안에 고인 피를 삼켰다. 살인 현장에 내 피를 남기는 건 좋은 생각이 아닌 듯했다. 이미 온갖 종류의 내 DNA가 다 남았을 테지만.

나는 채니 앞에 쪼그리고 앉아 시선을 다른 곳으로 돌린 채 그의 목과 손목에 손을 대보았다. 맥박이 느껴지지 않았다.

자리에서 일어나자 잠시 세상이 기우뚱거렸다. 허리를 숙여 쇠지레를 집어 들었다. 여기 오기 전에는 채니를 죽인 뒤에 집 안을 둘러보며 귀중품을 몇 개 가져가리라 마음먹었다. 하지만 지금은 도저히 그럴 엄두가 나지 않았다. 그저 차로 돌아가 방금 벌어진 일로부터 가능한 한 멀리 도망치고 싶었다.

내가 막 돌아서려는데 시야의 한쪽 구석에서 움직임이 느껴졌다. 현관을 가로질러 오픈 플랜식으로 지은 거실을 바라보았다. 천장부터 바닥까지 시원하게 뚫린 통창이 있었다. 적갈색 고양이 한 마리가 천천히 내게로 다가왔다. 자르지 않은 발톱이 마룻바닥 위에서 탁탁 소리를 냈다. 고양이는 걸음을 멈추더니 채니의 시신 옆에서 킁킁거리고는 다시 나를 바라보며 크게 야옹 울었다. 내게 두 걸음 더 다가와 옆으로 드러누워 털로 뒤덮인 하얀 배를 드러냈다. 얼어붙을 정도의 한기가 내 몸을 훑고 지나갔다. 이 장면, 그러니까 자기를 키워주던 주인이 살해되어 바닥에 누워 있는데 모르는 사람에게 애정을 갈구하는 고양이의 모습이 평생 뇌리를 떠나지 않을 거라는 예감이 들었다. 나는 아무 생각 없이 허리를 숙여 고양이를 들어 올렸다. 그러고는 고양이를 데리고 차로 가서 그곳을 떠났다.

눈발이 거세졌고 이제는 도로에 눈이 쌓이기 시작했다. 아까 왔던 길을 천천히 되짚어 틱힐 도심을 빠져나온 다음, 화이트산맥과 매사추세츠주 남쪽으로 이어지는 고속도로를 탔다. 운전하는 내 동작은 매우 느리고 신중했으며, 공기가 아닌 고체에 가까운 무언가로 변한 물질 속을 차로 가로지르는 듯했다. 시간이 느리게 흘렀고 모든 것이 비현실적으로 느껴졌다. 나는 얌전한 고양이를 앉혀둔 조수석을 내려다봤다. 마음 한구석에서는 살인 현장에서 아무것도 가져오면 안 된다는 외침이 들렸고, 방금 내가 내 사형 집행장에 서명한 꼴이라는 말도 들렸다. 하지만 나는 계속 운전했다. 이제 고양이는 차창 쪽을, 차 옆을 스쳐가는 눈송이를 올려다보고 있었다. 목줄은 차고 있지 않았다. 손을 뻗어 고양이의 등을 쓰다듬었다. 고양이는 생각보다 야위었다. 굵은 오렌지색 털 때문에 덩치가 커 보였을 뿐이다. 손끝에서 고양이가 조그맣게 가르릉거리는 울림이 느껴지는 듯했다.

산맥을 통과하자 머릿속이 약간 맑아졌다. 아무 마을에나 들러서 상점이나 모텔, 문이 잠기지 않은 업소를 찾아 고양이를 안에 넣어두고 와야겠다고 마음먹었다. 누군가가 녀석을 발견하고 보호소로 데려갈 것이다. 누군가에게 발각될 위험이, 아주 큰 위험이 있었지만 그래도 해봐야 했다. 애초에 고양이를 데려오지 말았어야 했다. 대체 왜 데려왔는지 기억조차 나지 않았다. 어쨌든 이제 고양이는 내 차에 있었고, 녀석을 그냥 도로 가장자리에 내려두고 갈 수는 없었다. 그게 가장 현명한 처사일 테지만 그러면 고양이가 생존할 가능성은 희박했다.

나는 계속 운전했고 뉴햄프셔 주 남쪽 어딘가에 이르자 고양이는 고개를 내리고 잠이 들었다. 그때까지 나는 어떤 마을에도 들르지 않았고, 불현듯 앞으로도 그러지 않을 것임을 깨달았다. 비컨힐에 도착해서 아파트 앞에 주차 공간을 찾을 때까지도 고양이는 나와 함께 있었다. 나는 고양이를 데리고 계단을 올라갔다. 아침 열 시 반이었다.

고양이가 내 작은 아파트를 사뿐사뿐 돌아다니며 가구를 볼 때마다 코를 킁킁거리고 볼을 비벼대는 동안 나는 옷을 다 벗어서 쇠지레와 함께 튼튼한 쓰레기봉투에 넣었다. 그런 다음에 샤워를 하고 적어도 세 번은 비누질을 했다. 더는 온수가 안 나올 때까지.

원래는 채니의 집을 나온 다음, 거기서 좀더 북쪽에 있는 중고 서점에 들를 예정이었다. 낡은 농가를 개조한 서점이었는데 전에도 숱하게 갔고 거기서 운 좋게 범죄소설 희귀본을 찾아낸 적도 있었다. 혹시라도 내가 채니를 죽였다는 의심을 받게 된다면, 혹시라도 내 차를 본 사람이 있다면, 내가 그날 왜 뉴햄프셔 주에 갔는지 핑계를 댈 수 있었다. 아주 허술한 알리바이였지만 그래도 없는 것보다 나았다. 이제는 그 서점에 가려고 했는데 눈 때문에 차를 돌렸다는 핑계를 댈 수 있을 것이다.

물론 아무리 그런 핑계를 댄다 해도 피해자의 고양이가 내 아파트에 있는 이유는 설명할 수 없을 것이다. 그 고양이가 지금 내 발목에 턱을 비벼대고 있었다. 참치 통조림을 찾아내서 그릇에 부어준 다음, 다른 그릇에는 물을 따라주었다. 또 마분지 상자의 뚜껑을 찾아내 자주달개비 화분의 흙을 뿌려놓았다. 화장실 용도였다. 고양이가 참치를 먹는 동안 컴퓨터 앞에 앉아 고양이가 암컷인지 수컷인지 알아내는 법을 검색했다. 여기저기 만져본 끝에 녀석이 수컷이라는 결론을 내렸다. 나는 온종일 집에서 고양이와 함께 시간을 보냈고, 어느 순간 우리 둘 다 소파에서 잠들었다. 고양이는 내 발치에 앉아 있었다. 해가 지자 고양이는 침대로 올라오더니 내가 읽던 책 위에서 몸을 동그랗게 말았다. 렉스 스타우트의 《요리사가 너무 많다》 페이퍼백이었다. 나는 고양이 이름을 네로(《요리사가 너무 많다》의 주인공 탐정 이름 - 옮긴이)로 정했다.

　뉴햄프셔 주 틱힐에 노먼 채니의 시신을 남겨두고 온 지 한 달이 지났을 때 두 가지가 분명해졌다. 하나는 경찰이 날 잡으러 오지 않으리라는 사실이었다. 채니 살인사건을 인터넷으로 검색해보지는 않았지만 뼛속 깊이 내가 경찰을 따돌렸다는 확신이 들었다. 둘째로 새로운 보금자리에 꽤 만족한 네로 주위에 더 많은 사람이 있어야 했다. 나는 종종 열두 시간씩 집을 비웠고, 집에 돌아오면 네로가 현관에서부터 애정을 갈구했다. 아래층에 사는 메리 앤 말로는 낮에도 네로 우는 소리가 들린다고 했다.

　네로가 올드데블스에서 키우기에 적합한 고양이라는 생각이 들었다.

13

사춘기를 열렬한 추리소설 독자로 보낸 탓에 나는 현실적인 삶에는 준비가 되어 있지 않았다. 어른이 되면 추리소설 속 주인공처럼 살게 될 거라고 진심으로 믿었다. 이를테면 택시를 타고 누군가를 미행하는 일이 몇 번은 있을 거라고 생각했다. 누군가의 유언장을 발표하는 자리에 자주 참석하고, 자물쇠 따는 법을 배워야 하고, 여행을 떠날 때마다(특히 낡아서 삐걱거리는 여관이나 호숫가 별장으로) 수수께끼 같은 일이 일어날 줄 알았다. 기차를 타면 꼭 살인사건이 생기고, 외지에서 열리는 결혼식 참석차 떠난 주말여행에는 으스스한 일들이 잔뜩 일어나고, 옛 친구들이 전화해서 자신의 목숨이 위험에 처했으니 도와달라고 할 줄 알았다. 심지어 모래 늪에 빠지면 어쩌나 걱정하기도 했다.

이런 모든 일에는 준비되어 있었던 반면 삶의 구질구질하고 자질구레한 일에는 준비가 되어 있지 않았다. 청구서라든가 음식 준비 같은. 어른들은 각자 만든 재미없는 거품 속에서 살아간다는 사실을 서서히 깨달았다. 인생은 수수께끼도, 모험도 아니었다. 물론 그건 내가 살인자가 되기 전에 내린 결론이었다. 하지만 범죄를 저질렀다고 해서 어린 시절 내가 가졌던 환상이 실현되는 건 아니었다. 그 환상 속에서 나는 절대 범죄자가 아니었다. 범죄를 해결하는 좋은 사람이거나 (주로 아마추어) 탐정이었지 결코 악당이 아니었다.

성인이 되어 유용할 거라고 생각했던 또 다른 기술은 누군가를 미행하고 반대로 내가 미행당하고 있음을 알아차리는 능력이었다. 역시나 현실에서는 미행하거나 미행당할 일이 없었다. 하지만 그 토요일 저녁은 달랐다. 올드데블스의 문을 닫은 뒤 나는 옷 속으로 파고드는 바람을 맞으며 보스턴코먼공원을 가로질러 제이컵워스로 갔다. 저녁으로 독일 맥주와 비너슈니첼을 먹었다. 2월 중순인데도 실내의 높은 천장을 따라 크리스마스에 장식해둔 꼬마전구들이 아직까지 달려 있었다. 이곳에서는 왠지 혼자 먹어도 외롭지 않았다. 나는 집 근처의 레스토랑들을 그런 식으로 평가했다. 백베이에 모여 있는 고급 레스토랑들처럼 혼자 먹으면 외로운 식당이 있고, 제이컵워스나 스토다드 레스토랑처럼 떠들썩하고 어둠침침해서 혼자 먹어도 별로 신경 쓰이지 않는 식당이 있었다.

제이컵워스를 나서서 집으로 걸어가는데 누군가 날 보고 있다는 확신이 들었다. 추리소설을 너무 많이 읽어서 그런지는 몰라도 목덜미에 꽂히는 누군가의 시선이 거의 몸의 감각으로 느껴졌다. 나는 뒤로 돌아 옷을 두껍게 껴입은 주민들과 관광객을 훑어보았지만 딱히 수상해 보이는 사람은 없었다. 그래도 찰스가로 갈 때까지 감시당하는 느낌은 계속되었다. 우리 집이 있는 리비어가로 들어서면서 뒤를 돌아보았더니 가로등의 희미한 불빛 속에서 한 남자가 교차로를 천천히 건너가고 있었다. 그의 눈은 내 쪽을 보고 있었고, 얼굴은 어둠에 잠겨 있었다. 유일하게 눈에 띄는 것은 모자였는데 챙이 좁은 중절모 같았다. 남자는 계속 천천히, 흔들흔들 걸었고 나는 잠시 돌아서서 정면 대결 할까 생각했다. 그때 남자가 건물 뒤로 사라졌고 나는 마음을 바꾸었다. 찰스가를 걸어가는 사람들은 누구나 주택이 늘어선 샛길을 바라보기 마련이다. 특히 거리가 가장 예쁘게 꾸며지는 겨울에는.

집으로 들어간 나는 아까 봤던 남자를 좀더 생각했고, 결국 피해망상이었다는 결론을 내렸다. 실제로 날 따라온 사람은 없었다. 그렇다고 해서 누군가 날 감시하지 않았다거나 장난치지 않았다는 뜻은 아니다.

그웬 멀비가 올드데블스를 찾아와 내가 작성한 리스트에 대해 물어본 이후로 나는 내 그림자,《열차 안의 낯선 자들》에 관해 나와 메시지를 주고받은 익명의 남자(난 늘 그가 남자라고 생각했다)를 계속 생각했다. 날 위해 에릭 앳웰을 죽인 남자. 노먼 채니가 죽기를 바랐던 남자.

만약 그가 내 정체를 알아냈다면? 날 찾아내기는 그리 어렵지 않았으리라. 에릭 앳웰을 조사하다가 날 알게 됐을 수도 있다. 조금만 찾아봤다면 클레어가 교통사고를 당했고, 그녀에게 남편이 있으며 그가 추리소설 전문 책방을 운영한다는 사실을 알아냈을 것이다. 그뿐 아니라 그가 블로그에 여덟 건의 완벽한 살인에 관한 포스팅을 올린 적이 있고, 그중 하나가《열차 안의 낯선 자들》이라는 사실도. 날 쉽게 찾아냈을 것이다. 그다음에는? 에릭 앳웰을 죽이는 게 너무 즐거워서 계속 살인을 저지르고 싶었을까? 만일 그가 내 리스트를 향후 살인의 청사진으로 삼았다면? 내 관심을 끌기 위한 방법이었을 것이다. 이미 끌지 않았는가. 이 모든 게 일종의 게임일까?

생각하면 할수록《ABC 살인사건》과《이중 배상》속 살인을 꾸미고, 메인 주 록랜드에서 일레인 존슨을 놀라게 해서 죽인 찰리가 나 대신 에릭 앳웰을 쏴 죽인 바로 그 사람이라는 확신이 들었다.

그는 날 알고 있다.

그리고 그가 저지른 짓 때문에 FBI가 날 찾아왔다. 그것도 그의 의도일지 모른다.

'찰리, 당신이 원하는 게 뭐야?'

나는《열차 안의 낯선 자들》을 생각했다. 그 책은 살해된 사람들에 관한 이야기가 아니다. 살인자인 브루노와 가이, 둘의 관계에 관한 이야기다. 다크웹을 통해 나와 연락했던 남자도 우리가 관계를 맺었다고 생각할 수 있다. 내 포스팅에 달렸던 닥터 셰퍼드의 댓글이 생각났다. 그는 나를 알고 싶어 했고, 나도 그를 알고 싶었다.

휴대전화가 울렸다. 그웬이었다.

"여보세요." 내가 전화를 받으며 말했다.

"늦은 시간에 전화해서 미안해요. 자고 있었어요?"

"괜찮습니다. 아직 안 잤어요."

"다행이네요. 할 말이 있어서요. 일레인 존슨 사건을 좀더 조사해 봤어요. 심장마비로 죽은 여자요."

"네."

"현장에 출동했던 형사와 얘기했는데 집 안이 책으로 꽉 차 있었다고 해요."

"그럴 겁니다."

그웬은 잠시 뜸을 들였다가 다시 입을 열었다. "당신에게 부탁이 있어요. 이상한 부탁인 줄 아는데 도움이 될 거 같아서요. 내일 오후에 차를 몰고 록랜드로 갈 건데 나랑 같이 갈 수 있어요?"

"가능할 겁니다. 하지만 내가 도움이 될지는 의문이네요. 당신이 못 보는 걸 내가 어떻게 보겠어요?"

"나도 생각해봤어요. 어쩌면 당신이 전혀 못 볼 수도 있고, 많이 볼 수도 있죠. 당신은 죽은 사람을 알고 있어요. 당신이 도움이 될지 안 될지 몰라도 함께 가서 손해 볼 건 없죠. 이해가 가나요?"

"조금은요." 내가 말했다.

"그럼 함께 가실래요?"

"물론이죠. 언제 떠날 겁니까?"

"잘됐네요. 내일은 아침 내내 여기 뉴헤이븐에 있어야 해요. 정오쯤에는 떠날 수 있을 거예요. 보스턴에 들러서 한 시 반쯤에 당신을 픽업하면 오후 다섯 시쯤 록랜드에 도착할 거예요. 그렇게 해도 되겠어요?"

"네. 직원들이 서점을 봐줄 겁니다. 자고 올 건가요?"

"그건 생각도 못 했네요. 이 여행도 5분 전에 결정했거든요." 그웬은 잠시 생각했다. "자고 오도록 하죠. 담당 형사가 다섯 시에 일레인 존슨의 집에서 만나자고 했어요. 하지만 집 안을 한 번 더 둘러보고 싶을 수도 있고, 이튿날 만나볼 증인들이 있을 수도 있으니까요. 자고 와도 괜찮겠어요?"

"그럼요." 내가 말했다.

"좋아요. 뉴헤이븐에서 출발할 때 문자 보낼게요. 어디로 데리러 갈까요? 집? 서점?"

나는 그녀에게 서점에 있을 거라고 말했고, 우린 전화를 끊었다.

잠시 서 있다가 냉장고로 가서 맥주 한 병을 꺼냈다. 왜 그웬이 날 데리고 일레인 존슨의 집에 가려는지 알 수가 없었다. 지푸라기라도 잡으려는 심정이리라. 아니면 야심만만해서 연쇄살인범을 잡는 데 내가 도움이 될 거라고 생각했을 수도 있다. 아니면 내가 비밀을 털어놓거나, 살인 현장을 보고 무심코 내가 범인이라는 결정적인 단서를 흘리길 바랄 수도 있다. 물론 내가 연루되어 있다는 그녀의 직감이 맞다. 일레인 존슨은 그 리스트에 의해 살해되었다. 내 그림자이자 에릭 앳웰을 죽인 남자가 살인을 계속하기로 마음먹고 내 리스트를 이용하는 것이다. 이제 그는 내게 손을 뻗치고 있었다. 그가 일레인 존슨을 피해자로 골랐다는 사실을 생각하면 틀림없다. 하지만 그는 일레인을 정확히 어디까지 알고 있을까? 그녀가 우리 서점의 단골이었다는 사실을 알고 있을까? 내게 얼마나 가까이 접근한 걸까?

나는 그 질문의 답을 모르지만 그웬 멀비가 알아낼 거라 직감했다. 그녀는 지금까지 이 조각들을 맞춰왔고, 앞으로도 계속 맞춰갈 것이다. 그 조각들이 합쳐지면 나와 에릭 앳웰의 살인, 내가 뉴햄프셔 주에서 노먼 채니에게 한 짓으로 이어질 것이다. 그녀는 날 찾아낼 것이다. 그러니 내가 먼저 그림자를 찾아내야 했다. 그웬을 앞질러야 했다.

14

이튿날 일찍 일어나 하룻밤 자고 올 짐을 챙긴 다음, 올드데블스로 갔다. 간밤에는 잠을 설쳤다. 밤새 그 남자를 생각했다, 당연히. 그 남자에게 정식 이름을 붙여줘야 한다는 걸 깨달았다. 지금까지는 그를 늘 내 그림자로 생각했지만 그건 너무 만화책 캐릭터 같았다. 대신 찰리라고 불러야겠다. 그웬과 내가 함께 생각해낸 이름. 그게 좋겠다.

서점 문을 열자 네로가 반지하실로 이어지는 고양이 전용 문을 통과해서 나왔다. 네로는 가끔 보일러 근처에서 잠을 잤지만 사람들이 있을 때는 절대 그쪽으로 가지 않았다. 네로가 내 앞에 털썩 드러누웠고, 나는 허리를 숙여 네로의 가슴과 턱 밑을 쓰다듬었다. 네로가 관심을 받으려고 내 앞에 누워도 노먼 채니의 피 흘린 시신이 떠오르지 않는 날이 언젠가 올 줄 알았는데 아직은 아니었다.

서점 컴퓨터로 가서 이메일을 확인한 뒤 브랜던에게 짧은 메일을 보냈다. 오후 근무를 마치고 서점 문을 잠가줄 수 있겠느냐는 내용이었다. 브랜던이 그렇게 해주리라는 걸 알고 있었지만 그래도 확실히 해두고 싶었다. 아직 일요일 이른 아침이었으므로 답장이 오려면 시간이 걸릴 터였다.

커피를 마시고 오늘 아침에 내가 하려고 하는 일을 좀더 생각했다. 아홉 시쯤, 어쩌면 여덟 시 반쯤이면 마티 킹십에게 전화할 수 있을 것이다. 마티는 전직 경찰로 지금은 시내 대형 호텔에서 파트타임으로 보안 컨설턴트를 맡고 있었다. 3년 전 데니스 루헤인 사인회가 열렸을 때 우리 서점에 처음으로 찾아왔다. 마티는 루헤인이 떠난 뒤에도 계속 서점에 남아 범죄소설에 대해 이것저것 질문하며 자신이 한때 경찰이었으므로 직접 범죄소설을 써볼까 생각 중이라고 했다. 그날 밤, 서점을 나서기 전에 마티는 내게 언제 술이나 한잔하자고 했다. 내가 좋다고 했더니 놀랍게도 곧바로 시간과 장소를 정했다. 공원 건너에 있는 말리아브라는 바에서 다음 주 목요일 저녁 여덟 시에 보자고.

말리아브는 다운타운 크로싱 근처 골목 속에 숨어 있는데 한 번도 가본 적이 없었다. 문을 열고 들어가 좁은 복도를 걸어가면 바닥에 타일이 깔린 바가 나왔다. 전직 경찰이 즐겨 가는 술집이라기보다 프랑스 식당 같은 분위기였다. 마티 킹십은 기다란 바에 앉아 바텐더 한 명과 이야기를 나누고 있었다. 내가 옆자리에 앉자 마티는 마치 우리 약속을 까맣게 잊은 사람처럼 깜짝 놀란 표정으로 날 보았다.

"진짜로 왔네?" 그가 말했다.

"그럼요."

"뭐 마실래요? 난 밀러 라이트를 마시는 중인데 여기 로버트는," 마티는 바텐더를 가리켰다. "내 취향이 형편없다는군."

나는 헤페바이젠을 주문했다. 마티는 맥주를 한 병 더 마셨고, 에스카르고와 미트볼 슬라이더도 주문했다.

나는 친구를 사귀는 데 늘 서툴다. 가끔은 내가 외동이고, 어머니나 아버지가 딱히 사교적인 성격이 아니었다는—아버지가 술에 취했을 때만 제외하고—평계를 대기도 하지만 그보다 더 근원적인 이유가 있는 것 같다. 내게는 사람들과 진정으로 소통할 수 있는 능력이 없다. 누군가를 오래 만나면 만날수록 그 사람과 더 멀어지는 기분이 든다. 우리 서점에 10분간 머물다가 사이면 브렛의 중고책을 사 가는 나이든 독일 관광객에게는 엄청난 애정을 느끼지만, 누군가를 잘 알게 되면 상대가 희미해지기 시작한다. 마치 그들 앞에 유리 칸막이가 있고 그 유리가 점점 더 두꺼워지는 듯하다. 상대에 대해 많이 알게 될수록 그들을 의미 있는 존재로 보고, 그들의 말을 이해하기가 점점 더 힘들어진다. 예외도 있기는 하다. 클레어도 그랬고, 중학교 때 단짝이었던 로런스 티보도 그랬다. 로런스는 8학년 말에 브라질 어딘가로 이사를 가버렸다. 물론 책에 나오는 인물들도 예외였다. 시인들도. 시인들은 알면 알수록 좋아졌다.

처음 마티를 만났을 때 그는 친구를 구하고 있었고, 한동안은 나도 그 역할을 하려고 노력했다. 마티는 매사추세츠 주 서부에서 경찰로 일했지만 아이들이 집을 떠나고 아내가 이혼 소송을 제기한 뒤 곧바로 경찰을 그만두었다. 더들리 스퀘어 근처에 방 하나짜리 아파트로 이사했고 자신이 반쯤 은퇴했다고 생각했다. 비록 가끔씩 보안과 관련된 일을 하기는 했어도. 또 가끔은 소설의 개요를 짜기는 했어도. 나는 마티가 정말로 소설을 쓰는 일은 없을 거라고 확신했다. 마티는 재미있는 사람이었다. 또한 스포츠머리에 부러진 코, 하체 비만이지만 보기보다 훨씬 똑똑했다. 일주일에 책 다섯 권 정도는 너끈히 읽었다. 한동안 마티는 서점 문을 닫을 때쯤 와서 신간을 잔뜩 샀고, 우리는 함께 술을 마시러 갔다. 그에게는 늘 재미있는 사연이나 에피소드가 있었다. 우리가 함께 있을 때는 한시도 정적이 흐른 적이 없었다. 처음에는 아무 문제도 없었다. 하지만 내가 맺은 인간관계가 대부분 그렇듯 시간이 흐르면서 우리 사이에 벽이 생기는 기분이었다. 우리 우정은 자연스러운 정체기에 도달해 더는 확장되지 않는 듯했다. 요즘에는 크리스마스쯤에 만나서 술을 한잔하는 게 전부였다.

과연 마티가 날 도와줄지 알 수 없었지만 부탁은 해볼 만했다. 마티에게는 시간적 여유도 있었고, 노먼 채니에 관해 알아낼 수 있는 인맥도 있었다. 위험하기는 했지만 감수해야 했다. 찰리가 누군지는 몰라도 그는 노먼 채니가 죽기를 바랐다. 그것도 본인이 아닌 다른 사람이 죽여주길 바랐다. 이는 노먼 채니가 죽으면 그가 용의자가 된다는 뜻이었다.

아홉 시가 되자 마티에게 전화했다.

"어이, 오랜만이야." 마티가 말했다.

"내가 깨웠나요?"

"아냐. 방금 샤워하고 나왔어. 쓰다 남은 비누 조각을 새 비누에 붙이는 데 빌어먹을 20분이나 걸렸지 뭔가. 둘이 브랜드가 달라서 그런지 당최 달라붙지를 않아. 하나는 초록이고, 하나는 갈색이라거나 그런 것도 아니야. 꽤 비슷한 색인데 붙으려고 하지를 않는다니까. 자네도 그래서 전화한 거지? 내 샤워가 궁금해서?"

"아뇨. 하지만 재미있게 들었어요. 다사다난하군요."

"사실 그래. 신디가 봄방학 동안 여기서 나와 함께 지낼 예정이야.

나도 알아. 내가 좋아서 오는 게 아니라 보스턴대학에 관심 있는 남자가 있대. 그래도 기대가 돼."

신디는 마티의 딸로 아직 그와 규칙적으로 연락하는 유일한 가족이었다.

"그거 잘됐네요, 마티. 저기, 사실 당신한테 부탁할 게 있어요."

"부탁?"

"당신이 할 수 없는 일이거나, 해서는 안 된다고 생각하면 그렇다고 말해줘요. 별일 아니니까."

"누구를 죽여달라는 건 아니지?" 마티는 그렇게 말하고는 껄껄 웃었다.

"아니에요. 근데 살해된 사람에 대해 알아봐줬으면 좋겠어요. 전직 경찰로서 당신이 할 수 있는 일이 있을까요?"

"어떤 정보를 원하는데?"

"이건 당신과 나만 아는 비밀이어야 해요. 아무에게도 말하면 안 돼요."

"알았어. 혹시 자네한테 무슨 일 생긴 거야?"

"아뇨, 아뇨." 통화하는 동안 내가 왜 이런 부탁을 하는지 이유를 대야 한다는 사실을 깨달았다. 나는 즉시 사실을 약간 왜곡해서 말하기로 했다.

"예전에 일어난 살인사건 때문에 어떤 FBI 요원이 날 찾아왔어요. 4년 전 뉴햄프셔 주에서 한 남자가 살해된 사건이래요. 노먼 채니. C-H-A-N-E-Y. 나한테 전부 다 말해주지는 않았는데 그 죽은 남자가 우리 서점에서 책을 많이 사간 모양입니다. 그래서 나와 연관이 있을지도 모른다고 생각하는 것 같아요."

"무슨 연관?"

"정확히 말해주지는 않았어요. 난…… 이 모든 게 너무 갑작스러워서 말이죠. 그래서 어쩌면 당신이 알아봐줄지 모른다고 생각했어요. 이남자에 대한 정보 말입니다. FBI 요원이 뭔가를 감추는 것 같아요. 어쩌면 그 사건이 클레어와 관계가 있을지도 모르죠."

"몇 군데 전화는 해볼 수 있지, 물론." 마티가 약간 당황한 목소리로 말했다. "별일 아닐 거야, 맬. 가끔씩 미해결 사건의 담당자가 바뀌는 경우가 있어. 새로운 담당자가 전에 조사하지 않았던 새로운 단서, 그러니까 이 경우처럼 피해자가 책을 어디서 구입했는지 알아내면 그걸조사하는 거야. 지푸라기라도 잡는 거지. FBI 요원이 자네를 만나러 왔다고 했지?"

"네, 이상하죠?"

"걱정하지 마. 내가 몇 군데 전화해볼게. 틀림없이 별일 아닐 거야."

"정말 고마워요, 마티."

"다른 일은 없고?"

"그냥 똑같죠, 뭐. 책을 사고 책을 팔고."

"곧 만나서 맥주나 한잔하자고. 이 도널드 채니라는 사람에 대해알아내면 연락할 테니까 그때 만나."

"노먼 채니요."

"맞아, 맞아. 노먼 채니."

"네, 그래요. 술이나 한잔해요."

나는 전화를 끊은 후에야 내 어깨가 잔뜩 굳어 있고, 턱이 아프다는 걸 깨달았다. 지난 몇 년간 노먼 채니라는 이름을 잊으려고 애써왔다. 그 이름을 입 밖에 내는 것만으로도 몸에 변화가 일어났다. 마티를 이 일에 끌어들인 건 실수가 아닐까? 다시 그런 의문이 들었지만 채니가 죽기를 바라는 사람이 누구인지 알아야 했다. 어깨를 돌리며 근육을 푸는데 에밀리가 서점 문을 열고 들어와 목에 두른 긴 머플러를 풀었다. 영업을 시작해야 할 시간이었다. 나는 서점 안의 조명을 모두 켜고 밖으로 나가 문에 '영업 중' 팻말을 걸어두었다. 서점 뒤쪽에 서가에 꽂아야 할, 새로 입고된 책들이 무더기로 쌓여 있었다. 에밀리가 겉옷을 벗은 뒤 우리 둘은 서가에 책을 꽂기 시작했다. 주로 침묵 속에서 일했지만 어쩌다 이야기를 나눌 때면 에밀리가 살짝 쉰 목소리로 말했다. 마치 감기에 걸렸거나 전날 밤에 이야기를 너무 많이 한 사람처럼. 어젯밤에 에밀리가 약속이 있다고 했던 말이 기억났다. 그렇기는 해도 에밀리가 목이 쉴 정도로 누군가와 이야기한다는 건 상상이 가질 않았다. 에밀리에게 약속이 있다는 것도 상상하기 힘들었다.

"요즘 무슨 일 있어?" 내가 물었다.

"무슨 말이에요?"

"그냥 묻는 거야. 일상에 변화가 생겼는지 궁금해서. 아직 케임브리지에 살아? 만나는 사람은 있고?"

"네." 에밀리가 대답했고, 나는 좀더 기다렸다.

"요즘에 괜찮은 영화 봤어?" 불편할 정도로 정적이 계속되자 내가 다시 물었다. 에밀리에게 화제를 돌릴 기회를 주기 위해서였다.

"〈언더 더 스킨〉 봤어요."

"아, 그거. 스칼릿 조핸슨이 외계인으로 나오지?"

"네."

"어땠어?"

"진짜 좋았어요."

"기억해둬야겠군." 나는 그렇게 말하고 더는 질문하지 않기로 했다. 내게는 자식이 없으니 갑자기 말수가 적어진 사춘기 자녀를 대하는 게 어떤 기분인지 영영 모를 테지만 가끔은 에밀리와 내 관계 같을 거라는 생각이 들었다.

우리는 다시 서가에 책을 꽂았고, 나는 어느새 아까 마티와 나눈 대화를 생각했다. 그에게 노먼 채니에 대해 알아봐달라고 한 건 실수일지 모르지만 그렇게 해야만 할 것 같았다. 채니는 찰리와 연결되어 있다. 일레인 존슨도 그렇기는 하다. 하지만 찰리가 일레인 존슨을 선택한 이유는 내가 그녀를 알기 때문이다. 다른 살인이 다소 무작위로 벌어졌다고 한다면, 내가 찰리의 정체를 알아낼 수 있는 유일한 사건은 노먼 채니가 살해된 사건이다. 찰리는 채니가 죽기를 원했다. 그 이유를 알아내면 찰리를 찾을 수 있다.

정오쯤 되자 휴대전화가 진동했다. 그웬이었다. 뉴헤이븐에서 출발한다는 문자였다. 나는 에밀리에게 오늘 일찍 퇴근하지만 브랜던이 대신 문을 잠글 거라고 했다. 또 내일 아침에 그녀가 문을 열어야 할 수도 있다고 말했다. 브랜던과 에밀리 모두 서점 출입문 열쇠를 가지고 있었다. 에밀리는 내가 어디에 가는지 궁금할지 몰라도 겉으로는 아무 내색도 하지 않았다.

한 시쯤 되자 나는 베리 가가 내다보이는 서점 출입문에서 눈을 떼지 않았다. 하룻밤 자고 올 경우를 대비해 갈아입을 옷과 세면도구까지 넣어 가방을 챙겨두었다. 지금 이 상황, 그리고 그웬이 진실을 알아낼지 모른다는 걱정 때문에 불안하면서도 어서 여행을 떠나고 싶었다. 올겨울은 보스턴에만 갇혀 있는 기분이었다. 고속도로와 눈 내린 풍경, 가본 적이 없는 낯선 도시가 기대되었다.

한 시 반에 출입문 밖으로 머리를 내밀었더니 소화전 앞에 베이지색 쉐보레 이쿼녹스를 세우는 그웬이 보였다. 내가 에밀리에게 작별 인사를 하고 밖으로 막 나갔을 때 휴대전화가 울렸다. 액정에 그웬의 번호가 떴지만 무시하고 길을 건너 조수석 문으로 가서 차창을 두드렸다. 그웬이 내 쪽을 바라보더니 전화를 껐다. 나는 차에 올라탔다. 차 안에서는 새 차 냄새가 났고, 나는 이 차가 FBI 소유인지 궁금했다. 안전벨트를 맨 다음 작은 가방을 두 발 사이에 내려놓았다.

"어서 오세요. 혹시 몰라서 록랜드에 방 두 개를 예약했어요. 필요한 물건은 다 가져왔나요?"

"네."

그웬은 베리 가를 따라 스토로드라이브 쪽으로 향했다. 우린 둘 다 말이 없었고, 나는 혹시 그웬이 보스턴을 빠져나갈 때까지 운전에 집중하고 싶어 할지 모르니 먼저 말을 걸지 않기로 했다. 93번 고속도로로 빠지고 나자 그웬이 와줘서 고맙다고 했다.

"보스턴을 벗어날 수 있어서 나도 좋네요." 나는 그렇게 말하고는 차에 탄 후 처음으로 그녀를 돌아보았다. 그웬은 운전하기 편하도록 코트를 벗고 꽈배기 무늬 니트와 짙은 색 청바지만 입고 있었다. 양손은 운전대에 올바른 방향(열 시 10분)으로 놓여 있었고, 잘 안 보인다는 듯이 두 눈은 도로를 뚫어지게 바라보았다. 그웬이 운전에 집중하는 동안 그녀의 얼굴을 살짝 뜯어볼 수 있었다. 나는 상대의 옆얼굴을 보는 게 더 마음이 편했다. 얼굴이 더 도드라져 보이기도 했고. 살짝 들린 코, 튀어나온 이마, 매끄럽고 창백한 살갗, 여기저기 보이는 울긋불긋한 자국. 누군가의 얼굴을 제대로 볼 때마다 나도 모르게 아주 어리거나 아주 늙은 그들의 모습을 상상하게 된다. 그웬의 경우에는 다섯 살짜리 아이가 보였다. 눈을 휘둥그렇게 뜨고, 아랫입술을 씹으며 부모의 다리 뒤에 숨은 아이. 나이 든 그녀의 모습도 그려보았다. 희끗희끗한 머리를 등까지 땋아 내리고, 몇몇 노인처럼 피부가 종잇장처럼 얇지만 크고 지적인 눈을 가진 예쁘장한 할머니일 것이다. 그녀의 창백하고 동그란 얼굴은 어딘가 눈에 익었는데 정확한 이유는 알 수 없었다.

"여섯 시에 일레인 존슨의 집에서 시펠리 형사를 만나기로 했어요. 점심 먹었어요?"

나는 아침을 늦게 먹었다고 말했다. 우리는 메인 주 케네벙크 근처 휴게실에 들렀는데 거기에 버거킹과 파파이스가 있었다. 각자 커피와 함께 햄버거를 하나씩 주문했고, 창가 옆 칸막이 좌석에 앉아 빨리 먹어치웠다. 날씨는 아주 화창했고, 하늘에는 구름 한 점 없었다. 최근에 내린 눈으로 뒤덮인 땅에 햇살이 반사되는 터라 우리 둘 다 실눈을 뜨고 먹었다.

그웬은 햄버거를 다 먹은 뒤 테이크아웃한 커피 뚜껑 앞쪽을 엄지로 뽁 눌러서 입을 대고 마실 구멍을 만들었다. "대니얼 곤잘레즈 살인 사건의 범인이 체포됐대요. 어젯밤에." 그녀가 말했다.

"아, 개와 함께 산책하다 총에 맞은 남자요?"

"네. 알고 보니 그 남자는 자기가 일하는 대학에서 학생들에게 엑스터시를 팔았더라고요. 라이벌 마약상의 총에 맞아 죽은 거였어요. 우리가 헛다리를 짚은 거 같아요."

"그래도 다 틀린 건 아니죠."

"맞아요. 다른 사건은 확실하죠.《ABC 살인사건》도 확실하고,《이중 배상》도 그래요. 일레인 존슨의 집에서 뭔가 나올 거라는 확신도 있고요."

"뭐가 나올 거라고 확신하는데요?"

"나도 모르죠. 하지만 찰리는 뭔가 남기고 갔을 거예요. 극적인 걸 좋아하는 성격이거든요, 찰리는. 이름에 연관성이 있는 사람을 셋이나 죽인 걸로도 모자라서 깃털을 보낸 것처럼요."

"무슨 깃털이요?" 내가 말했다.

"아, 당신에게 말하지 않았다는 걸 깜빡했네요. 로빈 캘러핸과 이선 버드, 제이 브래드쇼가 모두 죽은 뒤에 경찰서로 깃털 하나가 든 봉투가 배달됐어요. 이건 언론에도 나가지 않은 이야기라서 사실 당신에게 말하면 안 돼요. 하지만 이제는 당신을 믿어도 될 거 같아요."

"고맙군요."

"그러니까 내가 왜 찰리가 극적인 걸 좋아한다고 했는지 당신도 알 거예요. 그래서 내가 범죄 현장에서 뭔가 나올 거라고 생각하는 거고요. 게다가 일레인은 당신이 아는 사람이니까요. 당신의 리스트를 따라 하는 사람이 누구든 간에 그는 당신을 알고 있어요. 그렇다고 해서 당신도 그를 안다는 뜻은 아니에요……. 당신이 알 수도 있어요. 하지만 범인은 확실히 당신을 알아요. 찰리는 당신을 안다고요. 그리고 난 우리가 일레인의 집에서 뭔가 발견할 거라고 생각해요……. 그 사건을 당신의 리스트와 연결할 수 있는 구체적인 증거요. 느낌이 좋아요. 더 먹을 거예요?"

나는 내가 지난 2분 동안 반쯤 먹다 만 햄버거를 계속 들고 있었음을 깨닫고 "아, 미안해요"라고 말했다. 그러고는 크게 한 입 베어 먹었다. 이젠 입맛이 뚝 떨어졌는데도. 그웬의 말이 맞다는 걸 이미 알고 있었지만 내 머릿속이 아닌 다른 사람의 입에서 그 말이 나오니 소름 끼쳤다.

"차로 가져가서 먹어도 돼요. 일단은 지금 출발해야겠어요. 록랜드까지 적어도 두 시간은 더 가야 하거든요." 그웬이 말했다.

15

일레인 존슨의 집 내부는 예상대로 지저분하고 먼지투성이였으며 사방에 책이 쌓여 있었다.

케이프코드 양식으로 지은 집은 외벽의 회색 페인트가 벗겨졌고, 거대한 소나무들 옆에 있어서 상대적으로 작아 보였다. 1번 국도에서 1킬로미터 정도 떨어진 데다 최근 내린 눈 때문에 가기가 매우 힘들었다. 그웬은 타이어 자국이 깊게 팬 거리에 이쿼녹스를 주차했다. 우리를 기다리고 있던 순찰차 바로 뒷자리였다. 순찰차에 탄 사람은 로라 시펠리 형사로 둥근 얼굴의 예쁜 중년 여자였는데 엄청나게 큰 패딩의 털 달린 후드를 쓴 탓에 얼굴 대부분이 가려져 있었다. 황혼 녘이어서 창백한 태양이 지평선에 나직하게 걸려 있었고, 영하의 공기 속에서 입김이 하얗게 피어올랐다. 우리 셋은 재빨리 인사를 나눈 다음, 눈밭을 지나 현관으로 갔다. 시펠리 형사가 주머니에서 열쇠를 꺼낼 때까지 기다리는 시간이 5분은 되는 듯했다. 진입로에 차가 한 대 있었는데 모서리가 각진 구형 링컨이었다. 아마 너무 커서 집에 딸린 작은 차고에 들어가지 않았을 것이다. 일단 집으로 들어가자 시펠리 형사는 현재 이 집의 주인이 없다고 말했다. 일레인 존슨은 유언장도 작성하지 않은 채 사망했고, 직계친족도 없기 때문이다.

"불은 들어오나요?" 그웬이 묻자 시펠리 형사가 대답 대신 가까이에 있던 스위치를 켰다. 부엌이 천장에 달린 형광등의 강렬한 불빛에 잠겼다.

"아직 수도와 전기는 끊기지 않았어요. 파이프가 얼지 않도록 보일러도 약하게 틀어놓았을 거예요." 시펠리 형사가 말했다.

나는 부엌을 둘러봤다가 타일이 깔린 아일랜드 식탁에 뚜껑이 열린 땅콩버터가 있고, 그 안에 나이프가 꽂혀 있는 걸 보고 깜짝 놀랐다. 일레인 존슨을 좋아하지는 않았지만 그렇다고 해서 그녀의 고독사가 고소하다는 뜻은 아니었다.

"현장 감식반이 조서를 제출했나요?" 그웬이 물었다.

"아뇨. 부검의만 제출했어요. 부검 결과 자연사였죠. 심장마비. 여기서 시신이 나간 뒤로 아무도 이 집에 들어오지 않았어요. 제가 아는 한은 그래요."

"형사 님도 여기 오셨나요?"

"네. 제가 신고를 받았어요. 시신은 침실에, 벽장과 침대 중간에 쓰러져 있더군요. 원하시면 정확한 위치를 알려드릴 수 있어요. 일주일 넘게 방치되어 있었더군요. 부엌에 들어서자마자 시신이 있다는 걸 알았죠."

"으, 힘들었겠네요. 누가 신고했나요?" 그웬이 물었다.

"건너편에 사는 사람이 이 집 우편함에 편지가 계속 쌓인다고 알려줬어요. 두 집의 우편함이 나란히 있거든요. 확인하러 왔더니 현관문이 잠겨 있지 않더라고요. 그래서 그냥 들어왔죠. 나쁜 일이 생겼다는 걸 바로 알았어요."

"이웃집 사람이 다른 말은 안 했나요? 동네에 수상쩍은 일이 있었다든가."

"내가 아는 한은 없어요. 하지만 우린 이 죽음을 전혀 의심하지 않았기 때문에 따로 물어보지도 않았어요. 원하시면 직접 물어보세요. 내일 괜찮으세요? 오늘 밤에 여기서 자고 갈 건가요?"

"그럴 거예요. 부검의를 만날 수도 있어요. 우리가 여기서 뭘 찾아내느냐에 달렸죠."

나는 두 사람이 대화를 나누는 걸 지켜보는 동시에 부엌을 둘러보았다. 부엌 뒤쪽 벽에 선반 두 개가 있었는데 조리 도구나 음식을 넣어두는 공간인 듯했다. 하지만 일레인은 그 선반에 하드커버 소설을 잔뜩 넣어놓았다. 책등을 살펴보니 엘리자베스 조지의 소설이 많았고 앤 페리의 소설도 있었다. 둘 다 일레인이 좋아하는 작가였다. 하지만 그외에 로맨틱 서스펜스 카테고리에 속하는 책들, 서스펜스보다는 로맨스에 가까운 책들도 몇 권 있었다. 일레인 존슨이 경멸할 만한 책들이었다.

"그렇게 하세요." 시펠리 형사는 그렇게 말하고는 덧붙였다. "전 여기서 두 분이 집 안을 둘러보는 걸 도와드려도 되고, 두 분께 열쇠를 맡기고 빠져도 돼요. 열쇠는 내일 아침까지만 돌려주세요."

"여기 계실 필요 없어요. 지금까지 해주신 걸로 충분해요." 그웬이 말했다.

"좋아요. 그럼 전 갈게요. 내일 아침에 아무 때나 경찰서에 들르세요."

"그러죠." 우리는 작별 인사를 나눴고, 시펠리 형사가 눈밭을 터벅 터벅 가로지르는 걸 바라보았다.

그웬은 날 돌아보며 말했다. "준비됐어요?"

"네. 우리에게 작전이 있나요, 아니면 그냥 둘러볼 건가요?"

"당신은 책을 집중적으로 살펴보세요. 난 다른 걸 살펴볼게요."

"그러죠." 내가 말했다.

우리는 식탁이 있는 공간으로 들어갔다. 그웬이 조명 스위치를 찾 아내서 켜자 샹들리에에 깜빡거리는 불이 들어왔다. 모든 물건의 표면 이 책으로 덮여 있었는데 바닥이나 사각형 식탁에 마구잡이로 쌓여 있 었다. "이 책들을 나 혼자 다 보기는 힘들 것 같은데요." 내가 말했다.

"자세히 볼 필요는 없어요. 그냥 특이한 것만 찾아내세요. 난 위층 침실에 가볼게요."

나는 그곳에 남았다. 일레인 존슨이 소장한 추리소설을 보며 책의 값어치를 따져보지 않을 수 없었다. 대부분이 쓸모없는 책들—보관 상 태가 의심스러운 대량 판매된 책들—이었지만 퍼트리샤 콘월의 《법 의관》 초판본과 마이클 코널리의 《블랙 에코》 초판본을 금세 알아보았 다. 이 책들이 어떻게 될지 궁금했지만 나는 지금 책을 사러 온 것이 아 니라는 사실을 상기했다.

"맬컴!" 그웬이 2층에서 날 불렀다.

"왜요?" 내가 외쳤다.

"여기 좀 와봐요."

나는 계단을 올라갔다. 계단 역시 칸마다 양 끝에 책들이 쌓여 있었다. 그웬은 침실에 서서 못에 걸린 수갑을 바라보고 있었다. 나는 수갑을 가리켰다.

"만지지 마세요." 그웬이 재빨리 말했다. "지문을 떠야 할 것 같아요."

"《죽음의 덫》에서도 벽에 수갑이 걸려 있습니다. 극에서 결정적 역할을 하죠."

"알아요. 어젯밤에 영화를 다시 봤어요. 바닥을 봐요."

등대 사진이 들어간 액자가 벽에 기대져 있었다. "찰리가 수갑을 가져왔고, 벽에서 저 액자를 내린 다음 그 자리에 수갑을 걸어두었다고 생각하는 건가요?《죽음의 덫》을 오마주하기 위해서?"

"네." 그웬이 그렇게 말하더니 벽장 쪽을 돌아보았다. "아마 벽장에 숨어 있었을 거예요. 복면을 쓰고. 그러다 갑자기 튀어나가서 일레인을 놀라게 했겠죠."

"이상하군요. 우리가 아는 한 찰리가 그 리스트를 구체적으로 지목하는 물건을 놓아둔 것은 이번이 처음이에요."

"당신이 아는 사람을 죽인 것도 이번이 처음이죠."

우리는 둘 다 벽장 쪽을 바라보았다. 그웬이 말했다. "솔직히 더 볼 필요는 없어요. 저 수갑의 사진을 찍고 지문만 뜨면 돼요."

"찰리는 아마 장갑을 꼈을 겁니다."

"조사하기 전에는 모르는 거지만, 당신 말이 맞아요. 아마 그랬을 거예요."

내가 침실을 마저 둘러보는 동안 그웬은 휴대전화를 꺼내 방금 온 문자메시지를 확인했다. 기둥이 네 개 달린 낡은 침대는 대충 정리되어 분홍색 셔닐 커버를 덮어놓은 상태였다. 원목으로 된 마룻바닥에는 직물을 짜서 만든 작은 러그가 여기저기 깔려 있었는데 오래되어 색이 바랬다. 침대 발치에 놓인 러그는 털투성이였다.

"일레인에게 키우는 동물이 있었나요?" 내가 물었다.

"조서에서 그런 내용을 읽은 기억이 없는데요." 그웬이 말했다.

나는 일레인 존슨이 올드데블스에 왔던 때를 떠올렸다. 내 기억으로는 그녀가 네로에게 관심을 보인 적이 한 번도 없었다. 아마도 그녀의 언니가 개나 고양이를 키웠고, 일레인은 그저 러그를 한 번도 빨지 않았을 것이다. 사실 이 집에는 깨끗한 물건이 하나도 없었다. 나는 책상 위에 걸린 사진을 바라보았다. 흰색 액자 틀은 위쪽 가장자리에 더께가 앉아 반질거리는 검은색으로 변했고, 액자 속에는 여행을 떠난 가족의 사진이 있었다. 골프 셔츠를 입은 아빠, 짧은 타탄 무늬 원피스를 입고 뿔테 안경을 쓴 엄마. 아이들은 모두 넷이었는데 남자아이 둘이 손위였고, 여자아이 둘이 손아래였다. 캘리포니아 어딘가에서 삼나무로 보이는 거대한 나무 앞에서 포즈를 잡고 있었다. 나는 몸을 앞으로 내밀고 아직 사춘기 이전인 두 여자아이 중에서 누가 일레인인지 찾아내려 했으나 사진은 살짝 흐릿한 데다 오래되어 색이 바랜 상태였다. 하지만 둘 중 더 어리고 안경을 쓰고 한쪽 팔로 인형을 껴안은 아이가 일레인일 것이다. 네 아이 중에서 유일하게 웃지 않는 아이였다.

"그만 나갈까요?" 그웬이 말했다.

"네."

계단을 내려가 맨 아래 칸에 섰을 때 책꽂이가 줄줄이 늘어선 거실을 들여다보았다. "여기 있는 책들을 잠깐 둘러봐도 될까요?" 내가 묻자 그웬은 어깨를 으쓱이더니 고개를 끄덕였다.

일레인의 언니도 독서광이었던 게 틀림없다. 거실 선반을 채운 책들은 대부분 언니가 소장했던 것들로, 논픽션이 많았고 역사소설도 있었다. 한 선반은 아예 제임스 미치너 책만 꽂혀 있었다. 하지만 거실 한쪽 구석에 놓인 높은 책장은 일레인이 가져온 듯했다. 그중 한 선반에는 유리로 만든 빈티지 문진들이 먼지를 뒤집어쓴 채 모여 있었다. 나머지 선반은 추리소설로 터질 듯했는데 작가 순으로 정리되어 있었다. 나는 토머스 해리스 작품들이 꽂혀 있는 걸 보고 놀랐다. 예전에 일레인이 토머스 해리스는 '과대평가된 변태'라고 했기 때문이다. 또 놀랍게도 《익사자》가 있었다. 그러다가 그 책 양옆에 《열차 안의 낯선 자들》과 《죽음의 덫》이 꽂혀 있는 걸 보게 되었다. 몸에 살짝 전율이 일었다. 내 리스트 속 책 여덟 권이 순서대로 꽂혀 있었다. 나는 그웬을 데려왔다. 그녀는 눈을 휘둥그렇게 뜨더니 휴대전화로 사진을 찍으며 물었다.

"이 책들을 찰리가 가져다두었을까요? 아니면 원래 여기 있던 책들일까요?"

"아마 찰리가 가져왔을 겁니다. 일레인에게 이 여덟 권이 전부 있었을 것 같지는 않아요."

"저 책에서 뭔가 알아낼 수 있을까요?"

"아마도요. 찰리는 어디선가 저 책을 샀을 겁니다. 우리 서점에서 샀을 수도 있고, 다른 서점에서 샀을 수도 있죠. 중고 책은 주로 첫 장에 연필로 가격이 적혀 있습니다. 가끔은 서점 이름이 적힌 스티커가 붙어 있기도 하고요." 내가 말했다.

"하지만 당신이 저 책을 만지는 건 곤란해요. 책등만 보고 알아낼 수 있는 건 없을까요?"

나는 내 리스트에 나오는 여덟 권의 책을 뚫어지게 바라보았다. 책들은 다 함께 고소를 당한 듯 나란히 꽂혀 있었다. 그중에서 《살의》의 책등만 눈에 띄었다. 10년 전쯤 저 작품의 미니시리즈 방영에 맞춰 영국에서 출판된 페이퍼백 판본이었다. 틀림없이 우리 서점에도 들여왔었다. 책 표지가 소름 끼치게 싫었던 기억이 나기 때문이다. 전반적으로 드라마나 영화의 파생 상품으로 출간되는 책들은 표지가 형편없었다. 나는 그웬에게 저 책 중 하나는 우리 서점에도 있었다고 말했다.

"역시 그렇군요." 그웬이 말했다. 목소리에서 신난 기색이 역력했다. "이 책에서 지문을 뜨고 사진을 찍은 뒤에는 함께 살펴볼 수 있어요. 이제 호텔에 체크인하러 가죠."

그웬은 록랜드 도심에서 2킬로미터 떨어진 햄프턴인앤드 스위트 호텔에 방 두 개를 예약해두었다. 호텔 건너편에 맥도널드가 있어서 나는 저녁으로 또 햄버거를 먹어야 하나 걱정되었다. 하지만 그웬은 시내 중심가에 자신이 좋아하는 식당이 있다고 했다. "2인으로 예약을 해두기는 했는데…… 혹시 다른 데 가고 싶어요?"

"아뇨. 당신이 원하는 데로 갑시다."

우리는 각자 방에서 짐을 풀고 한 시간 뒤에 로비에서 만나 도심으로 갔다. 비수기였는데도 놀랍게도 몇몇 식당이 문을 연 듯했다. 우리는 2층짜리 벽돌 건물 앞에 주차했다. 거기서 몇 걸음만 걸어가면 '에일 맥주와 굴 전문점'이라고 광고하는 술집 입구였다. 일요일 저녁이라서 예상대로 바에 두 커플만 앉아 있을 뿐 실내는 한산했다. 브루인스

아이스하키팀 맨투맨 셔츠를 입은 꽤 젊은 여주인이 우리를 칸막이 좌석으로 안내했다.

"정말로 이 식당도 괜찮겠어요?" 그웬이 물었다.

"그럼요. 전에 여기 와봤다고 했죠?"

"여기서 멀지 않은 메건티쿡호수 근처에 조부모님 별장이 있어요. 여름이면 그 별장에서 최소한 2주는 보내죠. 솔직히 이 식당을 좋아하는 사람은 우리 할아버지예요. 할아버지 취향에 딱 맞게 굴을 구워주거든요."

웨이트리스가 주문을 받으러 왔다. 나는 그리티맥더프양조장에서 만든 비터 맥주와 랍스터롤을 시켰고, 그웬은 하푼양조장에서 만든 맥주와 대구를 넣은 루벤 샌드위치를 시켰다.

"구운 굴은 안 먹고요?" 내가 물었다.

그웬은 웨이트리스를 돌아봤다. "애피타이저로 굴 여섯 개 주시겠어요?"

웨이트리스가 떠나자 그웬이 말했다. "할아버지 대신 먹어야겠어요. 할아버지에게 여기 왔다고 말할 거예요."

"조부모님은 평소 어디에 사시나요?"

"업스테이트 뉴욕예요. 근데 늘 여기로 이사해야겠다고 그러세요. 그러려면 집을 새로 사야 해요. 호숫가 별장은 난방 시설이 아예 없거든요. 이 지역에 와본 적 있어요?"

"캠든에 가본 적 있습니다. 딱 한 번요. 캠든도 여기서 가깝지 않나요?"

"옆 도시죠. 그게 언제였어요?"

"정확히 언제인지는 모르겠습니다. 10년 전에 휴가차 왔어요." 당연히 클레어와 함께였다. 그때 우리는 종종 뉴잉글랜드주 전역으로 자동차 여행을 다니곤 했다.

주문한 맥주가 빵 바구니와 함께 나왔다. 우리는 맥주를 한 모금씩 마셨고, 그웬이 말했다. "아내분에 대해서 물어봐도 될까요?"

"얼마든지 물어보세요." 나는 그렇게 대답하고 차분한 표정을 지으려고 노력했다. 하지만 우리는 서로 눈을 마주치지 못했다.

"언제 돌아가셨나요?"

"이제 5년 됐네요. 그렇게 오래됐다는 게 믿기지 않지만."

"그렇겠죠." 그웬은 손가락 관절로 윗입술에 묻은 거품을 닦았다. "정말 힘들었겠어요. 젊은 나이에 그런 사고로 죽었으니."

"이미 조사했군요."

"네, 조금요. 처음 당신을 알게 됐을 때, 그 리스트를 발견했을 때 당신에 대해 알아봤거든요."

"에릭 앳웰 살인사건과 관련해서 내가 조사받은 것도 압니까?"

"네, 알아요."

"기회가 있었다면 내가 앳웰을 죽였을 겁니다. 하지만 내가 한 짓이 아니에요."

"알고 있어요."

"당신이 내 말을 안 믿는다고 해도 괜찮습니다. 당신은 그저 당신 일을 하는 거죠. 당신은 내가 이 살인사건들과 무슨 연관이 있는지 궁금할 테지만, 사실 난 아무 연관도 없습니다. 적어도 내가 아는 바로는 그렇습니다. 아내가 죽은 뒤 나는 계속 혼자 살아가자고 다짐했어요.

서점을 운영하고 책을 읽으면서요. 조용히 살고 싶습니다."

"당신을 믿어요." 그웬은 그렇게 말하고는 딱히 알 수 없는 감정이 섞인 눈으로 날 바라보았다. 호감 같았다. 동정일 수도 있고.

"정말입니까?"

"이 일레인 존슨의 살인 현장으로 상황이 바뀌었어요. 이 현장은 다른 현장들과 달라요. 직접적으로 당신을, 그 리스트를 가리키고 있어요."

"맞아요. 기분이 정말 이상하더군요."

"브라이언 머레이에 대해 말해주세요. 그 사람도 일레인 존슨을 알까요?"

"알죠. 일레인과 말을 한 적이 있는지는 모르겠지만 틀림없이 알 겁니다. 브라이언은 우리 서점 낭독회에 빠지지 않고 참석했고, 일레인 도 그랬으니까요."

"어쩌다 두 사람이 함께 서점을 인수하게 됐죠?"

"우린 친구였습니다. 가깝지는 않았지만요. 예전 사장이 서점을 운영할 때 브라이언이 자주 찾아왔고, 우린 종종 함께 술을 마셨어요. 사장이 서점을 팔기로 했을 때 내가 그 이야기를 브라이언에게 했습니다. 돈이 있었다면 내가 서점을 인수했을 거라는 얘기도요. 브라이언은 얘기를 듣자마자 자신과 동업하자고 하더군요. 변호사에게 계약서를 써 오라고 했습니다. 자기가 인수금을 대부분 내고, 서점 운영은 내가 한다는 내용이었죠. 완벽한 합의였습니다. 지금도 그렇고요. 브라이언은 이 사건들과 아무 상관 없습니다."

"그걸 어떻게 알죠?"

나는 맥주를 한 모금 마셨다. "브라이언은 알코올중독자예요. 글도 아주 간신히 쓰는 정도죠. 매해 두 달 정도만 글을 쓰고, 나머지 기간에는 술만 마십니다. 올해 예순인데 일흔 살은 돼 보이죠. 함께 술을 마실 때마다 똑같은 얘기를 하고 또 합니다. 브라이언이 살인자라고는 도저히 상상이 안 됩니다. 설사 어떤 이유로 브라이언에게 누군가를 죽일 의도가 있었다고 해도, 실행하는 건 불가능합니다. 브라이언은 운전도 안 하는걸요. 어디든 택시를 타고 다니죠."

"알겠어요."

"내 말 믿나요?"

"브라이언을 조사하기는 할 거지만, 네, 당신 말 믿어요. 사실 나도 10대 시절에 브라이언 머레이의 책을 읽었어요. 내가 FBI가 되고 싶었던 데는 엘리스 피츠제럴드도 한몫했죠."

"초창기 책들은 훌륭하죠."

"나도 아주 좋아해요. 책 한 권을 하루 만에 다 읽었던 기억이 나요."

주문한 굴이 나왔고, 나머지 음식도 곧 나왔다. 우리는 더는 사건 현장이나 브라이언 머레이, 사적인 이야기는 하지 않았다. 그저 음식을 먹었고, 그웬은 내일 뭘 할 계획인지 말해주었다. 이 지역 FBI 사무실에 찾아가 현장 감식 요원에게 일레인 존슨의 집을 조사하도록 할 거라고 했다. 또한 이웃 사람들에게 일레인이 사망한 시각에 낯선 사람이나 하다못해 낯선 차라도 본 적이 있는지 물어볼 거라고 했다.

"당신이 보스턴으로 타고 갈 버스를 알아봐줄 수 있어요. 아니면 내 차를 타고 함께 가도 되는데 오후 늦게나 출발할 수 있을 거예요."

그웬이 말했다.

"기다리죠. 당신이 하룻밤 더 잘 계획이 아니라면요. 책도 가져왔습니다."

"그 리스트에 있는 책인가요?"

"네. 《살의》를 가져왔어요."

저녁을 먹은 뒤 우리는 말없이 차를 타고 호텔로 돌아가 환한 불빛이 쏟아지는 텅 빈 로비에 섰다. "여기까지 함께 와줘서 고마워요. 내가 폐를 끼친 것 같네요." 그웬이 말했다.

"사실 즐거웠습니다. 도시에서 벗어날 수 있어서……."

"살인 현장도 방문하고요……."

"네."

우리는 잠시 어색하게 서 있었다. 혹시 그웬이 내게 이성적인 관심이 있는 걸까? 잠깐이지만 그런 의문이 들었다. 우리는 겨우 열 살 정도 차이가 났고 나는 못생기지 않았다. 머리카락은 완전히 희끗희끗해서 은발에 가까웠지만 숱은 여전히 많았다. 체격은 날씬하고 턱선도 날렵하고 눈동자는 푸른색이었다. 나는 한 걸음 뒤로 물러섰다. 우리 사이에 은은하게 빛나는 유리 벽이 생긴 듯했다. 유령을 제외하고는 내가 누구와도 가까워지지 못하게 하는 벽. 그웬도 틀림없이 느꼈으리라. 왜냐하면 내게 잘 자라고 인사했기 때문이다.

나는 호텔 방으로 돌아가 책을 읽었다.

16

대학을 졸업한 직후 처음 《살의》를 읽었을 때 가장 인상적이었던 점은 살인자의 냉정한 결의였다.

독자들은 소설 첫 장부터 에드먼드 비클리가 위압적이고 앙심을 잘 품는 아내를 죽이기로 결심한다는 걸 알게 된다. 그는 의사인 터라 온갖 약물에 접근할 수 있다. 책의 전반부에서 비클리는 아내를 서서히 모르핀중독자로 만든다. 아내가 마시는 차에 심한 두통을 일으키는 약을 탄 다음 모르핀이 든 약으로 치료하는 것이다. 그러다가 모르핀 투약을 중단해버리자 아내는 그의 서명을 위조한 처방전을 만들어서 직접 약을 구입한다. 시골 마을 주민들 사이에 그녀가 마약중독자라는 소문이 퍼진다. 나머지는 쉽다. 어느 날 저녁 비클리는 아내에게 과다한 양의 모르핀을 준다. 그가 아내를 죽였다고 의심받는 일은 없다.

나는 그날 저녁에 책을 거의 다 읽었고 이튿날 아침에 끝냈다. 집중하기 힘들었으나 가끔씩 이야기에 완전히 빠져들었다. 사실 재미있는 책이었다. 늘 그랬듯이 이 책을 마지막으로 읽었던 때가 생각났다. 그때 내가 얼마나 어렸는지, 같은 단어에 얼마나 다른 반응을 보였는지. 대학을 졸업하고 하버드 스퀘어에 있는 레드라인 서점에서 처음 일했을 때 사장 모트 에이브럼스의 아내 샤론이 자기가 좋아하는 책의 리스트를 직접 적어준 적이 있었다. 하나만 빼고 전부 추리소설이었다. 그 리스트는 진작 잃어버렸지만 거기 적힌 책들은 기억했다. 《살의》외에도 도로시 L. 세이어즈의 《화려한 밤*Gaudy Night*》과 《나인 테일러스》, 조지핀 테이의 《시간의 딸》, 대프니 드 모리에의 《레베카》, 수 그래프턴의 알파벳 시리즈 중 첫 두 권, 페이 켈러맨의 《목욕 의식*The Ritual Bath*》, 움베르토 에코의 《장미의 이름으로》였다. 비록 《장미의 이름으로》는 끝까지 못 읽었다고 했지만("그래도 도입부가 너무 좋아"). 그녀가 좋아하는 또 다른 책은 찰스 디킨스의 《황폐한 집》이었다. 그 책에도 추리소설의 요소가 있다고 할 수 있으리라.

나는 샤론이 날 위해 직접 리스트를 써줬다는 사실에 크게 감동해서 2주 만에 거기 있던 책들을 다 읽었다. 심지어 이미 읽은 책들을 다시 읽기도 했다. 당시 《살의》를 읽으며 그 책이 보여주는 인간에 대한 암울한 관점에 들떴던 기억이 났다. 이 책은 한마디로 로맨스의 개념을 산산이 박살 내는 풍자 소설이었다. 하지만 이번에 록랜드의 햄프턴 호텔에서 읽을 때는 공포소설로 느껴졌다. 비클리는 자신이 살 수 없는 삶에 집착해 아내를 잔인하게 죽이고 이로 인해 그의 삶은 무너진다. 그는 살인 행위에 영원히 감염된다.

정오 직전에 그웬에게서 늦어도 네 시에는 떠날 수 있다는 문자가 왔다. 나는 서두를 필요 없다고 문자를 보냈다. 그동안 도심이나 산책하기로 마음먹었다. 날씨가 화창했고 기온도 평소보다 약간 높았으며 어제저녁에 도심으로 갔던 길을 기억했다.

호텔에서 체크아웃하고 프런트에 가방을 맡긴 다음 록랜드 도심으로 걸어갔다. 작은 중고 서점에 들어가 테드 휴즈의 《빗속의 매^{The} $^{Hawk\,in\,the\,Rain}$》 시집을 샀다. 시집을 들고 어제 그웬과 저녁을 먹은 식당으로 가서 바에 앉았다. 맥주 한 잔과 부드럽고 흰 롤빵이 나오는 클램차우더를 시켰다. 시를 읽으며 지난 며칠 동안 사로잡혀 있었던 생각들을 머리에서 비워내려 했다. 언젠가는 그웬이 에릭 앳웰과 노먼 채니의 죽음에 내가 기여한 역할을 알아낼 것 같아서 걱정되었다. 그뿐 아니라 영원히 묻어둔 줄 알았던 클레어에 관한 기억과 그녀가 죽은 해의 기억이 이번 조사를 통해 다시 올라와서 괴로웠다. 클램차우더를 다 먹은 뒤에 맥주를 한 잔 더 주문했다. 소리가 꺼진 텔레비전에서는 시트콤 《치어스》가 방영 중이었는데 코치와 다이앤이 나오는 초창기 에피소드였다.

주머니에서 휴대전화가 진동하자 나는 그웬이 출발할 준비가 됐다고 전화한 줄 알았다. 하지만 전화한 사람은 마티 킹십이었다.

"여보세요." 내가 말했다.

"통화 가능해?"

"그럼요." 나는 식당 밖으로 나갈까 했지만 바에는 나 혼자뿐이었고, 바텐더는 내 자리에서 멀리 떨어진 곳에서 상자에 든 와인을 꺼내고 있었다.

"자네가 말한 채니라는 사람을 조사했어. 아주 골 때리는 인간이더군, 정말로."

"무슨 말이에요?"

"무슨 말인고 하니, 노먼 채니가 죽기를 바라는 사람을 찾으려면 그가 죽기를 바라지 않는 사람의 명단을 작성하는 게 더 나을 거라는 뜻이야. 그 인간, 아마 지 마누라도 죽였을 거야."

"'아마'라뇨?"

"집에 불이 났는데 그 인간은 간신히 빠져나오고, 부인은 빠져나오지 못했어. 채니의 처남, 그러니까 아내의 동생이 채니를 고소했지. 채니가 불을 질렀고, 아내를 침실에 가둬서 빠져나오지 못하게 했다고. 당시 경찰에게 자기 누나가 채니와 이혼할 예정이었고 이 사실을 채니도 알고 있었다고 말했어. 채니는 상습적으로 바람을 피웠고 아내에게 증거가 있었대. 그러니까 아내는 적어도 전 재산의 절반을 위자료로 받을 예정이었지."

"채니가 부자였나요?"

"돈이 좀 있기는 했나 봐, 확실히. 주유소를 두 개나 운영했고, 돈세탁 혐의로 조사도 받았더라고. 흐지부지되기는 했지만."

"누구 돈을 세탁해준 건데요?"

"아, 그 지역 마약 조직. 어느 시점에서 채니가 선을 넘었나 봐. 왜냐하면 그의 주유소 중 하나가 강도에게 털렸고 직원이 총에 맞았거든. 그걸 평범한 강도 사건이라고 생각한 사람은 아무도 없었어. 아마 마약 조직의 복수였겠지. 그게 채니의 아내가 죽기 불과 6개월 전 일이야. 아까 말했듯이 노먼 채니가 죽기를 바라는 사람들이 줄 서 있었다고. 질이 나쁜 인간이야."

"집이 불에 탄 뒤에 채니는 어떻게 했나요?"

"주유소를 팔아버리고 뉴햄프셔 주의 아주 작은 마을에 집을 샀어. 스키 리조트 근처라던데. 하지만 누군가가 거기까지 찾아가서 죽여버렸어. 아마 처남일 거야."

"왜 그렇게 생각하죠?"

"내가 아니라 내가 연락했던 경찰이 그렇게 생각하더라고. 채니는 자기 집에서 맞아 죽었는데 죽기 전에 몸싸움이 있었대. 마약 조직과는 관계가 없을 거라더군. 만약 그쪽 조직에서 죽인 거라면 그냥 총으로 쐈을 거래. 아마추어 짓이니 아마 처남이 범인일 거라더군."

"근데 체포가 안 됐나요?"

"알리바이가 있었던 모양이야."

"그 처남 이름이 뭐죠?"

"니컬러스 프루이트. 뉴에식스대학의 영문과 교수야. 알아……. 전형적인 살인자는 아니지?"

"어떤 책을 즐겨 읽는지에 달렸죠."

마티가 웃었다. "맞아. 모스 경감이 나오는 책에서는 분명 교수가 살인자였지. 현실에서는 별로 없지만."

"조사해줘서 고마워요, 마티."

"무슨 소리. 어제 그 샤워 이후로 가장 재미있는 일이었어. 그리고 이건 시작에 불과해. 계속 알아볼게."

"그래 주면 정말 고맙죠."

마티는 기침을 하더니 말했다. "캐물을 생각은 없는데 자네 경찰에게 의심받고 있다거나 그런 건 아니지?"

"아니에요, 그냥 내가 말한 대로예요. FBI 요원이 찾아와서 채니에 대해 묻더라고요. 난 채니의 이름을 들어본 적도 없는데 그 남자가 추리소설을 꽤 많이 소장했고, 우리 서점 책갈피가 꽂혀 있는 책이 많았대요."

"그 요원 말을 믿나?"

나는 목소리를 낮추고 차분하게 말하려고 했다. "모르겠어요, 마티. 정말로. 클레어는 죽기 전에 다시 약을 했어요……. 당신도 알잖아요. 어쩌면 클레어가 노먼 채니와 아는 사이였고, 채니가 클레어에게 마약을 제공했기 때문에 FBI에서는 내가 채니를 죽였다고 생각하는지도 몰라요. 그냥 내 추측이에요. 당신한테 그런 부탁 하면 안 되는데……."

"아냐, 아냐." 마티가 재빨리 내 말을 잘랐다. "염병할 FBI. 자네가 노먼 채니의 죽음과 아무 상관 없는 거 알아. 그래도 일단 물어는 봐야 했어."

"솔직히 말해서 처음에는 걱정하지 않았어요. 근데 그 일이 클레어와 연관이 있을지도 모른다는 생각이 드니까 자꾸 곱씹게 되더군요."

"이 남자에 대해 계속 알아볼게. 하지만 클레어와 연관된 정보는 없었어. 아마 앞으로도 없을 거야, 맬. 내가 장담해."

"고마워요, 마티. 큰 도움이 됐어요. 다음에 술 살게요."

"곧 만나자고. 좀더 알아본 다음에 다시 보고하지. 수요일 어때?"

"좋아요." 나는 그렇게 말했고, 우리는 수요일 여섯 시에 술집 잭크로에서 보기로 했다.

통화가 끝나자 바텐더가 다가와 맥주를 더 마실 건지 물었다. 나는 맥주 대신 볼펜을 달라고 부탁해 냅킨에 니컬러스 프루이트라는 이름을 적었다. 온몸이 흥분으로 찌릿거렸다. 왠지 니컬러스 프루이트가 찰리 같았다. 만약 노먼 채니가 프루이트의 누나를 죽였다면, 프루이트에게는 결정적인 동기가 있는 셈이다. 게다가 영문과 교수라니 《열차 안의 낯선 자들》도 잘 알고 있을 것이다. 드디어 찾아낸 것 같았다. 찰리를 찾아냈다.

수요일에 마티를 만나면 더는 채니를 조사하지 말라고 말할 것이다. 그는 은퇴한 경찰이었다. 그런 사람에게 미해결된 사건을 조사해달라는 건 배고픈 개 앞에 고깃덩어리를 흔들어대는 꼴이다. 반드시 마티의 조사를 중단시켜야 한다.

아직 두 시도 되기 전이었지만 더는 식당에 앉아 있고 싶지 않아서 밖으로 나갔다. 문을 닫은 기념품 가게들이 있는 벽돌 건물과 문을 연 몇몇 레스토랑이 있는 록랜드 중심가를 이리저리 거닐었다. 머플러를 단단히 여미고 항구 쪽으로 걸어갔다. 바다로 뻗은, 2킬로미터가량의 선창이 항구를 보호하고 있었다. 그동안 날씨가 워낙 추웠던 탓에 우윳빛 얼음덩어리가 해수면에 둥둥 떠 있었다. 저 멀리 보이는 바다는 햇살에 반짝거렸다. 나는 우두커니 서 있었다. 바다에서 불어오는 바람이 내가 껴입은 몇 겹의 옷을 뚫고 들어왔을 때 휴대전화가 다시 진동했다. 이번에는 그웬에게서 온 문자였다. 호텔에 돌아왔고 떠날 준비가 되었다고 했다. 나는 30분 안에 도착한다는 문자를 보내고 호텔로 걸어갔다.

보스턴으로 돌아가는 차 안에서 그웬은 낮에 있었던 일을 말해주었다. 이 지역 경찰은 일레인 존슨의 죽음을 우선순위에 두지 않는 터라 언쟁을 벌이기는 했지만 결국 현장 감식반을 그녀의 집으로 보내 감식하게 했다고 했다. 특히 수갑과 1층 책꽂이에 꽂힌 여덟 권의 책에 집중해서.

나는 그웬에게 혹시 그 책들을 볼 수 있냐고, 어디서 구입했는지 살펴볼 수 있냐고 물었다.

"감식반에서 증거품으로 가져갔어요. 하지만 내가 사진을 찍어서 보내줄게요. 올드데블스에서 판매한 책인지 알아볼 수 있겠어요?"

"책을 보면 알 수 있을 겁니다. 우리 서가에 꽂히는 책은 전부 첫 장 오른쪽 상단 구석에 나나 직원들이 가격을 적어둡니다. 하지만 서가에 꽂히지 않는 책도 있어요. 인터넷으로 곧장 팔리는 책들이죠. 그런 경우에는 내가 특별히 기억하는 책이 아니라면 알아보지 못할 겁니다."

"하지만 만약 찰리가 당신 서점에서 책을 샀다면……."

"우리 서점의 손님이라는 뜻이죠."

"맞아요." 그웬이 말했다.

우리는 메인 주를 떠나 뉴햄프셔 주로 들어섰고, 주위는 어두워졌다. 그웬의 얼굴이 지나가는 차량의 불빛을 받아 가끔씩 환해졌다.

"깜빡 잊고 못 물어봤는데 증인이 있던가요?"

"무슨 증인이요?" 그웬이 말했다.

"그러니까 일레인 존슨이 살해된 시간에 그녀의 집 앞에서 낯선 사람이나 낯선 차를 본 증인이요."

"아, 그거요. 아뇨. 건너편에 사는 이웃에게 물어보긴 했어요. 일레인의 우편함에 편지가 쌓인다고 신고했던 분이요. 근데 아무것도 못 봤대요. 워낙 노령이라서 길가에 지나가는 사람이 보이기나 할지 의문이었어요."

"운이 따르지 않았군요."

"기대도 안 했어요. 이 모든 사건에 당신 리스트를 제외한 다른 공통점이 있다면 증인이 없다는 거예요. 단서도 전혀 없고요. 범인이 저지른 실수도 없죠."

"틀림없이 뭔가 있을 겁니다."

"제이 브래드쇼가 죽은 현장에 살인 흉기가 남아 있기는 했어요."

"ABC 살인의 피해자요?"

"네, 그 남자는 자기 집 차고에서 맞아 죽었어요. 어떤 면에서 그의 살인은 약간 예외적이죠. 첫째로 현장이 지저분했어요. 피해자가 맞서서 싸웠기 때문에 피가 흥건했죠. 차고에는 연장이 가득해서 전부 살인 흉기로 쓸 수 있었어요. 하지만 감식 결과 살인 흉기는, 적어도 처음에는, 야구 배트였어요."

"그게 차고에 있던 물건이 아니라 범인이 가져왔다는 걸 어떻게 알았습니까?"

"확실한 건 아니에요. 하지만 브래드쇼의 집에 다른 스포츠 장비는 없었어요. 그리고 차고에 있던 연장들은 전부 목공용이었고요. 브래드쇼의 직업이 목수였거든요. 하지만 10년 전에 이혼한 여자 손님에게 책꽂이를 만들어주다가 강간 미수로 고소된 적이 있죠. 그 후로 일을 거의 안 했어요. 그래도 늘 집 앞에 '쓰던 연장 팝니다'라는 팻말을 세워두었죠. 브래드쇼의 하나뿐인 친구 말로는 대부분의 시간을 차고에서 보냈대요. 아마 죽이기 쉬웠을 거예요. 애초에 차고에 없었던 듯한 유일한 증거품이 야구 배트였어요."

"특별한 물건이었나요?"

"뭐가요? 야구 배트요?"

"네, 배트에 뭔가 특별한 점이 있었나요? 1950년대 물건이라거나 미키 맨틀(미국 메이저리그 전설의 강타자 - 옮긴이)의 사인이 있다거나요."

"아뇨, 새 배트였어요. 어디에서나 파는 브랜드라서 수사에 아무런 도움도 안 됐죠. 게다가 브래드쇼의 숨통을 끊어놓은 건 사실 그 배트가 아니었어요. 브래드쇼가 야구 배트로 맞기는 했지만 직접 사인은 대형 망치로 인한 두부 외상이었어요. 끔찍한 얘기 해서 미안해요."

그웬은 서점 앞에 차를 세우더니 "다 왔어요"라고 말하고는 재빨리 덧붙였다. "아, 혹시 집으로 갈 생각이었어요? 내가 물어보지도 않았네요."

"여기도 괜찮습니다. 어차피 와봐야 했어요. 집은 여기서 금방입니다."

"함께 가줘서 고마워요. 책 사진은 구하는 대로 보내도 될까요?"

"물론이죠."

폐점 시간까지 아직 15분이 남았고, 계산대를 지키는 브랜던이 책을 펼쳐놓고 읽는 모습이 보였다. 내가 출입문을 열고 들어가자 브랜던이 고개를 들더니 "오셨어요?"하고 말했다.

"응."

브랜던은 내가 표지를 볼 수 있도록 읽고 있던 책을 들어 올렸다. 로버트 갤브레이스가 쓴 《쿠쿠스 콜링》이었다. 로버트 갤브레이스는 J.K. 롤링으로 밝혀진 바 있다. "재미있는데요." 브랜던은 그렇게 말하고는 다시 책을 읽었다.

"잠깐 들렀어. 나 없는 동안 별일 없었고?"

브랜던은 어제 오후에 모피 코트를 입은 여자가 와서 하드커버 신간을 200달러어치나 구매하더니 말리부에 있는 자기 집으로 보내달라고 한 일을 들려주었다. 또 마침내 자기가 직원 전용 화장실의 늘 물이 새던 수도꼭지를 고친 것 같다고 했다.

"고맙군." 내가 말했다.

네로가 애처롭게 야옹거리자 나는 허리를 숙여 네로를 쓰다듬었다.

"사장님이 보고 싶었나 봐요. 사장님이 자리를 비우면 늘 그러더라고요." 브랜던이 말했다. 그 말이 왠지 내게 주기적으로 찾아오는 깊은 슬픔을 불러일으켰다. 가끔씩 내가 불현듯 감염되는 감정이었다. 허리를 벌떡 펴자 눈앞이 환해졌다. 배가 고프다는 걸 깨달았다. 늦은 시간이었는데 록랜드에서 점심을 먹은 뒤로 아무것도 먹지 못했다.

집으로 걸어가 차를 몰고 찰스강을 건너 예전에 클레어와 함께 살았던 동네인 서머빌로 갔다. 몇 년 동안 발길이 뜸했던 R.F. 오설리번에 들어가 바에 앉았다. 기네스를 마시며 소프트볼 크기만 한 햄버거를 먹었다. 다 먹은 뒤에는 서머빌 공공도서관으로 갔다. 다행히 아직 문이 열려 있었다. 2층으로 올라가 인터넷 브라우저가 열려 있는 컴퓨터를 발견하고 아까 마티가 알려준 이름을 검색창에 입력했다. 니컬러스 프루이트.

프루이트는 뉴에식스대학의 영문과 교수일 뿐 아니라 《작은 물고기》라는 단편집도 발행했다. 인터넷에서 그의 사진을 두 개 찾아냈다. 하나는 책에 실린 작가 사진이었고, 하나는 대학 칵테일파티에서 찍힌 스냅사진이었다. 프루이트는 전형적인 영문과 교수처럼 생겼다. 키가 크고 어깨가 굽었으며 배가 약간 나왔고 앞머리는 마치 손가락으로 늘 쓸어넘긴 사람처럼 이마 위로 삐죽 솟아 있었다. 머리는 살짝 갈색이 도는 검은색이었지만 꼼꼼하게 다듬은 수염은 희끗희끗했다. 책에 실린 사진에서는 정면과 옆얼굴의 중간쯤 되는 각도로 카메라를 바라봤는데 인정받고 싶어 하는 표정이었다. '나한테 관심 좀 줘요. 난 천재일지도 모른다고요'라고 말하는 듯했다. 너무 매정할지 몰라도 내 눈에는 그렇게 보였다. 나는 후세에 영원히 남는 글을 쓰려고 노력하는 순수문학 작가들이 늘 못마땅했다. 차라리 스릴러소설을 쓰는 작가들과 시인이 더 좋았다. 그들은 자기들이 질 게 뻔한 싸움을 한다는 걸 알고 있다.

통상 닉으로 불리는 니컬러스 프루이트에 관한 정보는 인터넷에 많았지만 사생활에 대한 정보는 매우 드물었다. 결혼은 했는지, 아이는 있는지 전혀 확인할 수 없었다. 인터넷으로 봤던 정보 중에서 가장 신빙성이 있었던 것은 학생들이 익명으로 교수를 평가하는 사이트에 적힌 글이었다. 프루이트에 대한 평가는 가끔씩 점수를 짜게 주기는 해도 좋은 교수라는 말이 대부분이었지만 한 학생이 이렇게 적었다. '솔직히 말해서 프루이트 교수님은 소름 끼친다. 맥베스 부인에게 지나치게 이입하신다. 왜 그렇게 맥베스 부인 대사를 몰입해서 읽는지 모르겠다.'

별거 아닌 말이었지만 그래도 중요한 정보였다. 나는 왜 니컬러스 프루이트가 찰리가 되었는지 이미 내 멋대로 생각해둔 터였다. 프루이트의 누나 마거릿은 노먼 채니와 결혼했다. 알고 보니 노먼 채니는 재수 없는 인간일 뿐 아니라 범죄자로, 누나를 죽이고도 잡히지 않았다. 프루이트는 노먼 채니를 죽이려고 마음먹지만 그랬다가는 자신이 유력한 용의자가 될 터였다. 그래서 누군가를 고용해 채니를 죽이기로 하고 덕버그에 로그인했다가 내가 남긴 메시지를 보게 된 것이다. 그는 영문과 교수이므로《열차 안의 낯선 자들》에 대해서도 잘 알았고, 내가 무슨 제안을 하는지도 알았다. 그래서 우리는 서로 죽이고 싶은 사람의 이름과 주소를 교환했다. 프루이트는 에릭 앳웰을 죽였다. 그러고도 잡히지 않았을 뿐 아니라 사실 죽이는 행위 자체가 즐거웠다. 그 행위는 늘 갈망했던 힘을 주었다. 노먼 채니가 죽었을 때 프루이트가 다른 곳에 있어서 알리바이가 성립되는 바람에 프루이트는 더욱 전능한 존재가 된 기분이었다. 살인은 즐거운 일이었다. 채니는 자신과 살인을 교환한 사람, 자신을 위해 채니를 죽인 사람이 누구인지 알아내기로 마음 먹었다. 상대를 알아내기는 어렵지 않았다. 조금 알아보니 에릭 앳웰은 경찰 조사를 받은 적이 있었다. 맬컴 커쇼라는 남자의 아내가 교통사고로 사망한 사건 때문이었다. 더군다나 맬컴 커쇼는 추리소설 전문 책방을 운영했다. 심지어 여덟 건의 완벽한 살인이 등장하는 추리소설에 관한 글을 포스팅했는데 그중 하나가《열차 안의 낯선 자들》이었다.

몇 년이 지나고, 프루이트는 사람의 숨통을 끊어놓을 때 느꼈던 살아 있는 기분을 잊을 수가 없다. 매 학기《맥베스》를 가르칠 때마다 살인 충동이 점점 커진다. 프루이트는 다시 살인을 저지르기로 결심한다. 여덟 개의 완벽한 살인 리스트에 영감을 받아 희생자를 물색한다. 어쩌면 일부러 내 리스트와 연관된 티를 냈을지도 모른다. 그렇게 하면 마침내 맬컴 커쇼와 만날 수 있을 테니까.

완벽하게 납득이 가는 가설이었고, 나는 두려우면서도 신났다. 닉 프루이트를 만나서 그가 어떻게 나오는지 봐야 한다. 하지만 먼저 그의 단편집을 읽고 싶었다. 공공도서관 네트워크에 접속해서 이 책이 어느 도서관에 있는지 검색했다. 여기 서머빌에도 있기를 바랐지만 없었다. 대신 뉴턴 공공도서관에 한 권이 있었다. 지금은 개관 시간이 지났지만 내일 아침 열 시에 문을 연다고 되어 있었다.

17

이튿날 아침 나는 서점에서 《비밀의 계절》을 읽기 시작했다. 기다리는 게 지겨웠다. 니컬러스 프루이트의 《작은 물고기》를 읽을 수 있도록 뉴턴 공공도서관이 문을 열기를 기다리는 것도 지겨웠고, 그웬에게 연락이 오기를 기다리는 것도 지겨웠고, 마티 킹십이 노먼 채니에 관한 정보를 좀더 알아내기를 기다리는 것도 지겨웠다.

프롤로그와 1장을 읽으며 화자가 햄든이라는 가상 대학에서 고전학 수업을 듣는 소수의 무리에 들어가려고 집착한다는 사실에 관심이 갔다. 화자인 리처드 파펜처럼 나도 늘 친밀한 집단, 화목한 집안, 끈끈한 우애에 끌렸다. 하지만 리처드와 달리 나는 들어가고 싶은 집단이 없었다. 가장 가까운 집단이라고 해봐야 나 같은 고서적 판매상들 모임이었는데 거기 가면 내가 사기꾼이 된 듯한 기분이 들었다.

낮 기온이 오르자 도시 곳곳에서 쌓인 눈이 녹기 시작했다. 웅덩이가 생기고, 배수로는 녹은 눈으로 흘러넘치고, 사람들은 떼 지어 돌아다녔다. 서점도 붐벼서 손님들이 마룻바닥에 질척한 발자국을 남기며 꾸준히 들어왔다.

정오 직전에 에밀리에게 집에 가서 점심을 먹고 올 테니 계산대를 봐달라고 부탁했다. 주차 요금기 앞에 세워둔 차에 올라타 스토로 드라이브길을 타고 뉴턴으로 간 다음, 뒷길을 가로질러 도서관으로 갔다. 코먼웰스대로 근처에 있는 대형 벽돌 건물이었다. 도서관 2층에서 《작은 물고기》를 발견한 뒤 그 얇은 책을 들고 시 섹션 옆, 한쪽 구석에 놓인 편안한 가죽 의자에 앉았다. 목차에 실린 제목 리스트를 재빨리 훑어보았다. 아마 범죄 이야기나 살인, 살의와 관련된 제목이 있는지 찾았을 것이다. 하지만 두루뭉술하거나 지나치게 문학적인 제목이 대부분이었다. '가든파티', '그 일이 일어난 후에 남은 것', '그리하여 피라미드', '플라토닉 키스'. 눈에 띄는 제목이 없어서 표제작인 〈작은 물고기〉를 읽어보기로 했다. 절반쯤 읽었을 때 이 이야기가 딱히 도움이 안 된다는 걸 깨달았다. 어느 모로 보나 보든대학으로 추정되는 대학 4학년에 재학 중인 주인공은 열 살 때 아버지와 업스테이트 뉴욕으로 떠났던 낚시 여행을 기억한다. 그 여행의 교훈—작은 물고기는 방생하라는 게 가장 큰 교훈—은 화자의 현재 인간관계에서도 큰 반향을 일으킨다. 이야기는 그다지 인상적이지 않았다. 적어도 내게는 그랬다. 그래서 중간까지만 읽고 책을 덮었다. 다른 이야기들을 훑어봤지만 별다른 게 없었다. 사실 내가 뭘 찾는지 나도 정확히 몰랐다. 아마 복수나 정의에 대해 건강하지 않은 태도를 보여주는 이야기였을 것이다. 혹시 헌사가 있는지 보려고 책 앞쪽으로 책장을 넘겼더니 짧은 헌사가 나왔다. "질리언에게." 나는 자리에서 일어나 돌아다닌 끝에 마침내 비어 있는 컴퓨터를 찾아내 인터넷 검색창에 '질리언'과 '뉴에식스대학'을 입력했다. 가장 자주 등장한 이름은 질리언 응우옌이었다. 뉴에식스대학의 영문과 교수였다가 지금은 여기 보스턴에 있는 에머슨대학에 재직 중이었다. 나는 그녀의 이름을 기억해두었다가 연락하기로 마음먹었다. 하지만 먼저 닉 프루이트에 대해 좀더 알아내야 했다.

다시 책장을 뒤로 넘기니 작가 사진이 있었다. 내가 인터넷에서 봤던 것과 달랐다. 이번에도 역시 옆얼굴과 정면의 중간쯤 되는 얼굴이었는데―확실히 프루이트는 자신의 이쪽 얼굴이 더 낫다고 생각하는 모양이었다―모자를 쓰고 있었다. 펠트지로 만든 페도라. 옛날 영화에서 탐정들이 썼던 모자였다. 그걸 보자마자 토요일 저녁에 우리 집이 있는 거리 끝에서 봤던 남자, 날 미행하는 줄 알았던 남자가 생각났다. 그 남자도 이와 비슷한 모자를 쓰고 있었다.

도서관을 나가기 전에 책에 보안 태그가 있는지 보려고 책장을 휘리릭 넘겨보았다. 태그는 없었다. 화장실에 가서 셔츠 속에 책을 숨겨서 나갈까 생각했다. 하지만 도서관은 들고나는 사람들로 붐비는 터라 그냥 대출받은 책인 척하며 손에 들고 나가기로 했다. 도서관 측에서도 이 책이 사라졌다고 아쉬워할 것 같지 않았다. 또한 내 도서관 카드에 니컬러스 프루이트의 책을 대출한 기록을 남겨두지 않는 게 현명할 듯했다.

나는 보안 검색대를 통과해―알람은 울리지 않았다―따뜻한 오후 햇살 속으로 나갔다.

다시 서점으로 돌아와 그웬에게 이메일을 보내 우리가 일레인 존슨의 집에서 발견한 책의 사진을 구했냐고 물었다. 그런 다음 《비밀의 계절》을 좀더 읽으려 했지만 집중이 되지 않았다. 결국 이제 뭘 해야 할지 생각하며 서점을 서성이다 서가를 정리했다.

브랜던이 오후 근무를 하려고 출근하자 나는 그냥 집에 가기로 했다. 화요일이라서 가게는 조용했고, 나는 그웬과의 통화를 기다리고 있었는데 주위에 사람이 없는 곳에서 통화하고 싶었다. 메신저 백에 《비밀의 계절》을 넣고 브랜던에게 혼자 있어도 괜찮겠냐고 물었다.

브랜던은 얼굴을 찡그리더니 말했다. "네, 괜찮아요."

"그래. 무슨 일 생기면 전화해."

"그럴게요."

기온이 다시 떨어져서 녹았던 눈이 이제는 얼음으로 변했고, 보도에는 흙과 소금이 뿌려져 있었다. 그래도 날이 환한 걸 보니 벌써 낮이 길어지는 것이 실감 났다. 앞으로 적어도 두 달간은 겨울이 맹위를 떨칠 테지만. 개인적으로는 별로 개의치 않았다. 하지만 집으로 걸어가는 동안 행인들의 얼굴을 읽을 수 있었다. 창백하고 암울한 얼굴은 이 회색 도시, 그리고 봄이 올 때까지 계속될 길고 축축한 고투에 체념한 표정이었다.

습관적으로 비컨힐 호텔의 유리창 너머로 호텔 내부의 아늑한 바를 들여다보며 동업자 브라이언이 있는지 살폈다. 오늘은 있었다. 늘 입는 해리스 트위드 재킷을 입고 타원형 바 테이블의 저쪽 끝에 앉아 있었다. 내가 머뭇거리며 브라이언에게 갈지 말지 고민하고 있을 때 그가 숱이 많고 큼직한 머리를 들어 올리더니 유리창 너머로 나를 알아보았다.

"잘 있었어요, 브라이언?" 내가 인사를 하며 옆 스툴에 올라가 앉았다. 내 앞에는 가장자리에 립스틱이 묻은, 마시다 만 마티니가 있었다. 이게 누구의 잔인지 궁금했다.

"테스도 함께 왔어." 브라이언이 그렇게 말하자마자 몸을 돌렸더니 브라이언과 결혼한 지 10년 된 테스 머레이가 있었다. 화장실에 가서 립스틱을 다시 바르고 온 모양이었다.

"아, 미안해요, 테스." 그녀가 다시 앉을 수 있도록 내가 스툴에서 내려가며 말했다.

"아뇨, 그냥 거기 앉아요. 우린 원래 중간에 완충재가 있는 걸 좋아해요. 안 그래요, 브라이언?" 테스는 자기가 마시던 마티니를 끌어당겼고, 나는 두 사람 사이에 앉았다. 내가 테스를 만날 일은 브라이언보다 훨씬 적었고, 그녀가 브라이언과 함께 술을 마시는 경우는 매우 드물었다. 특히나 화요일 이른 오후에는. 테스는 브라이언의 후처로, 적어도 스무 살은 어릴 것이다. 다들 테스가 브라이언의 홍보 담당자였고 그래서 둘이 만났다고 알고 있는데 사실이 아니었다. 테스가 홍보 담당자로 일하기는 했지만 담당한 작가는 브라이언이 아니었다. 그들은 브라이언이 유일하게 참석했던 바우처콘 시상식에서 만났다. 바우처콘은 매년 추리소설 작가들이 모이는 컨벤션이다. 원래 브라이언은 그 행사에 참석하지 않지만 그해에는 주빈으로 초대받아서 어쩔 수 없이 참석해야 했다.

브라이언은 결혼 생활이 유지되는 유일한 이유가 테스는 플로리다 주 롱보트 케이에 있는 집에서 혼자 6개월을 보내고, 자신은 나머지 6개월을 메인 주 동쪽에 있는 별장에서 혼자 보내기 때문이라고 여러 번 말했다. 그러다 두 사람은 가끔씩 보스턴에서 마주쳤다.

"지금 플로리다에 있어야 하는 거 아니에요, 테스?" 내가 말했다.

"못 들었어요? 브라이언, 당신 팔을 보여줘요."

내가 돌아보자 브라이언이 생체공학적으로 보이는 장치 속에 편안히 자리 잡은 왼팔을 들어 올렸다. "아이고, 저런."

"별거 아닐세." 브라이언이 말했다. "일주일 전에 바로 이 스툴에서 내려오다가 떨어졌어. 그나마 남아 있던 자부심이 사라진 거 말고는 아무 느낌도 없었는데 두 군데나 부러졌다는군. 내 나이에 한 손으로 술을 마시는 게 얼마나 힘든지 알면 놀랄 거야."

"지금 글 쓰는 중이에요?"

"크리스마스 직전에 새 작품에 들어가긴 했지만 아직 교정을 봐야 해. 그리고 수프 통조림도 따야 하고. 그래서 테스가 날 위해 희생하기로 했지."

"플로리다로 오라고 설득했는데 당신도 저이가 어떤지 알잖아요." 테스가 말했다. "당신에게 연락하려던 참이었어요, 맬. 함께 술 한잔하자고요. 근데 이렇게 나타났네요."

"맬은 날 만나려면 어디로 가야 하는지 알아." 브라이언은 그렇게 말하더니 잔을 비웠다. 그는 거의 늘 높이가 낮은 유리잔에 얼음 두 조각을 넣은 스카치앤드소다를 마셨다.

나는 레프트핸드 스타우트를 주문하고, 브라이언과 테스에게 내가 한 잔씩 사게 해달라고 설득했다. 브라이언은 스카치를 한 잔 더, 테스는 그레이구스 마티니를 주문했다.

"서점은 어때요? 브라이언에게도 물어봤는데 이이는 매번 아는 게 없더라고요." 테스가 말했다.

"늘 똑같죠. 잘됩니다." 내가 말했다.

"요즘에는 어떤 책이 팔리나요?"

테스는 이제 홍보 담당자 일은 그만뒀지만—지난번에 들었을 때
는 플로리다에서 주얼리 숍을 운영한다고 했다—여전히 이쪽 일에 관
심이 많았다. 나는 테스를 좋아했고, 업계 사람들에게 그녀를 여러 번
두둔하기도 했다. 그들 중 일부는 테스가 꽃뱀이며 심지어 나이 많고
부자인 남편과 함께 사는 척조차 하지 않는다고 비난했다. 하지만 테스
는 늘 내게 친절했고, 브라이언은 자기에게 이 결혼이 너무나 소중하다
고 몇 번이나 말했다. 테스가 그에게 혼자 보내는 시간이 얼마나 중요
한지 잘 이해해주고, 그녀만의 방식으로 그를 사랑해준다고.

바에서 맥주 두 잔을 마시는 내내 휴대전화가 울리거나 그웬에게
서 메시지가 올까 신경 쓰였다. 두 사람이 저녁을 주문하자 나는 그만
가봐야겠다고, 집에 요리할 음식이 있다고 거짓말했다. 브라이언이 살
짝 혀가 꼬부라지는 소리를 하기 시작했고, 나는 그의 독백이 시작되기
전에 나오고 싶었다.

나가기 전에 내가 말했다. "일레인 존슨 소식 들었어요?"

"누구?" 브라이언이 말했다.

"일레인 존슨. 메인 주로 이사하기 전까지 매일 우리 서점에 왔잖
아요. 돌돌이 안경을 쓴 여자요."

"아, 알지." 브라이언이 말했다. 놀랍게도 내 오른쪽에 앉아 있던 테
스도 고개를 끄덕였다.

"그 여자, 심장마비로 죽었어요." 내가 말했다.

"자넨 그걸 어떻게 알았나?"

브라이언에게, 아니 두 사람 모두에게 멀비 요원과 내가 작성한 리
스트에 대해 말하려다가 왠지 모르게 마음을 바꾸었다.

"다른 손님에게 들었어요." 나는 거짓말을 했다. "당신도 알고 싶을 것 같아서요."

"아주 후련하네요." 테스가 말하자 나는 놀라서 그녀를 돌아봤다.

"일레인 존슨을 알아요?" 내가 말했다.

"그럼요. 브라이언 낭독회에서 날 붙잡고는 브라이언이 형편없는 글쟁이라고 했어요. 내가 브라이언 아내라고 했더니 그 여자가 웃음을 터뜨리면서 결혼 전에 남편 책을 읽어봤냐고 묻더라고요. 절대 못 잊을 거예요."

브라이언이 빙그레 웃었다. "사실 괜찮은 여자야. 이제야 기억나. 한번은 내게 자기가 좋아하는 작가가 제임스 크럼리라고 했어. 그래서 안목이 형편없지는 않다고 생각했지. 메인 주의 록랜드로 이사하지 않았나?"

"그걸 어떻게 아세요?"

"아마 지난번에 올드데블스에 들렀을 때 에밀리에게 들었을 거야. 에밀리는 진상 고객들의 정보를 늘 업데이트해주거든."

"아." 나는 석 달에 한 번쯤 만나는 에밀리와 브라이언이 나보다 더 돈독한 관계인 것 같아서 살짝 짜증이 났다.

테스가 호텔 밖까지 날 배웅했다. 나는 왜 그러나 의아했지만 곧 이유를 알 수 있었다. 보도로 나가자 테스가 말했다. "저 망할 놈의 사고 때문에 브라이언이 완전히 바뀌었어요. 이제 매사에 겁에 질려 있어요. 걷는 것도, 침대에서 내려오는 것도, 뭐든 겁을 내요. 내가 영원히 여기에서 지낼 수는 없어요. 플로리다에서 가게도 운영해야 하는데, 늘 저이 뒤치다꺼리를 할 수는 없잖아요. 아마 브라이언도 못 견딜걸요."

"도와줄 사람을 고용하는 게 어때요?"

"내 말이 그 말이에요. 브라이언에게 숱하게 말했는데 저이는 들으려고 하질 않아요. 그러니까 당신이 언제 우리 집에 저녁 먹으러 와서 나 대신 얘기해줄래요? 나 말고 다른 사람이 말하면 브라이언도……."

"물론이죠."

"고마워요, 맬. 오해는 하지 말아요. 난 브라이언을 위해서라면 뭐든 할 거예요. 그이도 날 위해 뭐든 할 거고요. 다만 그이를 욕조에서 나오도록 부축하는 건 다른 문제예요." 테스는 진갈색 머리카락 한 가닥을 귀 뒤로 넘기더니 몸을 내밀어 내 입술에 키스하고는 날 껴안았다. 전에도 이런 적이 있었다. 심지어 브라이언 앞에서도 그랬다. 브라이언은 전혀 개의치 않는 듯했다.

우리가 포옹하는 동안 테스는 내 품에서 몸을 떨더니 날 놓아주며 말했다. "이런 날씨를 어떻게 견디고 살아요?" 집으로 돌아가는 동안 살갗에서 그녀의 향기가 났다. 레몬 향이 나는 향수와 그녀가 먹던 마티니의 올리브 향.

저녁으로 시리얼을 먹고 《비밀의 계절》을 읽으며 그웬에게서 연락이 오기를 기다렸다. 잠들기 전 그녀에게 한 번 더 문자를 보냈다. 아무 일 없기를 바란다고. 그날 밤 침대에 누웠을 때 내가 생각한 얼굴은 아내가 아니라 그웬이었다.

18

이튿날 아침 여덟 시 직후에 초인종이 울렸다. 나는 이미 일어나서 옷을 갈아입고 커피를 내리려던 참이었다.

인터폰을 눌렀더니 한 남자가 자신을 베리 요원이라고 소개하며 올라가도 되겠냐고 물었다. 두 사람이 요란하게 계단을 올라오는 동안 나는 질문을 받으면 어떻게 할지 생각했다. 재빨리 몇 가지 가정을 했다. 저들은 날 체포하러 왔거나 에릭 앳웰 혹은 노먼 채니 혹은 둘 모두의 죽음에 대해 물어보러 왔을 것이다. 어제 그웬이 내 문자에 답하지 않은 이유는 내가 살인사건 용의자가 되었기 때문일 것이다.

나는 현관으로 가서 문을 열었다. 키가 크고 어깨가 굽었으며 가는 줄무늬 양복을 입은 베리 요원은 FBI 신분증을 보여주고 다시 한 번 자신을 소개했다. 뉴헤이븐 지부 소속으로 몇 가지 질문이 있어서 왔다고 했다. 베리 요원 뒤에는 역시 정장을 차려입고 키가 훨씬 작은 여자가 서 있었다. 베리 요원은 그 여자를 보스턴 지부 소속의 퍼레즈 요원이라고 소개했다. 나는 둘 모두에게 들어오라고 한 다음, 커피를 내리려던 참이었는데 마시겠냐고 물었다. 베리 요원은 좋다고 대답했고, 퍼레즈 요원은 창밖만 바라볼 뿐 아무 말도 하지 않았다.

나는 커피를 내리기 시작했고 마음은 놀라울 정도로 차분했다. 아까 초인종이 울린 뒤로 온몸에 흘러넘쳤던 아드레날린은 저들이 집에 들어오면서 모두 소멸된 듯했다. 살짝 현기증이 일면서 명한 상태로 의자까지 짧은 거리를 걸어가 두 사람에게 소파에 앉으라고 권했다.

베리 요원은 무릎 위로 바지를 끌어당기더니 소파에 앉았다. 큼직한 손에는 검버섯이 있었고, 얼굴은 크고 길쭉했으며 턱살이 두툼했다. 그가 헛기침을 하더니 입을 열었다. "그웬 멀비와의 관계에 대해 듣고 싶어서 왔습니다."

"그렇군요."

"두 분이 언제 처음 만났는지 말해주실 수 있을까요?"

"그럼요. 지난주 목요일에 제가 일하는 서점 올드데블스로 멀비 요원이 전화했습니다. 서점에 와서 몇 가지 물어봐도 되겠냐고 하더군요. 멀비 요원은 괜찮습니까?"

"멀비 요원이 어떤 질문을 했나요?" 베리 요원이 물었다. 퍼레즈 요원은 여전히 한 마디도 하지 않았지만 가방에서 용수철이 달린 작은 수첩을 꺼내고 볼펜 뚜껑을 벗겼다.

"제가 만든 리스트에 대해 질문했습니다. 몇 년 전에 올린 블로그 포스팅이었죠."

이번에는 베리 요원이 수첩을 꺼내더니 거기 적힌 글을 내려다보았다. "'여덟 건의 완벽한 살인'이라는 포스팅 말인가요?" 그의 목소리에서 경멸이 묻어났다.

"맞습니다."

"어떤 질문이었나요?"

저들은 이미 그웬과 내가 나눈 대화를 전부 알고 있다는 느낌이 들었지만, 그래도 원하는 걸 전부 말해주기로 했다. 이미 그웬에게 말해준 내용 안에서. 나는 설명을 시작했다. 멀비 요원이 2004년에 내가 작성한 리스트와 최근에 발생한 몇몇 범죄 사건의 연관성을 알아차렸다고. 처음에는 나도 그녀의 말을 의심했고, 아마도 우연의 일치일 거라고 생각했지만 록랜드에 있는 일레인 존슨의 집에서 내 리스트에 오른 여덟 권의 책을 모두 발견했다고 말했다.

"멀비 요원이 FBI 공식 업무에 동행해달라고 했을 때 이상하다고 생각하지 않았나요? 범죄가 일어났을지도 모를 현장에 함께 가자고 한 거요." 퍼레즈 요원이 처음으로 입을 열었다. 그녀가 몸을 앞으로 내밀자 재킷 단추가 약간 팽팽해졌다. 최근에 몸무게가 늘기라도 한 것처럼. 많아야 서른 살로 보였는데 검은 머리를 짧게 잘랐고, 큰 눈동자와 짙은 눈썹이 둥근 얼굴의 대부분을 차지했다.

"이상하다고 생각하지 않았습니다. 멀비 요원은 제가 그 리스트를 썼고, 거기에 나오는 책들을 다 읽었기 때문에 진심으로 저를 전문가라고 생각하는 것 같았습니다. 일레인 존슨의 집에서 제가 뭔가를 알아차릴 수도 있다고 생각했고요. 또 전 그녀를 알고 있었습니다. 그러니까 일레인 존슨을요."

"그래서 일레인 존슨의 집에서 뭐가 나왔나요?"

"전, 그러니까 저와 멀비 요원은 누군가 제 리스트를 이용해서 살인을 저지른다는 결정적인 증거를 찾아냈습니다. 아울러 그 사건들이 십중팔구 저와 연결되었을……."

"십중팔구요? 확실한 건 아니군요." 베리 요원이 말하자 턱살이 흔들렸다.

"일레인 존슨은 제가 아는 사람입니다. 우리 서점에 늘 오던 손님이었죠. 그런 그녀가 죽었다는 건 제가 연관되었다는 뜻입니다. 제가 죽였다는 뜻이 아니라 연쇄살인을 저지르는 범인이 누구든 간에 절 알고 있다는 겁니다. 혹은 제가 그 사실을 알기를 바라거나 어떻게든 제게 누명을 씌우고 있다는 거죠."

"이런 이야기를 멀비 요원과 나눴나요?"

"네, 우린 모든 가능성을 이야기했습니다."

베리 요원은 자신의 수첩을 내려다보았다. "확인차 묻겠습니다. 로빈 캘러핸, 제이 브래드쇼, 이선 버드 살인사건도 이야기했나요?"

"네."

"빌 만소 살인사건도요?"

"선로 근처에서 죽은 남자요……? 네, 얘기했습니다."

"에릭 앳웰은요?" 베리 요원이 날 올려다보며 물었다.

"에릭 앳웰 이야기는 잠깐 나눴습니다. 저와의 관계 때문에요. 하지만 앳웰이 죽은 사건은 이 일련의 연쇄살인에 포함되지 않았습니다."

"그 사람과 어떤 관계였죠?"

"에릭 앳웰이요?"

"네."

"멀비 요원이 전부 기록으로 남겼을 텐데요. 왜 멀비 요원에게 직접 묻지 않는 겁니까? 멀비 요원이 쓴 기록도 있을 거고요."

"당신 입으로 직접 듣고 싶어요." 퍼레즈 요원이 말했다. 그녀가 말할 때마다 소파에 앉아 있는 베리 요원은 불편하다는 듯이 자세를 바꿨다. 마치 어딘가 가려운데 부끄러워서 긁을 수가 없는 사람처럼.

"에릭 앳웰은 제 아내의 죽음과 연관되어 있습니다. 앳웰은 제 아내를 다시 약물에 중독되게 했고, 아내는 그의 집에서 오던 길에 교통사고로 죽었거든요."

"에릭 앳웰은 살해된 게 맞죠?"

"총에 맞아 죽었습니다, 네. 경찰은 강도의 소행으로 생각하더군요. 멀비 요원은 그 일이 '완벽한 살인' 리스트와는 아무 상관이 없다고 생각했습니다."

"좋습니다. 하나만 더요." 베리 요원이 말했다. "둘이서 스티브 클리프턴의 죽음도 얘기했나요?"

나는 너무 놀라서 잠시 침묵했다. 스티브 클리프턴은 클레어가 중학생 때 그녀를 성추행했던 과학 선생이었다. 그웬은 한 번도 그를 언급하지 않았다. 나는 고개를 저으며 말했다. "아뇨, 모르는 이름입니다."

"모른다고요?"

"들어본 적 없습니다."

"알겠습니다." 베리 요원은 그렇게 말하더니 수첩을 한 장 넘겼다. 내가 스티브 클리프턴을 들어본 적이 없다는 사실에 관심이 없는 듯했다. 그가 다시 물었다. "멀비 요원이 이 살인사건들의 범인을 누구라고 생각하는지 당신에게 털어놓은 적이 있습니까?"

"아뇨. 애초에 멀비 요원이 절 찾아온 이유가 범인을 찾고 싶어서였습니다. 제 주변에 의심 가는 사람이 있는지 알고 싶어 했습니다. 손님이라든가 예전에 서점에서 근무했던 직원이라든가."

"의심 가는 사람이 있었나요?"

"그때도 없었고 지금도 없습니다. 적어도 제가 아는 바로는요. 일레인 존슨은 우리 서점 단골이자 아마 최악의 진상 고객일 테지만 그렇다고 나쁜 사람은 아니었습니다."

"멀비 요원에게 현재 서점에서 일하는 직원이 둘 있다고 했죠?"

"네. 브랜던 웍스와 에밀리 바사미안이요. 그 외에 가끔씩 서점에서 일하는 사람은 동업자 브라이언 머레이뿐입니다."

두 요원 다 수첩에 뭔가를 적었다. 바람이 아파트 창문을 뒤흔들었다. "멀비 요원은 괜찮나요?" 나도 모르게 그 질문이 튀어나왔다.

베리 요원이 아랫입술을 깨문 채 고개를 들더니 말했다. "멀비 요원은 정직됐습니다. 더는 당신과 연락해서는 안 된다는 통보를 받았습니다."

"아, 왜죠?" 내가 말했다.

두 요원은 서로를 바라보더니 퍼레즈 요원이 말했다. "유감이지만 그건 말해줄 수 없어요. 이제부터 제공할 정보가 있으면 반드시 저나 베리 요원에게만 말해야 합니다."

나는 고개를 끄덕였다. 둘은 다시 서로를 바라보았다. 퍼레즈 요원이 말했다. "저와 함께 사무실에 가서 정식 진술을 해주시겠어요?"

나는 퍼레즈 요원을 따라 그녀의 차를 타고 첼시로 갔다. 날 신문한 사람도 그녀였다. 작고 아늑한 방이었는데 녹화 장비가 있고 천장에 카메라 두 대가 달려 있었다. 우리는 처음부터 시작했다. 내가 리스트를 쓰게 된 경위, 내가 고른 책들, 그웬 멀비와 그녀가 했던 질문들. 퍼레즈 요원은 그웬과 나 사이에 오간 대화, 우리가 했던 이야기를 전부 상세히 알고 싶어 했다. 다행히 에릭 앳웰이나 스티브 클리프턴에 대해서는 다시 묻지 않았다. 다른 꿍꿍이가 있어서 그랬을 수도 있지만. 신문은 거의 아침 내내 계속되었고, 나는 그웬과 나눴던 이야기를 퍼레즈 요원에게 전하는 데 이상한 죄책감이 들었다. 마치 그웬을 따돌리고 이 새로운 여자와 바람이라도 피우는 듯한 기분이었다. 그웬이 왜 정직되었는지, 그게 내 리스트와 연관이 있는지, 무슨 일이 일어났는지 여전히 궁금했다. 신문이 끝나갈 무렵 퍼레즈 요원에게 마지막으로 물었다. 멀비 요원에 대해 더 해줄 말이 없냐고.

"수사 과정에서 우리가 따라야 하는 절차가 있는데 멀비 요원은 그 절차를 따르지 않았어요. 제가 해줄 수 있는 말은 그뿐이에요."

"알겠습니다."

"가기 전에 물어봐야겠네요. 경찰 보호가 필요하신가요?" 퍼레즈 요원이 반지를 돌려대며 말했다. 결혼반지 같았다.

"아뇨, 괜찮습니다." 나는 생각하는 척하며 말했다. "하지만 조심하도록 하죠."

"보내드리기 전에 마지막으로 부탁할 게 있어요. 그웬 멀비에게 일레인 존슨이 죽던 날 당신 알리바이를 제공한 걸로 아는데 다른 살인에 대해서도 알리바이를 제공해주셨으면 해요."

"그러죠."

그녀는 로빈 캘러핸과 제이 브래드쇼, 이선 버드, 빌 만소의 살인이 일어난 날짜가 적힌 리스트와 함께 날 보내주었다. 나는 집으로 가서 일정표를 보려고 컴퓨터 앞에 앉았지만 불현듯 피로가 몰려와서 더는 앉아 있을 수가 없었다. 자리에서 일어났더니 어지러웠다. 아침에 신문받는 동안 먹었던, 비닐 포장된 라즈베리 대니시 빵을 제외하고는 아무것도 먹지 못했음을 깨달았다. 부엌으로 가서 땅콩버터와 잼을 바른 샌드위치를 두 개 만들어서 큰 컵에 따른 우유 두 잔과 함께 먹었다. 한 시 반이었다. 좋은 소식은 오늘 저녁 여섯 시에 잭크로에서 마티 킹십과 술을 마신다는 것이다. 마티는 분명 노먼 채니의 죽음에 관해 좀 더 알아왔으리라. 어쩌면 니컬러스 프루이트에 대해서도. 지금부터 약속 시간인 여섯 시까지 뭘 할지 생각해내야 했다. 아직 프루이트를 직접 만날 단계는 아니었다. 어차피 더 조사할 것도 있고. 그러자 그의 단편집에 쓰여 있던 헌사가 생각났다. "질리언에게." 인터넷에 접속해서 헌사의 주인공일 가능성이 있는 질리언 응우옌을 좀더 알아보았다. 뉴에식스대학의 비정년 교수로 주로 신입생들에게 개론 강좌를 가르쳤다. 현재 재직 중인 에머슨대학에서는 문학 강좌를 담당했으나 문예창작학과에서 시를 가르치기도 했다. 나는 그녀가 쓴 시를 검색해보았다. 현대 시가 종종 그렇듯 무슨 말인지 도통 이해할 수 없었다. 다만《언디바이더》라는 저널에 실린 〈일요일 오후 팸에서〉라는 시가 마음에 걸렸다. 팸PEM은 피바디에식스박물관으로 매사추세츠 주 세일럼에 있다. 뉴에식스에서 가까운 도시다. 시 자체는 베트남 민속예술 전시회에 관한 내용이었지만 "그"라는 사람이 등장했다. "그"는 화자의 동행으로 "부정적인 공간과 구부러진 살밖에 못 보는" 사람이었다. 나는 그 동행이 니컬러스 프루이트가 아닐까 싶었고, 만약 그렇다면 프루이트와 질리언 응우옌이 지금은 헤어졌을 것 같았다. 시에서 그에 관한 묘사가 비판적이라는 건 나조차도 해석할 수 있었다.

에머슨대학 교수진을 소개한 페이지에 있는 응우옌 교수의 번호로 전화했다. 정말로 받으리라고는 기대하지 않았는데 신호음이 두 번 울린 뒤에 그녀가 전화를 받았다.

"여보세요?"

"응우옌 교수님인가요?" 이름을 제대로 발음했기를 바라며 내가 말했다.

"네."

"안녕하세요. 전 존 헤일리라고 합니다." 자연스럽게 올드데블스의 예전 사장 이름이 튀어나왔다. "니컬러스 프루이트에 대해 얘기 좀 나눌 수 있을까요?"

정적이 흘렀고, 난 전화가 끊어졌나 의아했지만 잠시 뒤에 그녀가 말했다. "제 이름은 어떻게 아셨죠?"

"유감스럽지만 당신과 이야기를 나누고 싶은 이유를 구체적으로 말씀드릴 순 없습니다. 다만 프루이트 씨는 현재 아주 명망 있는 자리에 채용되려 하는데, 우리로서는 철저한 평판 조회가 꼭 필요해서요." 내가 말하면서도 별로 설득력이 없게 들렸다.

"무슨 자리이길래 평판 조회를 철저하게 한다는 거죠?"

"저, 제가 지금 보스턴에 와 있는데 시간이 얼마 없습니다. 오늘 오후에 만나뵐 수 있을까요? 교수님 사무실이나 카페에서요."

"닉이 참고인 명단(채용 후보자가 자신의 평판을 조회해볼 사람들을 직접 적은 명단 ─ 옮긴이)에 저를 적었나요?"

"당신 이름을 언급하기는 했지만 정식 참고인 명단에 적지는 않았습니다. 당신이 프루이트 씨에 대해 하는 말은 극비에 부쳐질 겁니다."

질리언은 살짝 웃었다. "만약 닉이 절 참고인으로 적었다면 정말 놀랐을 거예요. 무슨 일인지 궁금하긴 하네요."

"절 만나주시면 정말 감사하겠습니다."

"알겠어요. 이쪽으로 오신다면 오늘 오후에 만날 수 있어요."

"물론이죠. 제가 가겠습니다." 내가 말했다.

"다운타운 크로싱에 카페가 있어요. 래더 카페라고 아세요?"

"아뇨, 하지만 찾아가겠습니다."

"제 근무 시간이 세 시까지예요. 세 시 반에 볼까요?"

19

다운타운 크로싱으로 알려진 구역은 보스턴 코먼 스퀘어 맞은편에 있다. 예전에는 메이시와 파일린 같은 대형 백화점들이 몰려 있었으나 현재 두 백화점 모두 떠났고, 운동화 가게들과 핫도그 노점만 남아 뒤죽박죽으로 얽혀 있었다. 그 외에 최신 트렌드를 따른 술집과 레스토랑도 있었는데 주인들은 몇 년 전부터 시에서 이 지역을 래더 디스트릭트로 개명해주기를 바라고 있었다.

래더 카페는 이름에서도 알 수 있듯이 확실히 그런 바람에 동참하는 곳이었다. 원단 가게와 스포츠 바 사이에 끼어 있는 카페는 내부가 좁고 천장이 높았으며, 문신한 바리스타들이 커피를 만들고 벽에는 미니멀리즘 그림이 걸려 있었다. 나는 일찌감치 도착해 큰 사이즈의 카페 오레를 주문해서 출입문이 보이는 자리로 들고 갔다. 아마 질리언 응우옌은 왜 내가 그녀의 전 애인에 대해 묻는지 알고 싶어 할 것이다. 나는 대형 출판사에서 곧 발행할 선집의 편집위원으로 그를 발탁하려 하는데 그의 사생활에 몇 가지 의문이 있다는 식으로만 말하고 다른 얘기는 최대한 하지 않을 작정이었다. 만약 질리언이 채근한다면 내가 프루이트의 신원 조회를 맡은 탐정 회사에서 일한다고 할 것이다. 그녀가 내 명함을 요구하는 일이 없기를 바랐다.

정확히 세 시 반이 되자 질리언으로 짐작되는 여자가 문을 열고 들어왔다. 체구가 작아서 잔뜩 부푼 패딩 속에 파묻혀 있었다. 내가 자기를 바라보는 걸 봤는지 곧장 내게로 다가왔다. 나는 내 소개를 했다.

"시간이 20분 정도밖에 없어요." 질리언이 말했고, 나는 그녀가 아까 통화할 때보다 좀더 경계하는 건가 의문이 들었다.

내가 커피를 사겠다고 하자 질리언은 허브차를 마시겠다고 했다. 나는 다시 줄을 서서 차를 주문했다. 카페에서 늘 허브차를 시키던 클레어가 생각나지 않을 수 없었다. 나는 고작 티백 하나와 뜨거운 물값으로 3달러쯤 되는 돈을 낸다는 사실에 매번 짜증이 났다.

다시 테이블로 돌아와 내가 말했다. "만나주셔서 다시 한 번 감사드립니다. 아주 이상하게 보이리라는 건 알지만 저는 출판사로부터 빠른 시일 내에 프루이트 씨의 신원 조회를 해달라는 부탁을 받았습니다. 출판사 측에서 빨리 결정을 내리고 싶어 해서요."

질리언은 '출판사'라는 말에 관심을 보였다. 내 예상대로였다. "아. 어떤 출판사……?"

"이름은 말씀드릴 수 없습니다. 하지만 현재 그쪽에서는 대규모 선집을 준비 중이고, 프루이트 씨를 편집위원으로 영입하려고 합니다. 그런데 누군가가 그의 사생활에 대해 우려를 표한 모양입니다. 그래서 프루이트 씨가 그 일을 못 하게 될 수도 있습니다."

질리언은 차를 한 모금 마시려다가 머그잔을 다시 받침 위에 내려놓았다. "이 대화가 극비에 부쳐질 거라고 하셨죠?"

"아, 물론입니다. 절대 말이 새나가지 않을 겁니다. 보고서도 제출하지 않을 거고요."

"3년 전에 뉴에식스대학을 떠난 후로 닉을 본 적도, 얘기한 적도 없어요. 제가 그에게 접근 금지 명령을 신청했다는 건 이미 아시죠? 그래서 절 찾아오셨을 테니까요."

"맞습니다." 나는 그렇게 대답하고는 덧붙였다. "프루이트 씨와 얼마나 사귀셨나요?"

질리언은 천장을 바라보았다. "1년도 못 돼요. 그러니까 실제로 사귄 기간은요. 사귀기 전에 1년 동안 알고 지냈고, 닉과 헤어진 뒤에도 6개월 정도 뉴에식스에 남아 있었어요."

"왜 접근 금지 명령을 신청했는지 알 수 있을까요?"

질리언은 한숨을 쉬었다. "사실 닉이 제게 폭력을 가했다거나 가할 거라고 협박한 적은 한 번도 없어요. 하지만 헤어진 후에도 닉은 늘 전화를 했고, 제가 가는 곳마다 나타났죠. 그리고 한번은 술에 잔뜩 취해서 우리 집에 무단 침입하기도 했어요. 딱 한 번이었지만 그 일로 접근 금지 명령을 신청하게 됐죠."

"맙소사."

"사실…… 전 닉이 좋은 사람이라고 생각해요. 하지만 닉은 술고래예요. 혹시…… 닉이 아직도 술을 마시나요? 마지막으로 통화했을 때는 한 달 넘게 금주 중이라고 했거든요."

"꼭 알아보겠습니다. 그러니까 프루이트 씨가 당신에게 실제로 폭력을 행사한 적은 없군요."

"네, 없어요. 그냥 끈질겼어요. 절 운명의 상대라고 생각했거든요."

"프루이트 씨가 당신에게 책을 바쳤더군요." 내가 말했다.

"맙소사." 질리언은 창피하다는 듯이 손으로 얼굴을 가렸다. "알아요. 우리가 헤어진 뒤의 일이에요. 전 닉이 편집위원으로 영입되는 걸 말리고 싶지 않아요. 아마 그에게도 필요한 일일 거고요. 전 닉과 안 좋은 경험을 했지만, 만약 그가 술을 끊었다면 모르긴 해도 적임자일 거예요. 그 사람은 책을 아주 많이 읽거든요."

"그럼 당신이 아는 닉 프루이트는 폭력적인 행동을 할 사람이 아니라는 건가요? 헤어진 일로 그가 당신에게 앙심을 품었다고 느낀 적은 없나요?"

그 질문에 질리언은 약간 혼란스러운 듯했고, 나는 내 질문이 선을 넘었나 생각했다. 질리언은 대답하려다가 입을 다물더니 다시 말했다. "닉에게서 폭력적인 면을 본 적은 없어요. 하지만 닉은…… 문학적인 관점에서 폭력에 아주 관심이 많았어요. 복수하는 이야기에 매력을 느꼈죠. 하지만 그건…… 제가 알기로는 그저 직업적 관심이에요. 닉은 꽤 전형적인 영문과 교수거든요. 책을 좋아하고요."

나는 그의 누나가 어떻게 됐는지, 더불어 누나의 전남편 노먼 채니가 어떻게 됐는지 알고 있냐고 묻고 싶었다. 하지만 이미 살얼음판을 걷는 기분이었다. 질리언 응우옌은 마치 나중에 어떻게 생겼는지 설명해야 한다는 듯이 날 뚫어지게 바라보았다. "제 질문이 이상했다는 거압니다." 내가 말했다. "그리고 이건 비밀인데 누군가가 출판사로 연락해서 니컬러스 프루이트가 폭력적인 사람이라고 비난했습니다."

"어머." 질리언은 그렇게 말하며 차를 한 모금 마셨다.

"출판사에서는 그 사람이나 그 말을 믿지는 않습니다만 혹시 몰라서 확인을……."

"맙소사, 제가 그랬다고 생각하는군요." 질리언이 허리를 똑바로 펴며 말했다.

"아, 아뇨, 아닙니다. 전혀 아니에요. 제보한 사람의 이름을 알고 있습니다. 저희는 그저 보강 증거를 찾는 중입니다."

"알겠어요." 질리언은 머그잔을 내려놓았다. "저기, 전 그만 가봐야겠어요. 달리 할 말도 없고요."

그녀가 일어서자 나도 일어섰다. "감사합니다. 정말 큰 도움이 됐습니다." 내가 그녀의 신뢰를 잃었다는 게 자명했지만 그래도 운을 시험해보기로 했다. "하나만 더요. 혹시 닉 프루이트에게 총이 있나요?"

큼직한 패딩 소매에 팔을 집어넣고 있던 질리언이 고개를 저었다. "아뇨. 장식용 총이 있기는 했어요. 하지만 아마 작동도 안 할걸요."

"장식용 총이요?"

"닉은 총을 수집했어요. 쏘는 용도는 아니었지만요. 오래된 리볼버였죠. 옛날 범죄영화에 나왔던 총들이요. 그걸 수집하는 게 취미였어요."

웨이트리스가 주문한 맥주를 테이블에 내려놓았다. 마티가 마실 스텔라와 내가 마실 벨헤이븐이었다. 우리는 잭크로의 뒤쪽 칸막이 좌석에 앉았는데 마치 작은 방에 있는 기분이었다. 올드 사우스 교회의 신도석 같기도 했다. 우리는 맥주를 한 모금 마셨다.

"이렇게 만나니 반갑네요, 마티." 내가 말했다. 마지막으로 만난 지 얼마 안 됐는데도 마티는 그때보다 더 늙어 보였다. 백발의 스포츠머리는 어느 때보다 더 듬성듬성했고, 얼굴은 진갈색 반점으로 덮여 있었다. 관절이 불거진 손가락은 관절염이 아닌가 싶을 정도로 휘어 있었다.

"여길 완전히 잊고 있었어." 마티가 좌석 밖으로 머리를 내밀고 사람들로 붐비는 바를 바라보며 말했다. "지난번에 우리가 여기 왔을 때 나초를 시켰더니 방울양배추가 올려져 있었잖나."

"정말요? 기억이 안 나는데."

"절대 못 잊을 거야. 누가 나초에 방울양배추를 곁들여서 먹나?"

"이제야 기억나네요. 오늘 밤은 맥주만 마시죠." 우리는 건배를 했다.

"새로 알아낸 정보는 없어요?" 내가 물었다. 나는 닉 프루이트에 관해 알아낸 정보를 마티에게 말해줘야 할지 말지 고민했다. 특히 그가 총을 수집한다는 사실을. 하지만 아직 결정하지 못했다.

"약간 알아냈지. 자네에게 도움이 될진 모르겠지만 그자는 절대 성인군자가 아니더군. 닉 프루이트 말이야."

"그래요?"

"두 번이나 체포됐어. 한 번은 음주 운전이었고, 한 번은 술에 취해 난동을 부렸는데 그것도 크리스마스이브 예배에 참석한 후였다고. 교회에서 나눠주는 흰 양초 상자를 훔치려다가 걸렸대. 또 접근 금지 명령을 두 번이나 받았지. 잠깐만." 마티는 울 재킷 주머니에 손을 넣어서 용수철이 달린 수첩과 돋보기를 꺼냈다. "처음에는 조디 블랙베리라는 여자가 접근 금지 명령을 신청했어. 프루이트가 대학원생이었던 미시간주에서. 여자 말로는 프루이트가 자기 집 창문을 들여다보고 캠퍼스 안에서 자기를 계속 따라다녔대. 두 번째는 훨씬 최근이야. 불과 3년 전에 질리언 N - G - U - Y - E - N이라는 여자가 신청했어. 성을 잘못 발음하는 무례를 범하고 싶지 않군. 이 여자도 비슷했어. 예전에 프루이트를 사귀었는데 그가 자신을 계속 따라다닌다고 했어. 집에 무단 침입한 적도 있고."

"그럼 폭력 전과는 없는 겁니까? 총과 관련된 사건도요?"

"없어. 하지만 앞뒤가 들어맞지 않아? 만약 닉 프루이트가 채니를 죽이고 싶었다면 다른 사람에게 사주했을 거야. 여자를 몰래 훔쳐보고 술을 퍼마시기는 해도 사람을 죽일 위인은 못 되니까. 게다가 알리바이를 조사해봤는데 아주 확실해."

"노먼 채니가 살해되었을 때의 알리바이요?"

"응." 마티는 다시 수첩을 내려다보았다. "노먼 채니가 죽은 게 2011년 3월인데 그때 닉 프루이트는 가족 모임에 참석하려고 캘리포니아에 있었어. 경찰에서 이미 다 확인했어. 내가 말했듯이 프루이트는 자기 매형을 두들겨 팰 위인이 아니야. 하지만 누군가에게 사주했을 확률은 아주 높지. 아니면 그냥 누군가에게 노먼 채니를 손봐주라고 했는데 일이 틀어졌을 수도 있고. 어쨌든 프루이트는 빠져나갔어. 내가 짐작하기에는, 자네가 내 생각을 궁금해할지 모르겠지만, 프루이트에게 자백을 받아낼 수 있을 거야. 내가 그런 타입을 잘 알거든. 조금만 겁을 주면 다 털어놓을 거야. 그러자는 게 아니라 말이 그렇다는 거야."

"알겠어요. 하지만 난 정보만 있으면 돼요. 큰 도움이 됐어요, 마티. 고마워요."

"아냐, 내가 고맙지. 이번 주에는 쓸모 있는 인간이 된 기분이었네.

이런 기분이 얼마 만인지 모르겠어. 아직도 FBI가 채니 살인사건에 대해 물어보나?"

나는 오랫동안 맥주를 들이켜며 이번에도 역시 마티에게 어디까지 말해야 할지 고민했다. "더는 안 물어봐요. 보아하니 이 모든 게 제가 고릿적에 올드데블스 블로그에 작성한 리스트 때문이더라고요."

"리스트?"

"네. 우리 서점 블로그에 들어가본 적 있어요?"

"난 빌어먹을 블로그가 뭔지도 몰라."

"저도 이제는 안 해요. 근데 제가 처음 올드데블스에서 일하기 시작했을 때 그 인터넷 공간에 짧은 글들을 올렸어요. 신간 서평이라든가 내가 좋아하는 작가 리스트 같은 거요. 한번은 책에 등장하는 여덟 건의 완벽한 살인에 대한 글을 썼는데 FBI에 있는 누군가가 최근 발생한 미제 살인사건과 내 리스트가 연관이 있다고 생각했나 봐요. 하지만 연관 관계가 매우 미약해서 그쪽에서도 더는 조사하지 않을 것 같아요."

"FBI에서 또 뭘 물어봤나?" 관심 있는 기색이 역력한 표정으로 마티가 물었다.

"코네티컷주에서 발생한 살인사건에 대해 묻더라고요. 통근 열차 선로 근처에서 변사체가 발견된 사건이래요. 그거 말고 아나운서에 대해서도 물었어요. 로빈……."

"로빈 캘러핸이겠지." 마티가 내 말을 잘랐다. "그 여자 남편 짓이야. 아직도 체포가 안 됐다니 놀라운 일이지."

"그 사건을 아세요?"

"약간, 응, 불륜이 결혼 생활에 좋다는 책을 쓴 여자잖아. 경찰이 그 여자 남편을 좀더 조사해야 한다니까."

나는 웃음을 터뜨렸다. "네, 그러니까 제가 과민 반응 한 것 같아요."

"자네가 아니라 FBI가 과민 반응 한 것 같은데? FBI가 그 사건들에 대해 다 물어봤단 말이야?"

나는 마티가 점점 더 관심을 보인다는 걸 알 수 있었고 더는 그를 끌어들이고 싶지 않았다. 마티는 뼈다귀를 물고 놓지 않는 개를 연상시켰다. 만약 내가 이 모방범 살인에 대해 전부 말해준다면 그는 더 열심히 조사할 터였다. 게다가 난 이미 노먼 채니의 이름까지 알려준 상황이었다.

"그냥 내가 그들과 무슨 관계가 있는지 물었어요. 노먼 채니나 코네티컷주의 그 남자나 로빈 캘러핸과요. 나는 모르는 사람들이라고 했죠. 당신한테 노먼 채니를 알아봐달라고 부탁한 건 무슨 이유에서인지 FBI가 그 사건에 더 관심을 보이는 것 같아서예요. 하지만 사실 아무 일도 아니었어요. 적어도 난 그랬기를 바라요. 따님은 여전히 올 계획인가요?"

"자네의 그 리스트에 포함된 책들이 뭔가?" 신디에 대한 내 질문을 무시한 채 마티가 물었다.

나는 기억이 잘 안 나는 척하며 말해주었다. 《열차 안의 낯선 자들》 만 빼고. 늘 책을 추천받고 싶어 하는 마티는 제목 몇 개를 작은 수첩에 적으며 말했다.

"《ABC 살인사건》이라. 이게 재미있을 것 같군. 요즘은 제임스 엘로이보다 애거서 크리스티가 더 좋더군. 왜 그런지 모르겠어. 내가 마음이 약해지고 있나 봐."

"애거서 크리스티를 읽고 있어요?"

"그렇다니까. 자네가 읽으라고 했잖아. 기억 안 나? 최근에는 《열 개의 인디언 인형》을 읽었지."

"《그리고 아무도 없었다》요." 나도 모르게 그 말이 튀어나왔다. 요즘은 원제보다 그렇게 덜 인종차별적인 제목으로 바뀌어 출판된다.

"맞아, 그거. 그거야말로 완전범죄더군. 그 책을 모방하는 살인자가 없다니 유감이야."

"범죄를 저지른 다음에 자살한다는 면에서 완전범죄라는 말인가요?" 내가 말했다. 마티에게 애거서 크리스티를 읽으라고 말한 기억은 없지만 틀림없이 그랬을 것이다. 나다운 충고였다.

우리는 맥주를 한 병 더 시켰고, 책 이야기를 했다. 마티의 가족 이야기도 조금 했다. 마티는 한 병 더 마시겠냐고 물었지만 나는 그만 마시기로 했다. 마티와 함께 있으면 늘 그렇듯이 즐거웠지만 어느 정도 시간이 지나면 이야깃거리가 떨어졌고, 나는 슬프면서 외로워졌다. 혼자 있을 때보다 사람들과 함께 있을 때 더 절절하게 외로웠다.

"닉 프루이트는 어떻게 할 건가?" 내가 재킷을 입자 마티가 물었다.

"아무것도 안 할 겁니다. FBI가 다시 날 찾아오지 않는 한요. 만약 찾아온다면 그땐 닉 프루이트 얘기를 꺼내야죠. 아는 전직 경찰이 노먼 채니를 조사해줬는데 프루이트가 용의자 같다고요."

"괜찮다면 내 이름은 언급하지 말게." 마티가 말했다.

"그럼요. 당연하죠. 사실 닉 프루이트 얘기도 안 할 겁니다. 그냥 궁금했을 뿐이에요. FBI가 나랑 그 범죄들을 연관시켰다는 데 당황했거든요."

"난 네로 때문에 그런 줄 알았는데." 마티는 그렇게 말하더니 남은 맥주를 다 마셨다.

"네?"

"아. 그 FBI가 자네에게 노먼 채니에 대해 물어본 이유가 그 고양이 때문인 줄 알았어. 네로 말일세. 서점에서 키우는."

"왜요?" 나는 비교적 차분하게 말하려고 애썼다.

"경찰 조서를 읽었는데 노먼 채니가 네로 같은 적갈색 고양이를 키웠다고 하더라고. 채니가 살해된 후에 고양이가 사라졌대. 그걸 읽고…… 네로 때문인가 보다 생각했지."

"재미있네요." 내가 말했다.

"그 녀석 좀 유명해. 네로 말이야. 자네도 알고 있나?"

"네. 서점에 오는 손님 중 절반은 네로를 보러 오는 사람들이죠. 에밀리 말로는 네로의 인스타그램 계정도 있다는데 전 아직 못 봤어요. 아뇨, FBI 요원은 네로에 대해서는 전혀 묻지 않았어요. 어차피 네로가 버몬트주 출신도 아니고요." 나는 헛웃음을 쳤고, 그 웃음은 거짓으로 들렸다.

"난 한 잔 더 마시고 가겠네." 마티가 말했다.

나는 마티에게 다시 한 번 고맙다고 말하고는 밤공기 속으로 나갔다. 술집에 있는 동안 기온이 뚝 떨어졌다. 나는 좁은 보도에 군데군데 얼어붙은 검은 빙판을 피해 조심스럽게 집으로 걸어갔다. 우리 집이 있는 거리에 이르렀을 때 처음에는 아파트 앞의 죽은 보리수 그림자 속에서 기다리는 그녀를 알아보지 못했다. 하지만 느낄 수 있었다. 최근에

겪은 적이 있는, 누군가 날 지켜보고 있다는 느낌이었다.

　　내가 출입문으로 이어지는 계단을 오르자 그녀가 그림자에서 나오며 말했다. "안녕하세요, 맬."

20

"잘 있었어요, 그웬?" 내가 말했다.

"날 보고도 놀라지 않네요."

"네. 오늘 다른 FBI 요원 둘과 얘기했는데 당신이 정직됐다고 들었습니다."

"누구랑 얘기했어요?" 보리수 그림자에서 가로등 불빛 아래로 나오며 그웬이 말했다. 차가운 밤공기 속에서 그녀의 입김이 피어올랐지만 그녀를 집에 들여도 될지 알 수 없었다.

"뉴헤이븐에서 온 어떤 요원……."

"베리 요원이죠?" 그웬이 내 말을 잘랐다.

"저기, 당신과 이렇게 얘기해도 되나요?"

"충분히 이해해요. 당신에게 원하는 거 없어요. 그냥 얘기만 좀 하고 싶을 뿐이에요. 잠깐이면 돼요. 무슨 일이 있었는지 설명할게요. 전화로 말하면 좋지만 당신에게 전화할 수 없었어요. 당신 집에서 얘기할 수 있을까요? 아니면 다른 데서 술 한잔해도 되고요. 지금 우리가 서 있는 여기만 아니면 돼요."

우리는 찰스가로 걸어가 세븐스의 칸막이 좌석에 앉았다. 각자 뉴 캐슬 브라운 에일을 한 병씩 주문했다. 그웬은 코트를 벗었지만 두툼한 머플러는 계속 두르고 있었다. 바깥에 있었던 탓에 두 볼과 코끝이 아직 발그레했다.

"뭘 알고 싶죠?" 그웬이 물었다.

"정직됐나요?"

"네, 지금 심사 중이에요."

"어쩌다가요?"

그웬은 맥주를 한 모금 마시고는 윗입술에 묻은 거품을 혀로 핥았다. "감독관들에게 내가 알게 된 사실을 보고했더니…… 뭐, 알게 됐다기보다 의심하는 정도였죠. 아무튼 뉴잉글랜드주에서 발생한 몇몇 미제 사건이 연관되어 있다고 말했더니 수사를 그만두라는 명령을 받았어요. 실수로 감독관들에게 처음 당신을 알게 된 계기를 말해버렸거든요. 사실…… 난 당신이 누구인지 이미 알고 있었어요. 당신 이름을 들었거든요. 왜냐하면 옛날에 당신 부인과 아는 사이였으니까요. 클레어요."

그웬은 날 보고 있었지만 내 눈이 아니라 턱 언저리를 바라보고 있었다. "클레어와 어떻게 아는 사이죠?" 내가 물었다.

"아버지가 중학교 때 클레어의 선생님이었어요. 스티브 클리프턴이요."

나는 결정을 내려야 했다. 모르는 척할 것인지, 아니면 사실대로 말할 것인지. 전부 다는 아니더라도. 나는 그웬의 표정 때문에 사실대로 말해야겠다고 마음먹은 것 같다. 그웬은 겁에 질려 있었고, 그녀가 내게 솔직해지기로 마음먹었다면 나도 그 호의에 보답해야 한다는 걸 깨달았다.

"네, 아버님에 대해 들었습니다."

"어디까지 들었죠?"

"클레어가 중학생 때 아버님에게 2년 넘게 성추행을 당했다고요. 아버님이 클레어의 인생을 완전히 망쳐놓았죠."

"클레어에게 들었나요?"

"네."

"클레어가 또 뭐라고 했나요? 제가 물어도 될지 모르겠네요. 당신 기분이 어떨지 이해하지만……." 그웬은 말을 멈췄고, 나는 이 일이 그녀에게 얼마나 힘든지 깨달았다.

내가 말했다. "솔직히 말해서 클레어와 자세한 이야기는 나누지 않았습니다. 클레어는 우리가 사귄 지 얼마 안 됐을 때 그 얘기를 꺼냈고, 내가 꼭 알아야 한다고 했죠. 하지만 늘 대수롭지 않은 일처럼 말했습니다. 적어도 나한테는요."

그웬은 고개를 끄덕였다. "클레어가 뭐라고 했는지 정확히 말해주지 않아도 돼요. 이해해요."

"왜 아버지와 성이 다른 겁니까? 왜 그웬 클리프턴이 아니죠?"

"당연히 오랫동안 그 이름으로 살았어요. 그러다 법적으로 개명했죠. 멀비는 어머니의 결혼 전 성이에요."

"그렇군요." 나는 그렇게 말하고 덧붙였다. "정말로 클레어를 압니까?"

"네, 기억나요. 난 클레어보다 다섯 살 정도 어렸지만 클레어는 우리 집에 자주 왔어요. 아버지 제자 중에서 우리 집에 곧잘 오는 학생이 몇 명 있었어요. 게다가 클레어하고는 보글 게임을 자주 했어요. 그러다 내가 고등학생이 됐을 때 아버지가 자신이 한 짓을 고백했죠. 아버지가 말한 이름 중에 클레어가 있었고요."

"아버님이 무슨 짓을 했는지 말했나요?"

그웬은 입술을 쭉 내밀고는 숨을 내쉬었다. "그때 클레어는 이미 졸업한 뒤였지만 다른 학생이, 아마 두 명이었을 거예요. 두 명이 나서서 아버지의 부적절한 행동을 폭로했죠. 아버지가 한 짓을 모르는 사람이 없었어요. 우리는 아버지가 재직 중이던 학교가 있는 도시에 살았죠. 내가 그 중학교에 진학하면서 이미 어색한 상황이었고요. 비록 아버지는 날 가르친 적이 한 번도 없었지만요. 아버지는 학교 측의 강요로 학교를 그만두셨어요. 틀림없이 법적 합의가 있었던 것 같아요. 왜냐하면 그 사건이 법정으로 가지는 않았으니까요. 아니면 증거가 불충분했거나요. 한번은 아버지가 밤에 내 침실로 들어와서……." 그웬은 말을 멈추고 잠시 검지로 왼쪽 눈을 눌렀다.

"나한테 전부 다 말할 필요 없습니다." 내가 말했다.

"아버지가 내 침실로 들어와서 자기가 성추행한 학생들의 이름을 말했어요. 클레어를 포함해서요. 그러고는 날 지키기 위해서 그랬다고 하더군요. 나는 절대 건드리고 싶지 않았다고. 그래서 다른 학생들에게 했다고요." 그웬은 어깨를 으쓱이더니 입을 꾹 다물어 반쯤 웃는 듯한 표정을 지었다.

"맙소사."

"네. 그래서 클레어의 이름은 절대 잊을 수가 없죠. 그러다 클레어가 사고로 죽었다는 소식을 들었고, 부고에서 당신 이름을 봤어요. 그 래서 당신도 알게 됐고요."

"아버님과는 어떻게 됐나요?"

"그날 밤 내 침실에서 나눈 대화가 우리 부녀의 마지막이었죠. 그 후로 아버지는 집을 떠났고, 부모님은 이혼하셨어요. 다시는 아버지를 보지 못했죠. 아버지는 사고로 돌아가셨어요."

"타살이 아니고요?"

"공식적으로는 아니에요, 네. 하지만 맞아요, 전 아버지가 살해되 었다고 생각해요."

"어떻게 돌아가셨죠?"

"당신도 알지 않나요?"

나는 맥주병이 비었는데도 입으로 가져가 마시는 시늉을 했다. "내 가 죽였다고 생각합니까?"

그웬은 다시 어깨를 으쓱이더니 그 묘한 미소를 지었다. 빨갛던 코 와 볼은 원래 색으로 돌아갔고 나는 늘 그렇듯이 그녀의 표정을, 그 창 백한 얼굴과 무덤덤한 눈빛을 읽기가 힘들었다. "나야 모르죠, 맬. 하지 만 지금은 뭘 믿어야 할지 모르겠어요. 내가 어떻게 생각하는지 정말로 알고 싶어요?"

"네."

"좋아요. 에릭 앳웰은 살해되었고 그때 당신은 여기 없었어요. 하 지만 그렇다고 해서 당신이 그의 죽음을 사주하지 않았다는 뜻은 아니 죠. 아버지는 자전거를 타고 가다가 차에 치였어요. 뺑소니 사고였지만 난 늘 누군가가 아버지를 처벌한 거라고 짐작했어요. 충분히 있을 수 있는 일이죠. 두 살인 모두 납득이 가고 정당해요. 특히 클레어 맬러리의 남편에게는요."

"두 사람의 죽음이 슬프지 않다는 사실은 인정해야겠네요." 나는 그렇게 말하고 억지로 미소를 지었는데 아마 그웬의 미소처럼 어색했을 것이다.

"인정할 게 그뿐인가요?"

"에릭 앳웰이나 당신 아버지의 죽음이 내 리스트, 그리고 다른 살인사건과 무슨 연관이 있다는 겁니까?"

"모르겠어요. 아마 아무 연관도 없을 거예요. 아버지가 돌아가신 후에 다시 당신 생각이 나더라고요. 에릭 앳웰이 죽었다는 소식을 들었을 때 어쩌면 그 사람도 당신이 죽였을 거라고 생각했어요. 상관없었어요. 비록 당시 FBI에서 훈련을 받고 있었지만요. 누군가 아버지를 고의로 죽였다고 확신했고, 사실 그럴 만한 이유가 있는 사람의 짓이기를 바랐어요. 그냥 누가 우연히 아버지를 차로 치고 도망간 게 아니라 누군가의 복수이기를 바랐어요. 그랬을 거라고 짐작했고요. 솔직히 말해서 그렇게 생각하면 밤에 잠을 잘 수 있었죠. 그리고 마음속으로는 아마 당신이 했을 거라고 생각했어요. 아버지에게 당한 사람이 클레어만 있는 건 아니지만 나는 늘 클레어가 생각났어요. 아마 나한테 친절하게 대해준 걸 잊을 수 없기 때문일 거예요.

당신을 알게 되면서 당신이 쓴 리스트를 찾아냈어요. 꽤 오랫동안 그 리스트를 외우고 다녔죠. 그래서 경찰서에 깃털이 배달되었다는 말을 들은 순간 곧바로《ABC 살인사건》이 생각나더군요."

"그 사건들을 내가 다 저질렀다고 생각했습니까?"

그웬은 나무 의자에서 몸을 앞으로 내밀었다. "아뇨, 아뇨. 그렇게 생각하지 않았어요. 그때 어떻게 생각했는지 잘 모르겠어요, 정말로. 그저 어떤 일이 진행 중이고, 그 일이 우리 아버지나 당신과 연관이 있을지 모른다고만 생각했어요. 난 그 생각에 집착했고 심지어 아버지의 죽음도 《비밀의 계절》과 연관이 있을 거라고 생각했어요."

"어떻게요?"

"왜냐하면 어떤 면에서 아버지는 어떻게 죽을지 선택했으니까요."

"자전거를 자주 탔기 때문에요?"

"네. 아버지는 늘 자전거를 타고 다녔어요. 특히 이혼한 후에, 이혼하고 업스테이트 뉴욕으로 이사한 후에요. 아버지에게 직접 들은 게 아니라 경찰 조서에서 읽었어요. 아버지는 늘 혼자 자전거를 타고 조용한 도로를 달렸대요. 주로 언덕에 있는 도로요. 그러다 반대편에서 오는 차에 치인 거죠. 그러니까, 네, 《비밀의 계절》이 생각나더군요. 누군가 아버지를 죽이고 싶었다면 자전거를 타는 아버지를 차로 치는 게 가장 쉬운 방법이었을 거예요. 사고처럼 보일 테니까요. 뺑소니 사고라고 생각하지 살인으로 생각하지는 않을 거예요."

"상사에게 이 얘기를 다 했습니까?"

"처음에는 안 했어요. 처음 말을 꺼냈을 때는 당신의 리스트와 새 살인사건, 코네티컷주의 빌 만소 사건과 연관이 되어 있다고, 내가 계속 조사하고 싶다고만 했어요. 하지만 상사가 허락하지 않았죠. 그래서 이 사건들이 우리 아버지의 죽음과도 연관 있다고 말하는 실수를 저질렀어요. 그랬더니 제게 이 수사에서 손 떼라고, 이 수사는 다른 적합한 요원에게 맡길 거라고 하더군요. 사실 지난주에 난 휴가였어요. 서점으로 당신을 찾아가고, 당신과 함께 록랜드에 갔을 때요. 근데 부검의가 내게 곧바로 연락하지 않고 사무실로 연락하는 바람에 들통이 났어요. 그래서 정직된 거고요. 지금 여기 온 걸 들켰다가는 난 틀림없이 해고될 거예요."

"그런데 왜 온 겁니까?"

"난……." 그웬은 뜸을 들였다. "난 당신에게 진실을 말해줘야 한다고 생각했어요. 그리고 경고도 해주고요. FBI는 내가 아는 사실을 전부 알고 있어요. 당신은 용의자예요."

"당신도 내가 용의자라고 생각하겠군요."

"이젠 내가 어떻게 생각하는지도 모르겠어요. 당신이 일레인 존슨이나 빌 만소, 로빈 캘러핸, 이선 버드를 죽였다고 생각하냐고요? 아뇨. 하지만 그냥 느낌일 뿐이에요. 당신이 숨기는 게 있다는 거 알아요. 굳이 가설을 세운다면, 터무니없이 들릴 테지만 아마 당신은 누군가에게 에릭 앳웰을 죽이라고 사주했을 거예요. 우리 아버지의 죽음도 사주했을 수 있고요. 그런데 이제 그 사람이…… 그게 누구인지는 모르겠지만……."

"찰리라고 하기로 했잖아요." 내가 그녀의 말을 잘랐다.

"맞아요, 찰리. 저기, 난 며칠째 잠을 못 잤어요. 당신과 얘기하고 싶었는데 이젠 얘기도 다 했고요. 내가 FBI 요원으로 계속 일하고 싶다면 이젠 이 수사에서 손을 떼야 해요. 이 만남을 비밀로 해줄 수 있겠어요?"

"물론이죠."

그웬은 여전히 4분의 3 정도 남아 있는 맥주를 한 모금 마셨다.

"그리고 만약 당신이 우리 아버지의 죽음과 조금이라도 연관이 있다면……."

"없습니다."

"하지만 만약 있다면…… 살아 있는 사람 중에 우리 아버지의 죽음을 슬퍼할 사람은 아무도 없다는 걸 알아주세요."

그웬이 갑자기 벌떡 일어났고, 그 바람에 테이블에 허벅지를 찧었다.

"괜찮아요?"

"괜찮아요. 그냥 피곤해요."

"이제 어떻게 할 겁니까?"

"집으로 가야죠. 힘들겠지만 이 일은 다 잊으려고요."

나는 그웬을 차까지 배웅했고, 오늘 밤에 우리 집 소파에서 자고 가라고 해야 하는 건 아닌지 고민했지만 여러 이유에서 그건 좋은 생각이 아니라는 결론을 내렸다. 게다가 그웬은 그 제안을 수락하지도 않을 터였다. 사실 나도 그웬을 우리 집에 들여놓는 게 달갑지 않았다. 지금까지 그웬은 내게 솔직하지 않았고, 지금도 사실대로 전부 다 말했는지 확신할 수 없었다.

우리는 플랫오브더힐 호텔 근처에 주차해둔 그웬의 이퀴녹스 앞에 도착해 윙윙 부는 바람 속에 잠시 서 있었다. 그웬이 몸을 떨며 말했다. "지금도 그 책들을 다시 읽고 있나요?"

"《비밀의 계절》을 다시 읽는 중입니다."

"갑자기 그 제목이 의미심장하게 다가오네요."

나는 웃었다. "그런 것 같네요."

"새롭게 깨달은 거라도 있어요?"

"책에서요?"

"어디에서든지요."

"꼭 말해야 할 상황이 아닌 한 다른 사람에게 말하지 않겠다고 약속할 수 있어요?"

"난 여기서 당신과 얘기했다는 사실도 말할 수 없는걸요. 그러니까 당연하죠. 걱정하지 말아요."

"좋아요. 조사하다가 알게 된 이름이 하나 있습니다. 어떻게 알게 됐는지는 말하지 않을게요. 하지만 만약 내게 무슨 일이 생기면, 니컬러스 프루이트라는 사람을 조사해봐요."

그웬은 그 이름을 중얼거렸고, 나는 철자를 알려주었다.

"그 사람이 누구죠?"

"영문과 교수예요. 아마 아무 일도 아닐 테지만……."

"알겠어요. 당신이 무사해서 그 이름을 조사할 일이 없었으면 좋겠네요."

우리는 작별 인사를 했고, 둘 중 누구도 악수나 포옹을 하려고 하지 않았다. 나는 우리가 방금 나눴던 이야기들을 생각하며 다시 아파트로 걸어갔다.

20분 동안 각성한 상태로 집에 있다가 그냥 다시 나가서 뉴에식스로 차를 몰아 닉 프루이트를 만날까 생각했다. 인터넷 전화번호부에 해당하는 웹사이트에서 그의 주소를 알아낸 다음, 부동산 거래 사이트에서 그의 집까지 찾아냈다. 프루이트는 뉴에식스 외곽, 대학 근처 동네의 단독 주택에서 살았다. 그냥 집에 찾아가 현관문을 두드리면 될 것이다. 만약 닉이 찰리라면—나는 그렇다고 확신했다—그는 날 바로 알아볼 것이다. 어쩌면 얘기를 나누면서 그가 원하는 게 무엇인지 알아내고, 살인을 멈추라고 부탁할 수도 있다. 하지만 오늘 밤에 그의 집으로 간다면 프루이트가 어떻게 나올지 모른다. 혼자가 아닐 수도 있다.

나는 내일 아침 일찍 가기로 했다. 한동안 그의 집 앞에 잠복하며 그를 감시할 것이다. 그러다가 뭔가를 발견할 수도 있다.

21

이튿날 아침 일찍 뉴에식스로 가기 전 먼저 서점에 들렀다. 네로가 날 맞이하러 지하실과 연결되는 고양이 전용 문으로 나와 고개를 쳐든 채 단호하게 걸어왔다. 나는 네로를 들어 올려 품에 안고 턱 밑을 긁어주었다. 네로를 구해준 일이 그럴 만한 가치가 있는지 예전에도 자문한 적이 있는데 난 그렇다고 믿는다. 동물의 행복을 평가하는 방법이 있는지 모르겠지만 네로는 서점에서 사는 것을 좋아했다. 나는 네로를 내려놓고 코트에 붙은 털을 떼어냈다. 경찰이 노먼 채니의 살인사건을 조사할 때 그의 집에서 고양이 털을 가져갔을까? 그 털이 중요하다고 생각했을까? 아니면 사건과 무관하다고 생각했을까? 정말이지 난 모르겠다.

에밀리와 브랜던에게 오늘 해야 할 일을 적어둔 쪽지를 남기고 다시 차가운 아침 공기 속으로 나갔다.

한 시간이 조금 지나 뉴에식스에 도착했고, 닉 프루이트의 집 맞은편 도로 경계석 옆에 시동을 켜둔 채 주차했다. 닉 프루이트의 집은 망사르드지붕을 한 작은 정사각형 모양이었다. 아침 아홉 시였고, 나는 완전히 노출된 기분이 들었다. 이 코닝가는 주택가나 마찬가지라서 집집마다 진입로가 있었다. 거리에 주차된 차는 내 차뿐이었다. 100미터쯤 떨어진 곳에 구멍가게가 보였다. 나는 유턴해서 그 가게 앞에 차를 세운 뒤 시동을 껐다. 여기서도 프루이트의 집이 보였다. 만약 왜 차에 앉아 있냐는 질문을 받으면 가게에 들어갈 거라고 둘러댈 수 있다.

차창에 김이 서려 앞 유리창 오른쪽 밑을 조금 닦았다. 그러면 의자에 비스듬히 기댄 채 프루이트의 집을 볼 수 있었다. 보온병에 담아 온 커피를 몇 모금 마셨다. 그의 집으로 들어가는 진입로에 차 한 대가 주차되어 있었다. 스포츠카였는데 포르셰 같았다. 하지만 차가 주차되어 있다고 해서 그가 집에 있다는 뜻은 아니다. 그가 일하는 대학은 여기서 겨우 몇 블록 떨어져 있다. 아침 수업이 있다면 차를 두고 걸어갔을 것이다.

기다리는 동안 머릿속으로 내 리스트 속 책들과 살인사건을 연결 지어봤다. 그웬 멀비가 놓친 사건이 없다고 한다면 지금까지 찰리는 내 리스트 속 여덟 권의 책 중에서 네 권의 살인을 저질렀다. 어쩌면 다섯 권일 수도 있다. 첫 번째 살인은 물론 나와 함께 저지른 살인이다. 에릭 앳웰과 노먼 채니. 《열차 안의 낯선 자들》에 나오는 교환 살인. 그다음에는 《ABC 살인사건》의 플롯을 재창조해서 새와 관련된 이름을 가진 사람들로 대체했다. 빌 만소는 《이중 배상》에 나온 방법대로 살해되었다. 일레인 존슨은 《죽음의 덫》에 나오는 극작가의 아내와 같은 방법으로 살해되었다. 스티브 클리프턴도 《비밀의 계절》에 나오는 방법대로 살해되었다고 할 수 있을까? 대체 찰리는 클리프턴을 어떻게 알았을까? 하지만 당연히 알았을 수 있다. 그는 나를, 그리고 클레어를 알고 있다. 클레어 맬러리가 다녔던 중학교에서 한 교사가 학생들을 성추행한 혐의로 기소당했다는 사실은 쉽게 알아낼 수 있었을 것이다. 개연성은 떨어지지만 불가능한 일은 아니다. 그렇다면 세 권의 책, 세 건의 살인이 남는다. 《붉은 저택의 미스터리》, 《살의》, 《익사자》. 그중에서 하나 혹은 그 이상의 살인이 이미 일어났을 수도 있지만 왠지 아닐 것 같았다.

열한 시쯤 되자 차에서 내려 스트레칭을 하고 구멍가게로 들어갔다. 우유와 기본적인 식료품을 팔지만 복권과 담배 덕분에 운영이 되는 그런 가게였다. 계산대에 있던 남자에게 그래놀라 바와 먼지가 내려앉은 생수 한 병을 사고 현찰로 계산했다. 다시 차로 가는데 청바지에 무릎까지 올라오는 부츠를 신은 젊은 여자가 프루이트의 집 현관을 향해 걸어갔다. 내가 차에 타는 동안 여자가 초인종을 눌렀다. 나는 여자를 보려고 손으로 앞 유리창 안쪽을 닦았다. 여자는 발 앞쪽을 들고 뒤꿈치에 체중을 살짝 실었다 내리기를 반복하며 기다렸다. 다시 초인종을 누르고 문을 두드리더니 문 옆쪽에 붙은 직사각형 유리를 들여다보았다. 마침내 여자는 포기하고 휴대전화를 바라보더니 몸을 돌려 다시 왔던 길을 걸어갔다.

나는 차에서 내려 여자를 따라갔다. 저 여자는 닉 프루이트를 찾고 있었고 결국 찾아낼 터였다. 그러니 저 여자를 따라가면 나도 프루이트를 만날 수 있으리라.

여자는 가끔씩 뛰기도 하면서 매우 빨리 걸었다. 나도 속도를 높였다. 프루이트의 집이 있는 거리 끝에 이르자 여자는 왼쪽으로 돌아 글로스터가로 들어서더니 뉴에식스대학이 있는 짧은 언덕을 올라갔고,

캠퍼스 가장자리에 있는 2층짜리 벽돌 건물로 들어갔다. 건물 차양 위에 "프록터 홀"이라고 적힌 간판이 달려 있었다. 나는 건물 입구로 달려가 유리로 된 쌍여닫이문을 밀치고 로비 스타일의 입구로 들어갔다. 멀어져가는 여자의 뒷모습이 보였다. 그녀의 부츠가 또각또각 소리를 내며 긴 복도를 지나 왼쪽으로 돌아갔다. 안내 데스크에 앉아 있던 수염을 기른 남자가 고개를 들어 날 바라보자 나는 미소를 지으며 고개를 끄덕였다. 마치 그를 자주 봤다는 듯이. 그러고는 여자를 따라 형광등이 켜진 복도로 갔다. 여자는 왼쪽에서 세 번째 문을 밀치고 들어갔다. 작은 명판에 "강의실 1C"라고 적혀 있었고, 나는 문에 달린 망입 유리(두꺼운 판유리에 철망을 넣어 만든 유리 - 옮긴이)를 통해 안을 들여다보았다. 강의실 뒷줄만 보였는데 스타디움 좌석처럼 완만하게 구부러져서 배치된 일렬의 좌석에 열두 명 정도 되는 학생이 비스듬히 앉아 있었다. 나는 문을 열고 슬그머니 들어가 뒷줄 맨 끝자리에 앉았다. 앞쪽을 향해 내리막 경사가 진 대형 강의실이었다. 100명쯤 수용할 수 있는 듯했는데 좌석의 60퍼센트가 차 있었다. 아까 내가 따라갔던 여자는 검은 파카와 털모자를 벗은 채 초조한 표정으로 강단에 서 있었다. 그녀가 입을 열었다.

"불행히도 프루이트 교수님은 오늘 수업을 못 하실 것 같네요. 혹시 질문 있는 학생이 있을지 모르니 수업 끝날 때까지 내가 여기 남아 있을 거예요. 하지만 다른 공지가 없는 한 금요일 수업은 예정대로 진행될 겁니다. 읽기 과제도 그대로고요."

그녀의 말이 끝나기도 전에 학생들이 배낭에 노트북을 집어넣고 다시 겉옷을 입었다. 나도 일어나 재빨리 강의실을 빠져나와 다시 복도를 지나 밖으로 나왔다. 내 존재가 다른 사람들 눈에 너무 튀지 않았기를 바라면서. 납빛 하늘 아래로 잿빛 대서양이 보이는 벤치를 향해 걸어갔다. 잠시 벤치에 앉아 프록터 홀 정면이 보이는 쪽으로 몸을 비틀었다. 이제 학생들이 줄줄이 나오고 있었다. 혹시라도 갑자기 교수가 나타나 땡땡이를 못 치게 될까 두려워하며 서둘러 건물을 빠져나가고 있었다.

틀림없이 무슨 일이 생겼다. 프루이트는 수업에 나타나지 않았고, 조교가 휴대전화로 문자를 보내거나 전화를 걸어도 응답하지 않았다. 조교는 프루이트가 집에 있는지 확인하려고 학교 근처에 있는 그의 집까지 찾아간 것이다. 예감이 안 좋았지만 꾹꾹 눌러버렸다. 프루이트는 알코올중독자다. 적어도 질리언 응우옌의 말대로라면 그렇다. 어쩌면 숙취에 시달리는지도 모른다. 이런 일이 다반사고, 조교가 그의 집에 달려가 문을 두드려서 깨우는 경우가 가끔씩 있었는지도 모른다.

나는 프록터 홀을 계속 바라보며 조교가 저 교실을 나서면 어떻게 할지 궁금했다. 다시 프루이트의 집을 찾아갈까? 그러자 조교가 수업이 끝나는 시간까지 교실에 남아 있겠다고 했던 말이 기억났다. 나는 벤치에서 일어나 언덕을 내려가 프루이트의 집으로 걸어갔다. 몸은 다시 차를 몰아 보스턴으로 돌아가라고 말했다. 분명 무슨 일이 일어났다. 시 한 구절이 떠올랐고—"누군가 죽었다, 심지어 나무들도 그 사실을 알고 있다"—잠시 후에야 앤 섹스턴의 시임을 깨달았다. 부모 중 한 분이 죽어가는 것에 관한 시였다. 프루이트의 집으로 걸어가는 동안 코닝가에 늘어선 가로수를 골똘히 바라보았다. 잎이 다 떨어진 나무들은 그저 어두운 하늘 위에 연필로 그린 검은 형체 같았다. 저 나무들이 여름에 잎으로 무성해지는 모습을 상상하기 힘들었다. 그렇다, '누군가 죽었다.' 하지만 그 사실을 아는 것만으로는 충분하지 않다.

프루이트의 집에 도착해 진입로를 가로질러 그의 차 옆으로 지나 갔다. 장갑을 낀 손으로 울타리가 쳐진 뒤뜰로 이어지는 나무 문의 걸 쇠를 풀렀다. 사각형 뜰에는 딱딱하게 얼어붙은 눈이 쌓여 있었다. 방 수포를 덮어둔 그릴을 제외하고는 아무것도 없었다. 갈퀴로 긁어서 치 우지 않은 낙엽은 이제 검게 변해 저쪽 울타리 앞에 쌓여 있었다.

계단 세 개를 올라가니 작은 데크와 뒷문이 나왔다. 문에 달린 유 리 너머로 체크무늬 리놀륨 장판이 깔린 부엌이 보였다. 뒷문은 잠겨 있었고 나는 유리를 두드렸다. 유리를 깨려는 찰나, 데크에 일렬로 늘 어선 낡은 화분이 보였다. 쪼그리고 앉아서 화분을 하나씩 들어 올려보 았다. 로즈메리 화분 밑에 은색 열쇠가 있었다. 장갑을 낀 손으로 열쇠 를 집어 들어 뒷문 열쇠 구멍에 넣어보니 딱 맞았다. 집 안으로 들어가 빈집에 대고 "계십니까?"라고 외치고는 대답을 기다렸다. 깔끔한 부엌 을 지나 식탁이 있는 공간으로 들어갔다. 침침한 집 안에 눈이 적응되 기를 기다리며 천천히 걸어갔다. 창문마다 커튼이 쳐졌다. 식탁이 있는 공간으로 들어갔더니 거실이, 거기 놓인 기다란 소파가 보였다. 그 소 파의 한쪽 끝에 프루이트가 앉아 있었다. 두 발은 바닥에, 양손은 허벅 지 옆에 두고, 고개는 뒤로 완전히 젖혀 소파 쿠션에 머리를 기대고 있 었다. 죽은 게 틀림없었다. 움직임이 전혀 없고, 머리가 불편한 각도로 꺾여서 목이 다 드러난 것만 봐도 알 수 있었다.

시신을 보고 충격을 받은 것만큼이나 프루이트가 찰리가 아니라 는 사실에 충격받았다. 그가 찰리라고 굳게 믿었는데 내가 틀렸다. 프루이트가 진짜 찰리이고, 자신이 저지른 짓에 죄책감을 느껴 죽도록 술을 마셨을 가능성이 손톱만큼 있기는 했다. 하지만 그렇지 않다는 걸 직감적으로 알았다. 프루이트는 찰리의 손에 죽었다. 찰리는 나보다 몇 발짝 앞서 있었다.

거실에는 위스키 냄새가 진동했고, 얇은 카펫 위에 옆으로 넘어진 술병이 있었다. 술병은 방 안의 희미한 빛을 붙잡아 자신의 삼각형 몸을 감싼 철사 안에서 반짝였다. 스카치위스키였고 내가 아는 브랜드였는데 정확히 뭔지 기억나지 않았다. 그것 말고 다른 냄새도 있었다. 병원이 떠오르는 냄새. 나는 좀더 다가가 문틀에 섰다. 거기서는 프루이트의 스웨터 앞면에 말라붙은 토사물이 보였다.

프루이트의 시신이 있는 거실에 더 들어가고 싶지 않았으므로 그 자리에서 거실을 둘러보았다. 당연히 책꽂이가 많았다. 한쪽 구석에는 대형 플랫 스크린 텔레비전과 낡아 보이는 스테레오 시스템이 있었다. 소파 위에는 셰익스피어의 〈겨울 이야기〉 공연을 선전하는 대형 연극 포스터 액자가 걸려 있었다. 머리에 왕관을 쓴 곰의 드로잉이었다. 소파 앞 바닥에 떨어진 술병을 제외하고 집 안에 다른 술병은 보이지 않았다.

천천히 뒤로 물러나 다시 부엌으로 갔다. 거기에도 술병이 있는지 찾아보았지만 없었다. 냉장고를 열어보았다. 맨 위 선반에 여섯 개들이 맥주가 있었는데 자세히 보니 무알코올이었다. 냉장고 문을 닫고 집을 좀더 둘러볼 필요가 있을지, 아니면 그만 나가는 게 더 현명한 짓일지 고민했다. 여기서 무슨 일이 벌어졌는지 당연히 알고 있었지만 아직 완전히 파악하지는 못했다. 《살의》를 따라 한 살인이었다. 그 책에서 마약중독자인 여자는 약물 과다로 죽고 그건 사고사로 위장된다. 프루이트는 금주 중인 알코올중독자였는데 찰리가 무슨 수를 썼는지 다시 술을 마시게 했다. 그것도 치사량까지. 적어도 프루이트가 치사량을 마시고 죽은 것처럼 보이게 꾸몄다.

갑자기 귀뚜라미가 귀뚤귀뚤 우는 소리가 부엌을 가득 채우는 바람에 나는 깜짝 놀랐다. 심장이 전속력으로 쿵쾅거렸다. 부엌 조리대 토스터 옆에서 충전 중이던 프루이트의 휴대전화 벨 소리였다. 전화한 사람은 타마라 스트라호브스키였다. 아마도 아까 그 조교가 한 번 더 확인하려고 전화했을 것이다. 언제쯤 조교가 경찰에 신고해 프루이트가 무사한지 알아봐달라고 할까? 알 수 없었다. 나는 5분 안에 집을 간단히 훑어보고 가기로 재빨리 결정했다.

부엌에는 문이 두 개 있었고 아까와 다른 문으로 나갔더니 뒤쪽 복도와 변기만 있는 욕실, 프루이트의 서재가 나왔다. 서재에는 스탠딩 책상이 있고, 그 위에 열린 노트북이 놓여 있었다. 여기에도 책꽂이가 있었는데 그의 책《작은 물고기》가 끝없이 꽂혀 있었다. 브라이언 머레이의 집을 방문했을 때 작가들이 자신의 책을 많이 가지고 있다는 걸 알았지만 이렇게 많지는 않았다.《작은 물고기》는 책꽂이 두 개를 전부 다 채우고도 모자라 바닥을 따라 쭉 쌓여 있었다. 수백 권은 되어 보였다. 프루이트가 아마도 자기 책의 판매량을 올리려고 직접 산 게 아닐까 싶었다. 서재에서 재빨리 나와 복도를 지나 계단을 올라갔다. 계단 층계참에서 2층에 있는 프루이트의 침실을 들여다보았다. 아래층 방들보다 더 지저분했다. 더 썰렁하기도 했고. 바닥에는 옷 무더기가 쌓여 있고, 침구는 정리되지 않았으며, 벽에는 또 다른 연극 포스터가 걸려 있었다. 이번에는 〈십이야〉였다. 이 포스터는 아까보다 더 잘 볼 수 있었는데 뉴에식스커뮤니티극장에서 제작한 연극으로 감독이 니컬러스 프루이트였다. 마지막으로 서랍장 위에 여러 개의 사진틀이 세워져 있었는데 대부분 오래된 가족사진이었다. 하지만 그중 런던에서 새로 재건된 글로브극장처럼 보이는 건물 앞에서 프루이트와 질리언 응우옌이 함께 찍은 사진도 있었다.

나는 뒷문으로 나가 로즈메리 화분 밑에 다시 열쇠를 놓아두고 보스턴으로 차를 몰았다.

22

2010년에 살인을 교환할 사람을 찾으러 덕버그에 들어간 이후로는 거기에 접속한 적이 없었다. 하지만 이제는 다시 들어가야 했다. 어쩌면 찰리와 얘기할 수 있을지도 모른다. 내가 기억하기로는 서점에 있는 컴퓨터에 그 사이트를 북마크해두었고, 아직 그 흔적이 남아 있을 터였다. 이른 오후였고 나는 집에서 올드데블스까지 걸어갔다. 눈을 깜빡일 때마다 소파에 앉아 고개는 뒤로 젖히고, 입을 헤벌린 채 꼼짝도 하지 않던 닉 프루이트의 주검이 보였다.

나는 문을 밀치고 들어갔다. 에밀리가 계산대에서 손님들 물건을 계산하는 중이었고, 브랜던은 보이지 않았지만 그의 목소리가 먼저 들렸다. "이 동네 사람들 다 모였나 봐요." 브랜던은 내 왼쪽에 쪼그리고 앉아 서가 아래쪽 선반을 뒤지는 중이었다. 아마 인터넷으로 주문이 들어온 책을 찾는 중일 것이다.

"반짝하고 말 거야. 요즘 두 사람한테만 가게를 맡겨서 미안해." 내가 말했다.

"무슨 일 있어요?" 브랜던은 그렇게 말하며 책 한 권을 들고 일어났다. 존 르 카레의 《추운 나라에서 돌아온 스파이》였다.

"사실 요즘 몸이 안 좋아." 제일 먼저 떠오른 변명이었다. "유달리 피곤하고 조금 아파. 왜 그러는지 모르겠어."

"괜히 서점에 나와서 옮기지 마세요. E랑 저까지 아프면 서점을 어떻게 운영하겠어요. 안 그래, E?"

에밀리는 대답하지 않았지만 계산대 뒤에서 고개를 들고 쳐다보았다. 그녀가 계산을 돕고 있던 손님은 준단골로 이름은 기억나지 않았지만 늘 마이클 코널리의 신간을 사갔다. 계산이 끝나자 그는 발을 끌며 출입문 쪽으로 천천히 걸어갔다.

"사무실에서 해야 할 일이 있어. 그것만 끝나면 집으로 갈게. 약속해." 내가 그렇게 말하고 사무실로 가는 동안 브랜던은 에밀리에게 자기 엄마가 1년 내내 아팠던 이야기를 하기 시작했다.

책상 의자 위에서 네로가 몸을 둥글게 말고 있다가 내가 들어가자 머리를 들어 올리더니 바닥으로 뛰어내렸다. 나는 의자에 앉아 컴퓨터를 켰다. 갑자기 덕버그의 북마크를 삭제했으면 어쩌나 걱정되었다. 사실 그게 현명한 행동이기는 했다. 하지만 인터넷에 접속해보니 북마크는 그대로 있었다. 덕버그에 로그인하고 스와핑 사이트에 들어가 최근에 올라온 글을 50개 정도 읽었다. 평소처럼 무슨 일을 해주는 대가로 섹스를 하거나 약을 주겠다는 제안이었다. 물론 예외적인 제안도 있었다. 어떤 남자는 매진된 스프링스틴 콘서트 티켓과 자기 부인이 가지고 있는 신발 전부를 바꾸자고 했다("지미 추 디자이너 신발이 적어도 여덟 켤레는 됩니다"). 《열차 안의 낯선 자들》이 언급된 글은 없었다. 예상대로였다. 찰리는 나에게 연락할 필요가 없었다. 이미 어떤 식으로든 나와

접촉했기 때문이다. 그는 내 정체를 알고 있다. 그래도 혹시 찰리가 이 사이트를 계속 지켜볼지 모르니 메시지를 보내볼 만했다.

나는 팔리 워커라는 새로운 가명을 만들어서 글을 올렸다. **《열차 안의 낯선 자들》 팬에게. 또 다른 교환을 제안하고 싶어요. 누구한테 하는 말인지 알죠?** 나는 이 메시지를 5분 정도 바라본 뒤에 포스팅했다. 바로 답변이 올 거라고 생각했는데 오지 않았다. 나는 덕버그에서 로그아 웃하고 뉴에식스대학을 재빨리 검색해 새로운 소식이 있는지 살폈다. 예상대로 아무것도 없었다. 아마 아직 닉 프루이트의 시신이 발견되지 도 않았을 테지만 설사 발견되었다고 해도 뉴스거리는 되지 않을 터였 다. 금주에 실패한 알코올중독자가 치사량의 알코올을 섭취하고 죽은 사고사로 보일 것이다. 찰리가 실수라도 하지 않은 한 완전범죄였다. 아무도 살인이라고 의심하지 않을 것이다.

대체 찰리는 어떻게 했을까? 아마 위스키 한 병과 총을 들고 프루 이트의 집에 가서 강제로 마시게 했으리라. 위스키에 약물까지 탔을지 모른다.

하지만 더 궁금한 점은 애초에 찰리가 왜 프루이트를 노렸냐는 것 이었다. 내가 프루이트에게 관심이 있다는 사실을 아는 사람은 마티 킹 섭과 질리언 웅우엔뿐이다. 물론 프루이트는 노먼 채니와 연관이 있다. 그러니 만약 찰리가 채니의 죽음을 사주했다면 프루이트와도 연관이 있을 것이다. 갑자기 그 책,《작은 물고기》를 여기 두고 간 사실이 기억 났다. 이제 에밀리는 자기 자리로 돌아갔다. 아마 인터넷 주문을 정리 하고 있을 것이다. 계산대로 갔더니《작은 물고기》가 거기, 내가 놓아 둔 자리에 있었다. 도서관에서 이 책을 훔쳐왔으면 적어도 잘 숨겨두기라도 할 것이지. 이건 내가 범인이라고 떠들어대는 꼴이었다.

"어젯밤에 사장님을 찾아온 사람이 있었어요." 브랜던이 말했다.

나는 고개를 들었다. "그래?"

"브라이언 머레이 사장님 부인이요. 테스던가요? 그분이 사장님을 찾아왔어요."

"그래? 무슨 일로 왔는지 말했어?"

"아뇨. 여기 와본 지 오래돼서 그냥 들른 거라고 하던데요. 하지만 사장님이 없으니까 약간 실망한 눈치였어요. 그분, 원래 이렇게 추운 겨울에는 보스턴에 없지 않나요?"

"브라이언이 팔을 다쳤어. 이틀 전에 만났는데 테스가 브라이언을 보살피려고 올 수밖에 없었대."

"아, 저런, 진짜 웃기네요." 브랜던이 말했다. 그게 웃긴 일인지는 알 수 없었지만.

테스가 서점에 들른 건 그다지 놀랄 일은 아니었다. 그녀는 예전에 홍보 담당자로 출판업계에 몸담았던 사람이다. 그리고 틀림없이 남편 시중을 드는 데 지쳤을 것이다. 그렇기는 해도 비컨힐 호텔에서 술을 마신 뒤에 작별 인사를 하며 날 껴안았던 일이 생각나지 않을 수 없었다.

"테스가 책 사갔어?" 내가 물었다.

"아뇨. 하지만 서가에 꽂혀 있던 브라이언 사장님의 책 순서를 전부 바꿨어요."

"놀랍지도 않군."

떠나기 전에 북마크해둔 덕버그의 복잡한 링크를 종이에 적었다.

이게 있으면 집에서도 접속할 수 있다. 그런 다음《작은 물고기》를 집어 들고, 브랜던과 에밀리에게 당분간 둘이 서점을 맡아야 할지도 모른다고 말한 뒤에 집으로 갔다. 밖에서는 작은 눈송이들이 허공에서 빙글빙글 돌아갔다. 오늘 밤에 그다지 강력하지는 않지만 또 다른 눈보라가 불어닥칠 거라고 했다. 나는 테스 머레이를, 그녀가 왜 서점에 왔는지 계속 생각했다. 내가 놓아둔 닉 프루이트의 책을 봤을까? 만약 봤다고 한들 그래서 뭐가 어떻단 말인가. 그래도 계속 신경이 쓰였다.

공동 현관문을 열고 계단을 올라가 집으로 갔다. 집 안은 놀랄 정도로 추웠다. 내가 창문을 살짝 열어두고 간 모양인데 전혀 기억나지 않았다. 창문을 모두 닫은 다음, 곧바로 노트북을 열고 덕버그 사이트를 확인했다. 답장은 없었다. 테스 머레이를 검색해보았다. 그녀가 내 동업자의 한참 어린 아내이며, 둘이 처음 만났을 때 홍보 담당자로 일하고 있었다는 사실 말고는 그녀에 대해 아는 게 거의 없었다. 비록 사진은 없지만 테스의 링크드인으로 추정되는 페이지를 찾아냈다. 전 직장으로 대형 출판사와 스니먼 홍보 대행사가 기재되어 있었다. 테스의 성이 머레이로 바뀌기 전에 스니먼이었던 기억이 났다. 현재 직장은 플로리다 주 롱보트 케이의 트레저 체스트라고 되어 있었다. 현재 그녀가 운영하는 작은 주얼리 숍이었다. 테스는 브라이언과의 관계 때문에 홍보 업무를 그만둔 걸까? 둘이 결혼한다는 사실은 약간 물의를 일으켰는데 무엇보다도 테스로 인해 브라이언의 결혼이 깨졌기 때문이었지만 그녀가 훨씬 더 어리다는 이유도 있었다. 훨씬 더 매력적이기도 했고. 둘이 결혼한 지 10년이 넘었는데도 테스가 꽃뱀이라는 세간의 인식은 전혀 바뀌지 않았다.

테스에 관해 들은 일화가 기억났다. 아마 보스턴에 사는 다른 범죄 소설 작가에게 들었을 것이다. 테스가 아직 홍보 담당자로 일하면서 브라이언을 막 사귀기 시작했을 때의 일이었다. 뉴욕시에서 열린 스릴러 페스트의 칵테일파티에 참석한 테스 앞에서 누군가 브라이언을 비하하는 발언을 한 모양이었다. 브라이언이 벌써 몇 년째 점점 더 조잡해지는 작품만 에이전트들에게 보내고 있다고. 내 생각에는 그다지 틀린 말도 아니었는데 테스는 그 말을 한 사람의 뺨을 때리고는 자리를 박차고 나가버렸다. 그 이야기를 전해준 사람의 의도는 테스가 얼마나 정신 나간 여자인지 알리는 것이었을 테지만, 내게는 그녀가 브라이언을 얼마나 사랑하는지 보여주는 증거로 들렸다. 난 두 사람의 결혼 생활이 행복하다고 믿는다.

테스 머레이의 연락처가 있는지 휴대전화를 뒤져보았다. 이메일 주소와 휴대전화 번호가 있었다. 나는 그녀에게 문자를 보냈다.

테스, 나 맬컴이에요. 서점에 와서 날 찾았다고 들었어요. 곧 저녁 먹죠. 우리 셋이서. 밀린 얘기를 좀더 듣고 싶네요.

문자를 보낸 뒤에 화면을 껐지만 전화를 내려놓자마자 웅 소리가 나며 테스의 답장이 왔다. **좋아요!!! 내일 저녁에 오세요!!!**

나는 답장을 보냈다. **꼭 갈게요. 몇 시까지 가면 될까요? 뭘 사갈까요?**

일곱 시까지 그냥 빈손으로 오세요!!! 언제 저 글을 다 입력했나 싶을 정도로 순식간에 답장이 왔다. 느낌표 뒤에는 빨간색 하트까지 있었다.

　냉장고로 가서 맥주를 한 병 꺼냈다. 냉장고 안의 달걀과 치즈를 보고 저녁으로 오믈렛을 만들어 먹기로 했다. 오늘 아침에 프루이트의 시신을 본 뒤로 입맛이 뚝 떨어지기는 했지만. 낡은 CD플레이어에 마이클 니먼의 CD를 무더기로 넣고 〈사랑의 슬픔 애수〉의 영화 음악을 들었다. 오믈렛을 만들어 절반만 먹고는 맥주를 한 병 더 땄다. 책꽂이로 가서 브라이언 머레이의 책이 꽂힌 선반을 찾아냈다. 그의 책은 거의 다 가지고 있었다. 특히나 최신작은. 브라이언은 신간이 나올 때마다 늘 올드데블스에서 출간 기념회를 열었고, 그때마다 내게 친필 사인이 있는 책을 한 권씩 줬기 때문이다. 하지만 예전에 출간된 그의 작품도 페이퍼북으로 거의 다 소장하고 있었다. 내가 열 살 무렵에 읽었던 엘리스 피츠제럴드의 초창기 작품. 그 책들은 애니 서점에서 살 필요도 없었다. 어머니가 엘리스 피츠제럴드의 팬이라서 책이 나오는 대로 다 구매했기 때문이다. 초창기 작품들은 정말로 훌륭하다. 로스 맥도널드도 초기작들이 더 재미있듯이. 그리고 당시에는 여성 탐정이 주인공이라는 건 대단한 일이었다. 그것도 터프하고 타협할 줄 모르는 여성. 브라이언에게 몇 번 들은 바로는 엘리스 피츠제럴드가 등장하는 첫 소설《독毒 나무》의 초안에서는 주인공이 남자였다고 한다. 그런데 초안을 읽은 에이전트가 재미있기는 한데 약간 익숙한 이야기라고 하자 브라이언은 다른 것은 그대로 두고 주인공만 여자로 바꾸었다. 그랬더니 책이 팔렸다는 것이다.

　나는《임계점》페이퍼백을 꺼냈다. 엘리스 피츠제럴드 시리즈의 다섯 번째 책으로 에드거상을 받았다. 팬들에게 이 작품은 시리즈에서 가장 좋아하거나 가장 별로인 작품일 것이다. 내게는 가장 좋아하는 작품이었다, 적어도 이 책을 처음 읽었던 사춘기에는. 이 시리즈의 네 번째 책《온화한 피》에서 엘리스와 만났다 헤어지기를 반복하는 남자친구 피터 애플먼이 보스턴 마피아 조직원에게 살해된다.《임계점》에서 복수에 나선 엘리스는 애플먼의 죽음에 조금이라도 관여했던 사람들을 신중하면서도 무참하게 살해한다. 이 책은 시리즈의 다른 책들과 공통점이 거의 없다. 우스꽝스러운 의뢰인도 없고, 엘리스의 재치 있는 대사도 없다. 파커가 주인공인 리처드 스타크 작품과 더 비슷하다.

새로 꺼낸 맥주 한 병과 함께《임계점》을 들고 소파로 갔다. 어찌나 여러 번 읽었는지 몇몇 페이지가 금이 간 책등에서 떨어져 나왔다. 구겨진 검은색 표지에는 실린더가 열린 리볼버가 있었는데 총알이 들어가는 여섯 개의 약실이 비어 있었다. 첫 장을 펼쳤더니 역시나 맨 오른쪽 위 구석에 엄마가 직접 쓴 자신의 이름이 있었다. 마거릿 커쇼. 그리고 책을 산 날짜도 적혀 있었는데 1988년 7월이었다. 당시 열세 살이었던 나는 엄마가 이 책을 다 읽자마자 곧바로 가져와 읽어치웠을 것이다. 엄마는 내게 책이 너무 잔인하다고 했는데 난 그 말을 듣고 더더욱 읽고 싶었던 기억이 난다.

이 책은 브라이언 머레이의 전처, 메리에게 바치는 책이었다. 난 메리를 만난 적이 없었다. 브라이언은 늘 책을 메리에게 바쳤는데 안 그랬다가는 그녀가 며칠 동안 삐치기 때문이라고 말한 적이 있었다. 메리와 이혼한 건 여러 면에서 잘한 일이었지만 특히 다른 사람에게 마음껏 헌사를 바칠 수 있어서 좋다고 했다.

나는《임계점》을 읽기 시작했고 즉시 빠져들었다. 이야기는 엘리스가 리츠칼튼 호텔 바에서 보스턴 마피아 보스를 만나 사람들의 이름이 적힌 명단을 건네주는 장면으로 시작한다. "당신이 이자들을 처벌해요. 아니면 내가 할 거야." 마피아 보스는 코웃음을 치며 엘리스에게 과거는 잊고 새 출발 하라고 말한다. 그 뒤는 엘리스가 남자친구의 죽음에 책임이 있는 사람들을 죽자 살자 뒤쫓는 내용이다. 아슬아슬하고 폭력적이며 엘리스는 살짝 사이코패스처럼 보이기도 한다. 그녀는 한 명씩 죽일 때마다 립스틱을 바르고 죽은 남자의 뺨에 키스해 입술 자국을 남긴다. 마지막에 엘리스는 다시 리츠칼튼 호텔 바에서 마피아 보스를 만나 샤르도네를 마신다. 보스는 그녀를 과소평가한 것을 사과하고, 두 사람은 이제 다시 세상의 균형이 맞춰졌다는 사실에 동의한다. 엘리스는 복수에 성공했다. 마피아 보스는 엘리스에게 왜 입술 자국을 남겼는지 묻는다. "경찰 좀 재미있게 해주려고요. 그치들은 트레이드마크를 남기는 살인마에게 환장하죠. 자기들이 클린트 이스트우드 영화의 주인공이라도 된 것 같으니까요." 엘리스가 말한다.

나는 자정 직후에 책을 다 읽고 트레이드마크를 생각했다. 궁극적으로 그게 찰리가 저지르는 살인의 목적이었다. 세상에 살인자가 피해자보다 더 중요하다고 말하는 일종의 마크, 예시를 남기는 것. 처음 내게 노먼 채니를 죽여달라고 부탁했을 때 찰리의 원동력은 복수심이나 정의감이었으리라. 하지만 지금은 자기가 좋아서 살인을 저지른다. 그리고 내 리스트 때문이기도 했다. 아마 나 때문이기도 할 것이다. 대체 어떻게 돼먹은 인간이길래 피해자들보다 자신을 우선시하고, 책 리스트에 집착하는 걸까?

브라이언이 인터뷰에서 밝힌 글쓰기 조언에는 플롯이 떠오르지 않으면 잠을 자면서 무의식이 생각내해도록 두라는 말이 있다. 나는 그렇게 하기로 했고, 노력 끝에 마침내 잠이 들었다. 그리고 해답도 얻었다.

23

이튿날 아침 내내 집에 있는 브라이언 머레이의 책을 전부 뒤적거렸다. 심지어 그의 최신작 《조금씩 죽어가다》까지 속독했다. 엘리스 피츠제럴드가 지방 고등학교에서 일어난 갱단 살인사건을 해결하는 내용이다. 너무 구식이어서 읽기가 약간 민망할 지경이었다. 브라이언은 자료 조사를 싫어하는 터라 이 최근작을 쓰기 위한 준비라고는 영화 〈보이즈 앤 후드〉와 제목은 기억이 안 나는데 미셸 파이퍼가 빈민가 아이들을 가르치는 영화를 본 것이 전부였으리라.

정오 직후에 퍼레즈 요원에게서 전화가 왔다. 그녀는 살인사건들이 일어난 시간에 내가 어디에서 뭘 하고 있었는지 아직 말해주지 않았다고 했다.

"미안합니다. 바빴어요. 지금 해도 될까요? 날짜를 알려주시면 그때 어디에 있었는지 알아보겠습니다." 내가 말했다.

"그러죠."

나는 노트북 속 일정표를 열었고, 우리는 날짜를 짚어나갔다. 먼저 일레인 존슨의 사건이 일어났던 날부터 물었다.

"그 정보는 멀비 요원에게 보냈습니다. 일레인 존슨이 죽었을 때 난 런던에 있었어요. 9월 13일, 맞죠?" 내가 말했다.

"맞아요." 퍼레즈 요원은 그렇게 대답하더니 이번에는 로빈 캘러핸이 총에 맞아 사망한 2014년 8월 16일의 행방을 물었다. 그 주의 일정표를 살펴봤지만 그날 서점에서 일했을 거라는 사실 말고는 아무것도 알 수 없었다. 퍼레즈 요원에게 그대로 말했더니 그녀는 그 사실을 확인해줄 사람이 있느냐고 물었다. 8월 16일은 금요일이니 우리 직원 둘 다 있었을 테고, 두 사람에게 얼마든지 물어보라고 했다. 그다음은 자기 차고에서 맞아 죽은 남자, 제이 브래드쇼가 사망한 날짜의 행방을 물었다. 그날은 8월 31일이었다.

"그 전날인 토요일에 런던으로 가는 비행기를 탔습니다." 내가 말했다.

"몇 시 비행기였나요?"

"저녁 여섯 시 20분 비행기였으니까 아마 세 시에 공항으로 떠났을 겁니다."

"꽤 일찍 나갔네요."

"네. 가능하면 일찍 가는 편입니다. 늦는 것보다는 일찍 가서 기다리는 편이 나으니까요."

나머지 두 사건, 빌 만소와 이선 버드가 살해된 시각에는 확실한 알리바이가 없었다. 아마도 올드데블스에서 일하고 있었으리라.

"더 도와드리지 못해서 미안합니다." 내가 말했다.

"도움이 됐어요, 커쇼 씨. 런던으로 갈 때 타고 갔던 비행기 정보 좀 보내주세요. 알고 계시다면요."

"물론이죠." 멀비 요원에게 이미 정보를 보냈다는 사실은 다시 말하지 않기로 했다.

"오래전 일이기는 하지만 철저히 조사해야 하니까 하나만 더 묻죠. 2011년 8월 27일에는 어디에 계셨죠?"

"찾아보죠. 그날은 무슨 사건이 있었나요?"

"스티브 클리프턴이 사라토가 스프링스 부근에서 교통사고로 사망한 날이에요."

"전에도 그 이름을 언급하셨는데 난 모르는 사람입니다. 멀비 요원에게 들은 적도 없고요."

"이 사건도 멀비 요원의 수첩에 적혀 있었어요." 퍼레즈 요원이 말했다.

나는 온라인 일정표를 뒤로 넘겼다. 그냥 지어내서 말하려다가 이렇게 말했다. "아마 그날도 일하고 있었을 겁니다. 하지만 솔직히 너무 오래전이라서 잘 모르겠네요. 일정표에는 아무것도 적혀 있지 않고요."

"괜찮습니다, 커쇼 씨. 일단은 물어봐야 한다고 생각했어요."

"이해해주셔서 고맙습니다."

그걸로 통화가 끝날 줄 알았는데 퍼레즈 요원이 헛기침을 하더니 입을 열었다. "전에도 물어봤지만 한 번 더 물을게요. 멀비 요원이 찾아왔을 때 그녀의 말만 듣고도 당신 리스트와 미제 사건 간에 연관이 있다고 곧바로 확신했나요? 다시 한 번 대답을 듣고 싶네요."

"확신하지 않았습니다. 처음에는요. 하지만 아마 연관성을 인정하고 싶지 않아서 그랬을 겁니다. 기분이 좋지 않았어요. 바보 같은 리스트를 썼는데 누군가 그걸 이용해서 실제로 살인을 저지르고 다닌다는 걸 알았으니까요."

"그랬겠죠."

"멀비 요원은 처음에는 새 이름이 들어간 사람들이 죽은 사건에 대해 말했습니다. 그러더니 그걸 《ABC 살인사건》과 연결……."

"애거서 크리스티 책 말인가요?" 퍼레즈 요원이 내 말을 잘랐다.

"네. 좀 억측 같았습니다, 솔직히. 그런데 기차에서 살해된 남자, 빌 만소 사건은 《이중 배상》을 모방한 것 같더군요. 하지만 말했듯이 딱히 믿지는 않았습니다. 일레인 존슨의 집에서 내 리스트에 있던 책들을 발견하기 전까지는요. 그걸 보자 분명해지더군요. 범인이 내게 이 살인을 알리고 싶어 한다는 것도요. 혹은 날 범인으로 몰고 싶어 하거나요. 잘 모르겠습니다. 우린 거기에 대해 많은 이야기를 나눴습니다. 우리 둘이요."

"누구요? 당신과 멀비 요원이요?"

"네. 우린 범인을 찰리라고 불렀는데 찰리가 이 연쇄살인을 통해 뭘 이루려고 하는지 생각했죠. 찰리의 진짜 목적은 책에 나오는 살인의 정수를 정확히 옮기는 거라고 생각했습니다."

"멀비 요원의 수첩에 적혀 있던 글에 대해 물어봐도 될까요? 그녀가 '새 살인사건'이라고 불렀던 사건들의 세 피해자 이름을 적어놓고 이렇게 썼어요. '진짜 타깃은 누구일까?' 이게 무슨 뜻인지 알아요?"

"《ABC 살인사건》에서 연쇄살인이 일어난 이유는 미치광이가 마구잡이로 사람을 죽인 것처럼 보이도록 하기 위해서였습니다. 하지만 사실 범인이 정말로 죽이고 싶었던 사람은 딱 하나였죠. 나머지 사건은 그 사실을 감추기 위한 위장 살인이었습니다."

"그럼 당신도 새 살인사건이 거기에 해당된다고 생각하나요?"

"내가 그렇게 생각하는지는 모르겠습니다만 그럴 가능성은 있습니다."

"이 사건들, 그러니까 당신 리스트와 관련된 사건 전부가 하나의 살인을 감추기 위한 것일 수도 있겠네요."

"물론이죠. 그럴 가능성도 있습니다. 하지만 그렇다면 하나를 감추려고 너무 많은 사람을 죽인 셈이네요."

"네." 긴 정적이 이어졌고, 난 잠시 전화가 끊긴 건지 아니면 퍼레즈 요원이 그저 생각에 잠긴 것인지 의아했다. 마침내 그녀가 입을 열었다.

"그러니까 새 이름이 들어가서 죽은 세 사람 중에 굳이 찍어보자면 누가 원래 타깃이었을까요?"

"굳이 골라야 한다면 로빈 캘러핸이죠. 셋 중에서 가장 유명하고 많은 사람을 열받게 했으니까요."

"내 생각도 그래요." 다시 정적이 이어졌다. "궁금한 게 있으면 또 연락해도 될까요?"

"얼마든지요." 나는 그렇게 말했고 우리는 작별 인사를 나눴다.

전화를 끊고 이번에는 서점에 전화했다. 에밀리가 받았다.

"아직도 아프세요?"

"막 아픈 건 아닌데 좋지도 않아."

"집에 계세요. 여긴 별일 없어요."

전화를 끊으려다가 에밀리와 통화하는 김에 몇 가지 물어보기로 했다.

"내가 이름을 불러줄 테니까 들어본 적 있는지 말해줄 수 있겠어?" 내가 말했다.

"음, 네."

"이선 버드."

잠시 침묵이 흐르다 에밀리가 대답했다. "들어본 적 없어요."

"제이 브래드쇼."

"없어요."

"로빈 캘러핸."

"알죠, 당연히. 정신 나간 아나운서잖아요. 예전에 살해됐고요. 틀림없이 언젠가 그 여자를 소재로 한 범죄소설이 나와서 베스트셀러가 될 거예요."

"왜 정신이 나갔다는 거야?"

"모르겠어요. 그렇다고 들은 거 같아요. 불륜에 대한 책을 쓰지 않았나요?"

"맞아."

통화를 끝내고 새와 연관된 살인사건 중에서 원래 죽이고 싶었던 사람이 로빈 캘러핸일지 모른다는 가정을 좀더 생각했다. 설사 처음부터 염두에 둔 사람이 없었다고 해도 찰리가 제일 먼저 생각했던 사람은 있을 것이다. 찰리는 《ABC 살인사건》을 모방하고 싶었으나 책에서처럼 알파벳을 이용하고 싶지는 않았으리라. 만약 처음에 로빈 캘러핸을 죽이겠다고 마음먹었다면, 그 살인을 감추는 방법은 이름에 새가 들어간 사람을 두 명 더 죽이는 것이다. 로빈 캘러핸은 많은 사람을 화나게 했다는 점에서 자연스럽게 타깃이 되었다. 불륜을 옹호했고 적어도 두 부부의 결혼을 파탄 냈다.

오후에는 소파에서 낮잠을 잤다. 늘 그랬듯이 이번에도 쫓기는 꿈을 꿨다. 어릴 때도 이런 꿈을 꿨는데 갑자기 부모와 친구들, 선생님이 전부 괴물로 변해버리고 나는 그들에게서 도망쳐야 했다. 더 심한 악몽일 때는 몸을 움직일 수가 없었고, 다리가 무거웠으며, 두 발이 땅에 붙어서 떨어지지 않았다. 그날 오후에 꿨던 꿈에서 내가 유일하게 도망치려고 하지 않았던 사람은 그웬 멀비였다. 그녀는 내 옆에 있었고, 우리는 우리를 죽이려 드는 무리를 피해 함께 달아나려 했다.

잠에서 깬 나는 토할지도 모른다는 생각에 욕실로 달려갔지만 아무것도 올라오지 않았다.

브라이언의 집에 가려고 옷을 갈아입었다. 푸른색 체크무늬 셔츠를 입고, 셔츠 자락을 검은색 코듀로이 바지 안에 집어넣은 다음, 내가 제일 좋아하는 스웨터를 입었다. 검은색 캐시미어 터틀넥 스웨터였는데 클레어에게 마지막으로 받은 선물이었다. 그녀가 죽기 전 크리스마스에. 나는 바닥에 세워진 전신 거울 앞에 서서 마음속으로 클레어에게 어떠냐고 물었다. '멋져. 당신은 항상 멋져.' 클레어가 대답했다. 그녀가 내 희끗희끗한 머리카락을 손가락으로 쓸어내리는 상상을 했다.

'나 어떻게 해야 하지? 이 살인사건 말이야.' 내가 클레어에게 물었다.

'당신이 싼 똥이니까 당신이 치워야지.'

클레어가 늘 하던 말이었다. 비록 그 말을 할 때 주어는 늘 그녀 자신이었지만. 내게 다시 마약을 하게 되었다고 털어놓은 직후에도 그녀는 내 도움을 거절하며 그렇게 말했다. "아니야. 이건 내가 싼 똥이니까 내가 치워야 해." 예전에는 그런 성격, 자신의 약점을 인정하는 면이 좋다고 생각했지만 지금은 잘 모르겠다. 클레어의 삶은 엉망진창이었는데도 그녀에게 가장 중요한 일은 타인과의 충돌을 피하고, 타인을 화나게 하지 않고, 자기가 모든 책임을 지는 것이었다. 자신이 상처를 받을망정 다른 사람에게는 상처를 주지 않으려고 지나칠 정도로 애썼다.

충돌을 피할 것. 남에게 의지하지 말 것. 그것이 클레어의 황금률이었다.

'이건 내가 싼 똥이야.'

하지만 클레어가 틀렸다.

24

날씨를 확인하지 않고 집을 나섰는데 눈발이 거세져 있었다. 이제는 여러 송이가 뭉쳐서 쏟아지며 나무와 관목에 소복이 쌓였다. 하지만 길과 인도에서는 그대로 녹아내렸다.

사우스엔드에 있는 브라이언의 집으로 가기 전 찰스가의 와인 가게에 들러 프티시라를 한 병 샀다. 가게를 막 나서려다가 몸을 돌려 내가 좋아하는 헝가리 약초 술, 츠박 유니쿰도 한 병 샀다. 그러고는 브랜던과 에밀리가 문 닫을 준비를 하고 있을 서점으로 갔다. 서점에 들어가기 전 잠시 눈 속에 서서 쇼윈도 너머로 따뜻하게 빛나는 서점 내부를 바라보았다. 브랜던은 손님과 이야기하는 중이었다. 정확히 뭐라고 하는지는 들리지 않았지만 우렁우렁 울리는 그의 낮은 목소리가 길가까지 흘러나왔다. 에밀리는 계산대 뒤에서 왔다 갔다 했다. 금요일 밤과 토요일 낮은 올드데블스가 제일 바쁜 시간이었는데 이렇게 밖에서 서점을 들여다보고 있으니 기분이 이상했다. 세상은 나 없이도 잘 돌아가고 있는 듯했다.

문을 밀치고 들어가 인사 대신 브랜던에게 유니쿰을 건넸다.

"뭐예요?" 브랜던이 목청을 높이고 발음을 길게 늘이며 말했다.

"화해의 선물. 요즘 자리를 너무 자주 비워서 마음이 안 좋아. 자네들이 내 일을 대신해주고 있잖아."

"네, 그랬죠." 브랜던은 그렇게 말하고는 술을 보여주려고 에밀리에게 갔다.

나는 손님에게 인사했다. 보스턴에서 활동하는 젊은 여성 추리소설 작가였는데 작년에 우리 서점에서 낭독회도 열었다. 갑자기 그녀의 이름이 기억나지 않았다.

"어떻게 지내세요?" 그녀가 말했다. 긴 얼굴 속에 자리한 크고 검은 두 눈동자는 미간이 좁았다. 정수리 한가운데에 가르마를 탄 검은 생머리 때문에 에드워드 고리의 그림에 나오는 사람 같았다.

"잘 지냅니다. 당신은 별일 없고요?" 내가 말했다.

그녀가 대답하기 전에 브랜던이 뒤쪽 사무실에서 에밀리를 끌고 나오더니 내게 그쪽으로 오라고 했다. "당신도요, 제인." 브랜던이 그렇게 덧붙이자 갑자기 그녀의 이름이 생각났다. 제인 프렌더가스트. 《올빼미가 급습할 것이다》라는 추리소설을 썼다. 브랜던에게 갔더니 그가 서점에 있는 작은 물컵 네 개에 유니쿰을 따르고 있었다.

"책 보러 오셨는데 술을 마시게 됐네요." 내가 제인에게 말했다.

"이젠 제인도 우리 식구예요." 브랜던이 말하자 잔을 들고 있던 에밀리의 얼굴이 새빨갛게 달아올랐다. 에밀리에서 내게로 시선을 옮긴 브랜던이 아차, 하는 표정을 지었다.

에밀리가 말했다. "저 제인이랑 사귀어요……."

내가 말했다. "왜 자네가 늘 제인의 책을 서점 앞쪽 테이블에 진열

했는지 이해가 가는군." 이제는 제인까지 민망해했고, 나는 미안하다고 사과하며 농담이었다고 덧붙였다. 우리 넷은 올드데블스를 위해 건배했다.

에밀리가 몸을 부르르 떨더니 유니콘이 무슨 술이냐고 물었다. 나는 잘 모르지만 이런 날씨에 적합한 술인 것 같다. 눈사태가 일어나서 어딘가에 갇혔을 때 구조견이 가져다줄 만한 술이다, 라고 말했다. 나는 좀더 머물렀지만 두 번째 술은 거절했다. 영업 마감 시간이자 브라이언의 집에 도착하기로 한 시간인 일곱 시가 거의 다 돼가고 있었다. 갑자기 가기 싫어졌다. 서점이 안전하게 느껴졌고 브라이언과 테스의 집에서는 무슨 일이 일어날지 몰랐다. 테스에게 일곱 시 반쯤 도착하겠다는 문자를 보내고 브랜던과 에밀리를 도와 서점 문을 닫았다. 제인은 에밀리의 근무가 끝나기를 기다리며 남아 있었다.

보스턴코먼공원을 가로질러 사우스엔드 쪽으로 걸어갈 무렵에는 기온이 좀더 떨어졌고, 포장된 인도에 눈이 쌓이기 시작했다. 조명이 환하게 밝혀지고 스케이트를 타는 사람들로 북적이는 프로그연못을 지나 트레몬트가를 걸어서 파이크가로 간 다음, 사우스엔드로 들어섰다. 이런 날씨에도 금요일 저녁이라서 레스토랑과 바는 사람들로 북적거렸다. 브라이언의 집은 앞면이 둥글게 튀어나오고 벽돌로 지은 타운하우스로 주택가에 있었다. 암청색 현관문 옆의 초인종을 누르자 집 안에서 멜로디가 울려 퍼졌다.

"고마워요, 맬." 내게 와인을 건네받으며 테스가 말했다. 더 좋은 와인을 사왔더라면 좋았을 텐데. "어서 들어와서 몸 좀 녹여요. 브라이언은 위층에서 마실 걸 준비하고 있어요."

나는 좁은 계단을 올라갔다. 계단 옆 벽에는 엘리스 피츠제럴드 시리즈 커버를 표구한 액자들이 걸려 있었다. 계단을 다 올라간 뒤에 몸을 돌려 널찍한 2층 거실로 들어갔다. 브라이언이 서서 조금 전에 불을 붙인 듯한 벽난로를 바라보고 있었다. "브라이언, 저 왔어요."

브라이언이 돌아보았다. 다치지 않은 팔로 위스키가 든 잔을 들고 있었다. "뭐 마시겠나?" 브라이언의 질문에 나는 그가 마시는 것과 같은 걸 달라고 했다. 브라이언은 허리 높이의 술 장식장 위에 놓인 컷글라스(표면에 무늬를 새겨 넣은 유리 - 옮긴이) 디캔터를 집어 들고 그 안의 위스키를 유리잔에 따랐다. 그러고는 아이스 버킷에서 작은 정육면체 얼음 하나를 집어 잔 속에 넣고 내게 건넸다. 두 소파 사이의 테이블에는 치즈와 크래커가 담긴 나무 접시가 놓여 있었다. 우린 자리에 앉았고, 브라이언은 술잔을 내려놓은 뒤 몸을 내밀어 크래커를 집었다.

"팔은 좀 어때요?" 내가 물었다.

"나만큼 나이를 먹으면 두 팔을 쓰는 데 익숙해져서 한 팔로만 생활하기가 쉽지 않아. 아무리 일시적이라고 해도."

"테스가 도와주잖아요."

"음, 그래, 테스가 도와주지. 하지만 내게 한시도 그 사실을 잊지 못하게 한다고. 아니, 농담이야. 테스가 여기 있어서 다행이지. 서점 얘기 좀 해보게. 요즘에는 뭐가 팔리나?"

우리가 한동안 서점 이야기를 하는데 테스가 올라와서 브라이언이 앉은 소파 가장자리에 걸터앉았다. 그녀는 앞치마를 둘렀고, 마치 보글보글 끓는 냄비라도 들여다보고 온 사람처럼 얼굴이 붉고 번들거렸다. 두 부부가 키우는 얼룩무늬 사냥개 험프리가 테스를 따라 거실로 들어오더니 내 팔에 코를 대고 잠깐 킁킁거리다가 치즈와 크래커가 담긴 접시를 향해 조심스럽게 나아갔다.

"험프리." 브라이언과 테스가 동시에 부르자 험프리가 엉덩이를 바닥에 대고 앉아 꼬리로 바닥을 탁탁 쳤다.

"저녁은 뭔가요?" 나는 그렇게 물은 뒤 테스가 대답하는 동안 두 사람을 유심히 바라보았다. 테스는 잔뜩 흥분한 사람처럼 눈을 반짝거렸다. 브라이언은 바텐더를 바라볼 때처럼 살짝 무관심한 태도로—물론 술을 다시 주문할 때는 태도가 달라지지만—테스를 바라보았다.

"두 분은 한잔 더 하신 뒤에 아래층으로 내려와서 식사하세요." 테스는 그렇게 말하고 자리에서 일어났다. 내 옆을 지나가며 내 어깨를 꼭 잡더니 손으로 허벅지를 탁탁 쳤다. 그 소리에 험프리가 그녀를 따라 나갔다.

"제가 가져올게요." 나는 그렇게 말한 뒤 브라이언과 나의 빈 잔을 들고 술 장식장으로 갔다. 브라이언의 잔에는 3분의 2 정도 따르고, 내 잔에는 더 적게 따른 다음 얼음을 하나씩 넣고 자리로 돌아갔다.

"나중에 아주 좋은 술을 딸 걸세. 이 집 어딘가에 25년 된 탈리스커가 있거든." 브라이언이 말했다.

"저한테 낭비하지 마세요. 전 이것도 좋아요."

"지금 마시는 건 주중에 마시는 스카치야. 그리고 내가 틀리지 않았다면 오늘은 금요일이지. 테스가 금요일이라고 했어. 그러니까 나중에 더 좋은 술을 마셔야 해."

"술에 관한 책을 써볼 생각은 안 했어요?"

"에이전트가 몇 번 말한 적은 있지. 잘 팔릴 거 같아서가 아니라 내가 술을 마시느라 낭비하는 시간을 조금이라도 유용하게 쓰려고 말이야."

"잊어버리기 전에 말해야겠네요. 아까 《임계점》을 다시 읽었어요."

"왜?" 브라이언은 그렇게 말했지만 기분 좋은 표정이었다.

"우리 집에 있는 당신 책을 전부 다시 읽으려고요. 우연히 그 책을 펼쳤다가 읽기 시작했어요. 끝날 때까지 도저히 멈출 수가 없더군요."

"그래, 돌이켜보면 엘리스는 더 많은 사람을 죽였어야 했어. 그 책을 쓸 때 재미있었지. 지금까지도 독자들에게 엘리스 시리즈에서 그 책은 없는 걸로 치겠다는 편지가 온다니까. 그런가 하면 내가 쓴 책 중에서 유일하게 잘 썼다는 편지도 오고."

"동시에 모든 사람을 만족시킬 순 없으니까요."

"사실이야. 《임계점》을 써서 에이전트에게 처음 보여줬을 때가 기억나는군. 그 당시 에이전트 말이야. 밥 드래치면 기억나나? 밥이 원고를 손에서 내려놓을 수 없을 정도로 재미있다고 했어. 하지만 정작 출간은 하지 않더군. 엘리스는 냉정한 킬러가 아니라고, 이 책을 출간했다가는 고정 독자의 절반을 잃게 될 거라고 했어. 그래서 내가 절반을 잃게 될지는 몰라도 두 배로 더 많은 독자가 생길 거라고 했지. 밥은 너무 잔인하지 않게 다시 써오라고 했어. 난 오히려 살인을 하나 더 집어넣었다네."

"어떤 거요?"

"기억이 안 나. 아니, 기억나. 엘리스가 냉동실에 가둬서 죽인 남자일 거야. 그래, 그거야. 왜냐하면 최종 원고를 읽은 밥이 그 장면이 좋다고 했거든. 어쨌든 난 밥에게 원고를 출판사에 보내지 않으면 다른 에

이전트를 찾아볼 거라고 말했지. 그랬더니 원고를 출판사에 보내더군. 결국 그 책이 출간됐고 세상은 계속 잘 돌아갔지."

"독자는 두 배로 늘었고요."

"그건 모르겠어. 하지만 떨어져나간 독자는 많지 않았어. 그리고 그 책으로 에드거상을 받았으니 잘된 거지."

"좋은 책이에요."

"고맙네, 맬."

"그런 복수 이야기를 한 권 더 쓰고 싶지 않았어요? 엘리스가 또 복수하는 책이요."

"아니, 별로. 그런 책은 한 번 쓰는 걸로 족해. 그럼 독자들은 엘리스에게 그런 면이 있다는 걸 알게 되지. 하지만 사랑하는 사람을 잃을 때마다 엘리스가 그런 식으로 피바다를 만들면 캐릭터가 무너지는 거야. 그러니까 그런 일은 한 번만 일어나야 해. 엘리스는 상처를 받았고, 원하는 대로 복수했고, 다시는 자신의 그런 면에 사로잡히지 않아. 하지만 다른 주인공으로 비슷한 얘기는 쓴 적이 있어. 내가 자네에게 그 얘기 했던가?"

물론 했다. 하지만 난 못 들은 것 같다고 했다.

"그래, 스탠드얼론을 한 권 썼지.《임계점》을 쓰고 2년 뒤였을 거야. 같은 복수극이었지만 주인공이 남자였어. 사우스 보스턴 경찰의 아내가 아일랜드 갱단에게 강간당하고 살해되는데 주인공 경찰은 놈들을 추적해서 모두 죽여버려. 2주 만에 썼는데 다시 읽어보니까 이건 뭐《임계점》이랑 똑같더라고. 그래서 서랍에 처박아버리고는 잊어버렸지."

"아직도 그 원고를 가지고 있어요?"

"글쎄." 크고 불그스름한 코 옆을 긁으며 브라이언이 말했다. "메리랑 뉴턴에 살던 시절 일이라서 이사할 때 없어지지 않았나 모르겠군. 하지만, 그래, 내가 직접 버린 기억은 없으니까 이 집 어딘가에 있을 거야."

"둘이 메리 얘기를 하는 거예요?" 테스가 거실로 들어오며 말했다. 앞치마는 벗었고, 화장을 살짝 한 듯했다.

"응, 그때가 좋았지. 저녁은 준비됐어?"

"준비됐어요."

우리는 1층으로 가서 거리가 보이는 퇴창 앞 식탁에 앉아 촛불 조명 속에서 저녁을 먹었다. 특식을 받은 사냥개 험프리도 구석에 있는 방석에 앉아 열심히 씹어 먹었다. 테스는 갈비찜을 만들었고, 우리 셋은 디저트가 나오기 전까지 와인 세 병을 나눠 마셨다. 디저트는 귤 타르트였다.

"당신이 만든 거예요?" 내가 말했다.

"아뇨, 그럴 리가요. 난 요리는 하지만 베이킹은 못 해요. 포트와인 드실 분?"

"우린 안 마셔." 브라이언은 그렇게 말하더니 날 보며 말을 이었다. "아까 말했던 그 위스키를 마시자고. 탈리스커."

"그러세요. 난 포트와인 마실게요." 테스가 말했다.

"내가 가져다줄까요?" 나는 그렇게 말하면서 일어나다가 식탁 가장자리에 허벅지를 살짝 찧었다.

"고마워요, 맬. 그럼 좋죠. 포트와인은 지하 저장고에 있어요. 브라이언, 어떤 병을 가져와야 하는지 말해줘요. 그리고 저이가 말하는 위스키는 위층에 있을 거예요."

나는 어디로 가야 하는지 설명을 들은 뒤 먼저 포트와인을 가져오려고 지하실로 내려갔다. 지하 저장고는 가본 적이 없었다. 그곳은 절반만 완성되어 벽은 시트록으로 마감되었지만 바닥은 그냥 시멘트였다. 거대한 책꽂이가 한쪽 벽을 다 차지했는데 가까이 가서 보니 전부 브라이언 머레이의 책이었다. 외국에서 발행된 책을 포함해 다양한 판본의 엘리스 피츠제럴드 시리즈였다. 나는 잠시 서서 책을 바라보았다. 저녁을 먹으며 술을 너무 많이 마신 탓에 취기가 올라왔다. 불빛이 흐릿한 지하에 있으니 꿈을 꾸는 듯했다. 저녁 식사를 하며 나눈 대화는 재미있었다. 테스와 브라이언은 나를 관중 삼아 살짝 적대적이면서도 끼를 부리는 모욕을 주고받았다. 하지만 내가 책꽂이 앞에서 휘청거리며 러시아에서 출간된 《악당을 연기하다》 페이퍼백을 꺼내는 동안 아까 위스키를 마시며 브라이언이 했던 말이 자꾸 생각났다. 잔인한 복수 이야기를 쓰는 게 즐거웠다던 말. 출간되지 않은 두 번째 복수 이야기를 썼다는 말도. 브라이언과 그 대화를 이어가고 싶었다.

책꽂이 반대편은 전체가 와인 진열대였다. 브라이언은 테일러 플레게이트에서 생산된 토니 포트와인을 찾아오라고, 틀림없이 오른쪽 위 선반에 있을 거라고 했다. 나는 몇몇 병을 꺼내봤다가 마침내 그 와인을 찾아내 다시 부엌으로 갔다. 테스는 엄청나게 넓은 싱크대에 접시를 포개 넣고 있었다.

"당신이 마실 와인이에요." 내가 말했다.

테스는 고맙다며 와인을 받아 조리대에 내려놓고는 날 끌어당겨 껴안았다. 나는 별로 놀라지 않았다. "당신이 와줘서 너무 좋아요, 멜. 당신도 즐거운 시간을 보냈으면 좋겠어요."

"나도 즐거워요."

테스는 한 손으로 내 턱을 쓰다듬더니 내가 너무 친절하다고 말했다. "브라이언이 술 깨기 전에 어서 위스키를 가져다줘요. 포트와인은 내가 딸게요."

나는 위층으로 올라가 거실로 갔다. 벽난로에는 잿더미 속에서 꺼져가는 잔불 몇 개만 남아 있었다. 거실은 아직 따뜻했다. 술 장식장으로 가서 그 앞에 쪼그리고 앉아 문을 열었다. 안에는 술병이 열두 개 정도 진열되어 있었는데 내가 알기로는 전부 위스키였다. 탈리스커를 찾아내 꺼냈더니 그 뒤에 삼각형 병에 든 딤플핀치 위스키가 있었다. 닉 프루이트의 발치에 놓여 있던 바로 그 술이었다. 확실했다. 병 모양이 너무 독특했다. 삼면으로 되어 있고, 각 면이 옴폭 파였으며, 가느다란 철사가 병을 감싸고 있었다. 장식장을 더 뒤져보았더니 그것 말고도 두 병 더 있었다. 둘 다 따지 않은 새 술이었다. 브라이언이 평일에 마신다는 스카치위스키가 이것인 모양이다. 아까 디캔터에 들어 있던 위스키.

나는 탈리스커를 손에 든 채 자리에서 일어났다. 술에 덜 취했더라면, 그래서 이제 정확히 어떻게 해야 할지 생각나면 좋을 텐데. 누군가 거실에 들어오는 소리가 들렸지만 사람이 아니라 험프리였다. 험프리는 거칠게 호흡하며 아직 테이블에 놓여 있던 치즈와 크래커를 향해 뛰어올랐다.

25

위스키를 사이에 두고 앉아 나는 브라이언이 마이애미에서 찰스 윌리포드(하드보일드 범죄소설 작가.《더 번트 오렌지 헤러시》를 비롯해 마이애미소속 형사 호크 모슬리를 주인공으로 한 시리즈를 썼다 - 옮긴이)와 술을 마시며 주말을 보낸 이야기를 들었다. 브라이언은 내가《더 번트 오렌지 헤러시》를 좋아한다는 걸 아는 터라 이 이야기를 숱하게 들려주었는데 매번 조금씩 바뀌었다.

스카치위스키를 잘 모르는 나도 탈리스커가 훌륭한 술이라는 걸 알 수 있었다. 그렇지만 술잔을 입에 델 때마다 아주 조금만 마셨다. 아까 술 장식장에서 본 딤플핀치의 의미를 생각해야 했기 때문이다. 브라이언 머레이가 찰리일 수 있을까? 절대 그럴 리 없다는 게 내 즉각적인 답변이었다. 브라이언은 감언이설에 능하기는 해도 실제로 할 수 있는 일이 많지 않았다. 운전도 하지 않았고, 요리도 못 했다. 여행 계획을 짠다거나 세금을 낸다거나 수입과 지출을 계산하는 등의 일은 절대 하지 않을 터였다. 글을 쓰고 술을 마시고 이야기할 수는 있지만 살인을 계획하고 실행에 옮기는 건 불가능하다.

하지만 공범이 있다면?

위스키를 마시는 동안 나는 부엌에 있는 테스를 볼 수 있었다. 테스는 콧노래를 흥얼거리며 설거지를 하고 있었다. 행복하면서도 느긋해 보였다. 브라이언이 잠시 말을 멈추자 내가 말했다. "내가 웹사이트 블로그에 올린 글, 읽은 적 있어요?"

"무슨 웹사이트?"

"우리 서점 웹사이트요. 올드데블스 웹사이트. 그 사이트에 블로그가 있잖아요."

"아, 맞아." 브라이언이 기억해냈다. 나는 예전부터 브라이언에게 블로그에 가끔 글을 올려달라고 졸랐다. 책 추천이라든가 그가 좋아하는 책 리스트라든가. 하지만 브라이언은 한 번도 하지 않았다. "그게 왜?"

"몇 년 전에, 그러니까 우리가 서점을 인수하기 전에 제가 블로그에 '여덟 건의 완벽한 살인' 리스트를 올렸던 거 기억하세요?"

브라이언은 눈 안쪽을 긁적거렸고, 나는 그를 빤히 바라보았다. "그 리스트 말이로군. 그래, 기억해." 마침내 브라이언이 말했다. "자네를 처음 알게 된 계기가 바로 그 리스트였을 거야. 그걸 보고 내가 무슨 생각 했는지 아나?"

"아뇨."

"난 이렇게 생각했지. '이 자식이 내 책은 한 권도 안 넣었잖아?'"

나는 웃음을 터뜨렸다. "정말 그렇게 생각했어요?"

"당연하지. 나 정도로 경력이 쌓이면 최고의 추리소설 열 편, 혹은 올해 최고의 추리소설 같은 리스트에서 내 작품이 빠지는 걸 개인적인 모욕으로 받아들이게 된다고. 하지만 사실은…… 내 기억이 정확하다면 내가 기분이 나빴던 건 내 책이 한 권도 없어서가 아니라《수확의 계절》이 빠져서였어. 그건 좀 너무하잖나, 맬. 안 그래?" 이제 브라이언은 미소를 지었다.

"주인공이 누구였죠? 칼……."

"칼 보이드, 맞아."

기억났다. 브라이언의 초창기 작품이었다. 악당 칼 보이드는 사이코패스로 지금까지 자신을 무시했던 사람들을 전부 죽인다. 당연히 피해자는 많을 수밖에 없다. 내 기억이 맞다면 칼은 약사였다. 그는 죽이기 전에 피해자를 납치해 펜토탈나트륨인지 뭔지를 주입하는데 그게 체내에 들어가면 진실만을 말하게 된다. 칼은 그들에게 가장 두려워하는 것이 무엇인지, 어떻게 죽는 게 가장 무서운지 묻는다. 예를 들어, 누군가가 폐소공포증이 있다고 인정한다면 칼 보이드는 그를 상자에 넣어 산 채로 묻어버린다.

"그 책을 어떻게 잊겠어요." 내가 말했다.

"잊었던데 뭐."

"어차피 그 리스트에는 적합하지 않았어요. 완벽한 살인, 범인이 절대 잡히지 않을 살인을 다룬 리스트니까요."

"둘이 무슨 얘기 해요?" 테스였다. 그녀가 부엌에서 나오며 허벅지에 젖은 손을 닦았다.

"살인이요." 내 대답과 동시에 브라이언이 "무시"라고 대답했다.

"참 재밌기도 하겠네요." 테스가 빈정거렸다. "커피를 내릴까 하는데 얼마나 내려야 할지 알아보러 왔어요. 알아요, 브라이언, 당신은 안 마신다는 거."

"난 좀 마실게요." 내가 말했다.

"디카페인으로요? 아니면 일반 커피?"

"진짜 커피요." 방금 내가 '커피요'라고 말할 때 혀가 약간 꼬부라졌나?

테스는 다시 부엌으로 돌아갔고 브라이언이 말했다. "사실 그런 건 없다네."

"뭐가요?" 내가 물었다.

"자네가 쓴 리스트 말이야. 완벽한 살인은 없어."

"소설에서요, 아니면 현실에서요?"

"둘 다. 늘 변수가 너무 많거든. 그 리스트에 뭐가 있었더라? 《열차 안의 낯선 자들》이 있었지?"

"네." 내가 말했다. 브라이언이 허리를 똑바로 세우자 키가 약간 커졌고, 술에 덜 취한 듯이 보였다.

"당연히 그 책을 넣었겠지. 이제야 그 리스트가 기억나네. 내 책이 빠졌다는 이유만으로 기억하는 건 아냐. 퍼트리샤 하이스미스는 훌륭한 작가지만 《열차 안의 낯선 자들》은 완벽한 살인이라고 하기에는 정말 멍청한 아이디어야. 대체 어떤 면에서 똑똑하다는 거지? 모르는 사람이 날 위해 누군가를 대신 죽여준다는 거? 그래서 나한테 확실한 알리바이가 생긴다고? 어림없는 소리야. 낯선 사람이 날 위해 누군가를 죽이는 순간, 경찰에 자수하는 게 낫지. 아무것도 예측할 수 없게 된다고. 누군가를 죽이고 싶다면 직접 죽이게. 이 세상에 살인을 믿고 맡길 수 있는 사람은 없어."

"상대가 절대 나를 신고하지 않으리라는 걸 알고 있다면요?"

브라이언은 얼굴을 찡그리며 입을 꾹 다물었다가 다시 열었다. "이 보게, 내가 심리학 전문가는 아니지만 한 가지는 확실히 알고 있어. 책을 쓸 때마다 거듭 상기하는 사실이기도 하지. 그건 바로 다른 사람의 머릿속에 혹은 가슴속에 무슨 생각이 있는지 우리는 모른다는 거야." 브라이언은 그의 머리를 가리킨 다음, 가슴을 가리켰다. "알 수가 없어. 50년 동안 부부로 살았다고 해도 마찬가지야. 그런 부부는 상대가 무슨 생각을 하는지 알 것 같나? 아니야. 아무도 몰라."

"그럼 지금 테스가 무슨 생각을 하는지 모르겠네요?"

"음." 브라이언은 양 눈썹을 치켜세우며 어깨를 으쓱였다. "일부는 알지. 하지만 그건 테스가 내게 말해줬기 때문이야."

"그럼 그건 제외해야죠."

"그래, 제외해야지. 좋아, 그럼 지금 테스가 무슨 생각을 하고 있을까? 커피를 한 주전자 내리려면 원두를 몇 숟갈 넣어야 하는지 기억해 내려고 하겠지. 그거 말고는 정말 모르겠군. 아냐, 꼭 그렇지는 않네. 난 테스가 할 만한 생각을 많이 알지. 예를 들어, 아마 테스는 내가 술을 몇 잔째 마시는지 세면서 언제쯤 그만 마시라고 해야 할까 생각하고 있을 걸세. 어쩌면 사고 싶었던 300달러짜리 청바지도 생각하고 있을 거야. 그리고 자네를 생각하고 있을 거라네, 친구."

"저를요?"

"요전 날 우리가 바에서 우연히 만난 뒤로 테스는 자네를 저녁 식사에 초대해야 한다고 줄기차게 말했어."

"테스에게는 계획이 있습니다." 브라이언이 집으로 간병인을 부르도록 설득해달라고 했던 테스의 말을 떠올리며 내가 말했다.

"테스에게는 늘 계획이 있지."

이제 부엌에서 커피 향이 흘러나왔다. 진하고 쌉쌀한 그 향을 맡는 것만으로도 술이 좀 깼다. 대화 주제가 테스로 바뀌자 불안해졌다. 브라이언을 오랫동안 알고 지냈고, 그가 술에 취한 모습도 숱하게 봤지만 지금처럼 비밀이 있다는 듯이 행동하는 모습은 낯설었다. 그는 늘 자신의 의중을 말해주는 사람이었다.

"오늘 밤 테스의 계획은 뭔가요?" 내가 말했다.

"짐작 가는 게 하나 있기는 한데 아까 말했다시피 우린 타인이 무슨 생각을 하는지 절대 알 수 없다네."

도자기끼리 짤그락 부딪치는 소리가 나서 뒤를 돌아보았다. 테스가 커피 잔 두 개와 설탕, 크림 통이 놓인 쟁반을 들고 테이블로 다가왔다. 그중 잔 하나를 내 앞에 놓은 다음, 한숨을 쉬며 자리에 앉았다.

"고마워요. 잘 마실게요." 나는 그렇게 말하며 커피에 크림을 넣고 한 모금 마셨다.

"커피에 아이리시 위스키를 넣어 마실 텐가? 이 집 어딘가에 그게 있을 거야. 스카치위스키는 넣으면 안 돼." 브라이언이 말했다.

"지금 이대로 좋은데요." 내가 말했다.

"두 사람은 아까부터 무슨 얘기를 그렇게 하는 거예요?" 테스가 크림을 넣고는 커피를 휘저었다. 그녀의 입술은 아까 마신 포트와인으로 살짝 얼룩졌고, 평소 얼굴 양옆으로 내려오던 머리칼은 귀 뒤로 넘어가 있었다.

"자네가 말해주게. 나는 소변을 보고 와야겠어." 브라이언은 그렇게 말하고는 다치지 않은 손으로 테이블을 짚고 일어섰다. 테스와 나는 브라이언이 비틀거리는지 지켜보았지만 그는 멀쩡하게 거실에서 걸어 나갔다.

"전문 간병인의 도움을 받아보라고 말했어요?" 욕실 문이 닫히는 소리가 나자 테스가 말했다.

"아뇨, 안 했습니다. 깜빡했어요." 내가 말했다.

"괜찮아요. 어차피 오늘 밤 당신이 무슨 이야기를 했든 내일 아침이 되면 브라이언은 다 잊어버릴 거예요. 그래도 둘이 무슨 얘기를 그렇게 했는지 궁금하네요. 브라이언이 아주 열정적으로 말하던데요?"

"브라이언은 우리가 절대 타인을 알 수 없다고 말했어요. 다른 사람이 무슨 생각을 하는지 정확히 아는 건 불가능하다고요."

"당신도 그렇게 생각해요?" 커피를 후후 불며 테스가 말했다. 한때 담배를 피웠던 사람처럼 입술 주위에 살짝 주름이 있었다. 테스가 담배를 피우던 모습이 어렴풋이 기억났지만 최근 몇 년간은 본 적이 없었다.

"네, 맞는 말이라고 생각해요. 상대의 진실을 결코 알 수 없다는 생각을 자주 했죠. 하지만 나만 그런 건지, 다른 사람도 그런 건지는 늘 모르겠더라고요."

"뭐가 당신만 그렇다는 거예요?"

"난 상대를 알아가는 게 힘들어요. 표면적으로 아는 거 말고요. 그래도 상관없습니다. 하지만 누군가와 가까워지면 그들이 사라지는 듯한 느낌이 들어요. 그럴 때 상대를 바라보면 갑자기 그들이 정말로 어떤 사람인지, 혹은 무슨 생각을 하는지 아무 생각도 안 납니다."

"부인에게도 그랬나요?"

"클레어요?" 나도 모르게 그 말이 튀어나왔다.

테스가 웃었다. "나 몰래 또 결혼한 적이 있는 게 아니라면요."

나는 잠시 생각에 잠기며 예전에 클레어와 테스 이야기를 한 적이 있는지 기억해내려 했다. 혹은 클레어와 브라이언 얘기를 한 적은 있는지. "질문이 뭐였죠?" 마침내 내가 말했다.

"으, 내가 당신을 불편하게 만들었네요. 미안해요."

"아뇨, 아뇨. 그냥 약간 취했을 뿐입니다."

"커피를 마시면 도움이 될 거예요."

나는 커피를 한 모금 더 마시려고 입에 넣었다가 아무 생각 없이 다시 커피 잔으로 뱉었다. 내가 지금 피해망상에 사로잡혀 있다는 건 알지만, 만약 테스나 브라이언 혹은 둘 다 날 해칠 의도가 있다면 내 음식이나 술에 약을 탔을 것이다.

"클레어에게는 다른 누구보다 친밀감을 느꼈습니다. 그 이전에도 이후로도 그런 사람은 없었죠. 하지만 가끔은 아내가 어떤 사람인지 알 수 없었어요." 내가 말했다.

테스는 고개를 끄덕였다. "나도 브라이언에게 똑같은 감정이에요. 그러니까 친밀감을 느끼지만 가끔씩 그이가 무슨 말을 하거나 그이의 글을 읽다 보면 내가 이 사람을 조금이라도 아는 걸까 하는 의문이 들죠. 그런 감정은 보편적이에요. 근데 왜 둘이 그런 얘기를 하게 된 거예요?"

나는 기억을 되돌렸고 뇌가 너무 느리게 돌아가서 걱정되었다. "내가 옛날에 쓴 리스트 이야기를 하고 있었습니다. 완벽한 살인을 주제로 한 리스트요. 그러자 브라이언이 날 위해 누군가를 대신 죽여줄, 그런 일을 믿고 맡길 수 있는 사람은 없다, 상대가 무슨 생각을 할지 절대 알 수 없다고 말했죠."

테스는 잠시 생각에 잠기더니 입을 열었다. "날 위해 누군가를 대신 죽여줄 사람을 찾고 있다면 배우자가 제일 낫겠네요."

"네. 당신은 브라이언을 위해 그렇게 할 수 있나요?"

"그이가 죽여달라고 하는 사람이 누구냐에 달렸겠죠. 하지만 생각은 해볼 거예요. 난 그런 부인이니까요. 사람들은 내가 메리보다 젊기 때문에 브라이언이 그녀와 헤어지고 나와 결혼했다고 생각하지만 전혀 그렇지 않아요. 비록 떨어져서 보내는 시간이 많기는 해도 브라이언과 나는 아주 가까워요. 브라이언이 지금까지 사귀었던 그 어떤 여자보다도요. 우린 서로에게 충실하죠. 난 그이를 위해서는 무슨 일이든 할 거고, 그이도 날 위해 뭐든 할 거예요."

테스가 말하는 동안 내게 몸을 내밀자 그녀의 입에서 와인이 섞인 커피 냄새가 났다.

"브라이언 얘기가 나왔으니 말인데 너무 오래 걸리는데요?" 내가 말했다. 테스는 다시 의자에 몸을 기대며 고개를 갸웃했다.

"괜찮아요. 아마 브라이언은 우리에게 단둘이 얘기할 시간을 주려고 그럴 거예요." 테스가 말했다.

"정말입니까? 쓰러지지 않았는지 확인해봐야 하지 않을까요?" 난 갑자기 초조해졌다. 술에 취해서 그럴 수도 있지만 내가 연극 무대에 서 있고, 오늘 저녁 식사는 테스와 내가 단둘이서 커피를 마시는 것으로 막을 내리도록 계획되었다는 느낌이 들었다.

테스는 손가락으로 내 무릎을 만지더니 일어났다. "당신 말이 맞아요. 브라이언에게 가서 침대에서 자라고 말해야겠어요. 하지만 당신은 가지 마세요, 맬. 진심이에요. 아직 시간이 일러요. 저기로 가서 커피 한잔 더 해요." 테스는 높은 책장 옆, 거실과 오픈 주방 사이의 아늑한 구석에 서로 마주 보고 놓인 소파 두 개를 향해 고갯짓했다.

"그러죠." 내가 말했다. 테스는 자리에서 일어나 거실을 나갔다. 나는 잠시 앉아서 이제 어떻게 해야 할지 생각했다. 부엌에서 음악이 흘러나왔는데 엘라 피츠제럴드가 〈버몬트의 달빛〉을 노래했다. 나는 마시지 않은 내 커피의 냄새를 맡아본 다음, 조금만 마셔보았다. 그다음에는 테스의 커피를 마셔보았다. 테스 역시 나처럼 설탕은 넣지 않고 크림만 넣었는데도 커피 맛이 확연히 달랐다. 나는 두 잔의 커피를 계속 번갈아 마셔보았다. 내가 미쳐가는 걸까? 만약 테스가 날 독살하고 싶었다면 굳이 커피가 아니라 와인이나 음식에 무언가를 넣었을 것이다. 그래도 어쩌면 식사가 다 끝난 후에 죽이고 싶었을 수도 있다. 나는 일어나서 소파를 지나 부엌으로 갔다. 그제야 복도 저쪽에서 브라이언에게 말하는 테스 목소리가 들렸다. 하지만 무슨 말을 하는지는 알아들을 수 없었다. 부엌은 티끌 하나 없이 깨끗했다. 나도 내가 정확히 뭘 찾는지 알 수 없었다. 내가 오늘 이 자리에 초대받은 데는 다른 이유가 있다는 심증을 굳혀줄 무언가를 찾고 있었다.

깊이 파인 스테인리스스틸 싱크대로 가서 그 안을 들여다보았다. 아무것도 없었다. 접시 꽂이에는 냄비와 프라이팬만 몇 개 있었고, 어디에 있는지는 보이지 않았지만 식기세척기가 웅웅 돌아가는 소리가 들렸다. 빨간 불이 켜진 커피포트 옆에 도마가 있고, 도마 위에 나무로 만든 아주 묵직한 원통형 물건이 있었다. 들어보니 무기로도 쓰일 수 있을 듯했다. 아마 밀방망이일 것이다. 지금껏 내가 봤던 밀방망이와는 달랐지만.

"뭘 찾아요, 맬?"

부엌 입구에 테스가 서 있었다. "아, 아무것도 아닙니다. 그냥 부엌이 너무 깔끔해서 감탄하고 있었어요. 브라이언은 어때요?"

"손님용 방에서 잠들었어요. 난 그 방을 아예 브라이언의 침실이라고 부르죠. 위층 침실보다 거기서 자는 날이 더 많거든요."

나는 밀방망이를 도마에 내려놓았다. "이제 그만 가야겠습니다."

"정말이요?"

"네, 나도 약간 취했고, 요즘 잠을 잘 못 자서요. 집에 가야겠어요."

"이해해요. 아쉽지만 코트 가져다줄게요."

나는 현관에 서서 기다렸다. 꽤 오래 기다린 후에야 테스가 한쪽 팔에 내 코트를 걸치고 나타났다. 테스는 내게 다가오더니 이렇게 말했다. "내가 당신에게 떠날 수 없다고 말하면 어떻게 할 건가요?" 그녀의 목소리가 평소와 달랐다. 더 나직하고 조용했다.

나는 왼손으로 코트를 붙잡고 오른손으로 테스를 밀쳤다. 내가 문을 열고 나갈 때까지 테스가 균형을 잃기를 바랐다. 테스는 뒤로 휘청거리더니 마룻바닥에 엉덩방아를 찧었다. "어머, 미쳤어요, 맬?" 그녀가 말했다.

"거기 그대로 있어요." 나는 내 손에 들어온 코트를 흔들며 혹시 테스가 무기를 숨겨놓지 않았는지 살폈다. 어쩌면 밀방망이를 넣어놨을지도 모른다.

테스는 무릎을 꿇으려고 몸을 옆으로 기울였다. "대체 왜 이래요?"

내가 틀렸을지 모른다는 생각이 들었지만 그래도 이렇게 말했다. "당신이 닉 프루이트에게 무슨 짓을 했는지 압니다." 프루이트의 이름을 큰 소리로 말하면 그게 사실이 될 것만 같았다.

테스는 날 올려다보았다. 귀 뒤로 넘겼던 머리가 이제는 얼굴 양쪽에 내려와 있었다. "무슨 소리를 하는 거예요? 닉 프루이트가 누구예요?"

"당신은 이틀 전에 프루이트를 죽였어요. 서점에 있던 그의 책을 보고, 내가 프루이트와 노먼 채니의 관계 때문에 그를 조사하고 있다는 걸 깨달은 거죠. 그래서 프루이트에게 먼저 접근했어요. 그러고는 함께 술을 마시자고 했죠. 딤플핀치 위스키. 프루이트에게 과음하라고 강요했을 수도 있고요."

테스는 어리둥절한 눈빛으로 날 바라보며 반쯤 웃고 있었다. 마치 이제 곧 내가 이 모든 게 장난이었다고 말할 거라는 듯이. 나는 말을 이었다. "당신은 내가 그 일을 알기를, 당신의 존재를 알기를 바랐던 겁니다. 그래서 날 이 집으로 초대한 거 아닌가요?"

이제 테스는 걱정스러운 표정이었다. "맬, 나 일어날 거예요. 당신이 무슨 말을 하는지 하나도 모르겠어요. 이거 당신과 브라이언 사이의 일인가요? 지금 장난치는 거예요?"

"당신도 알잖아요. 아까 내가 말한 리스트." 내가 말했다.

"살인 리스트요?"

"누군가 그 리스트를 이용해서 정말로 사람들을 죽이고 있어요. 내가 미친놈처럼 보이겠지만 그렇지 않아요. FBI 요원이 날 찾아왔습니다. 난 그게 당신과 연관이 있을지도 모른다고 생각했어요. 아니면 브라이언이나."

"왜요?"

"왜 당신과 내 커피의 맛이 다르죠? 왜 내게 떠날 수 없다고 한 겁니까?"

테스는 고개를 숙이더니 살짝 웃었다. "나 좀 일으켜줘요. 당신을 안 죽인다고 약속하죠."

내가 몸을 내밀자 테스는 내 손을 잡았고, 나는 그녀를 일으켜 세웠다. "커피 맛이 다른 이유는 내 건 디카페인이고, 당신 건 일반 커피라서 그런 거예요. 그리고 당신에게 떠날 수 없다고 말한 건 내가 당신을 유혹하려고 했기 때문이고요."

"아."

"브라이언도 알아요. 그러니까 내가 당신을 유혹하려고 한다는 걸요. 그이는 개의치 않아요. 우리 관계에서 그런 부분은 이미 끝났어요. 그리고 내가 당분간 여기 보스턴에 머무니까…… 브라이언은 당신을 좋아해요." 테스가 어깨를 으쓱였다. "나도 그렇고요."

"미안해요."

"미안할 거 없어요. 그냥 바보 같은 일이었죠. 난 당신과 이 밤을 함께 보내려고 했는데 당신은 내가 당신을 죽일 거라고 생각한 거예요."

"요새 잠을 잘 못 잤어요." 갑자기 민망해져서 내가 핑계를 댔다.

"사실이에요? 그 리스트 말이에요."

"사실입니다. 누군가가 그걸 이용해서 사람들을 죽이고 있어요. 날 아는 사람인 게 확실하고요."

"맙소사. 나한테 그 얘기 좀 해줄래요? 아직 이른 시간이잖아요."

"지금은 안 됩니다. 정말 가야 할 것 같아요. 아까 밀어서 미안해요. 난 정말……."

"괜찮아요." 테스는 그렇게 말하고는 나를 꼭 껴안았다. 이번에도 키스할 줄 알았는데 이제 그런 분위기는 아닌 듯했다. 테스가 몸을 떼며 말했다. "조심해서 돌아가요. 아니면 택시라도 불러줄까요?"

"아뇨, 괜찮습니다. 다음에 만나면 자초지종을 말해줄게요."

"약속 지켜요."

나는 현관문을 닫고 문 앞 계단에 잠시 서 있었다. 사방에 눈이 내려앉은 거리는 조용했다. 멀리서 음악 소리가 들렸고, 길모퉁이 바에서 나오는 사람들이 보였다. 나는 세 단짜리 계단을 내려가 보도를 걸어 왼쪽으로 돌아갔다. 티 없이 새하얀 눈에 첫 발자국을 남기며. 채 반 블록도 가지 않았을 때 뒤에서 서둘러 달려오는 발소리가 들렸다. 돌아보니 테스가 코트도 안 입은 채 손에 무언가를 들고 빠르게 다가오고 있었다. 내가 움찔했는지 그녀는 1미터쯤 떨어진 곳에서 걸음을 멈추고 손에 든 책을 내밀었다.

"깜빡했어요." 테스가 살짝 헐떡이며 말했다. "브라이언이 당신에게 이 책을 꼭 주고 싶어 했어요. 이번에 새로 나올 신간의 견본이에요. 이건 비밀인데 브라이언은 이번 책을 당신에게 바칠 거예요."

26

나는 한 시간 뒤에 춥고 축축해진 몸으로 집에 도착했다. 점점 더 쌓이는 눈 속에서 가파른 길을 걸어오느라 숨이 가빴다.

코트와 신발, 양말을 벗고 어둠 속에서 소파에 누웠다. 생각해야 했다. 집까지 먼 길을 걸어왔더니 다른 건 몰라도 술이 다 깼고, 브라이언과 테스의 집에서 있었던 촌극이 자꾸 떠올랐다. 이제는 리스트에서 비롯된 다른 살인사건과 닉 프루이트를 죽인 범인을 테스로 몰아간 게 어리석어 보였지만 그렇게 말할 당시에는, 그 집에 있었을 때는 그녀가 내 커피에 독을 탔다고 확신했고 앞뒤가 완벽하게 맞아떨어지는 듯했다. 지금 테스는 뭘 하고 있을까? 브라이언을 깨워서 내가 자기를 밀치고 살인마로 몰아갔던 일을 이야기했을까? 날 미쳤다고 생각했을까? 내일 아침에 일어나자마자 테스에게 전화하리라고 마음먹었다. 최근에 무슨 일이 있었는지 좀더 털어놓아야겠다. 나는 그녀의 제안, 내가 애초에 그 집으로 초대된 이유도 잠깐 생각했다. 다른 상황이었다면 지금 나는 테스 머레이와 한 침대에 있었을 것이다.

소파에서 일어나 앉자 무릎에 놓여 있던 브라이언 머레이의 책이 바닥으로 떨어졌다. 스탠드를 켜고 책을 집어 들어 처음으로 살펴보았다. 제목이 '와일드 에어'였고, 표지는 이 시리즈의 다른 책과 마찬가지로 등 돌린 엘리스 피츠제럴드가 어떤 풍경 혹은 살인 현장을 바라보는 그림이었다. 이 표지에서는 지평선에 보이는 나무 한 그루와 나뭇가지에서 날아오르는 새들을 보고 있었다. 그중 한 마리가 눈 내린 평원에 누워 있었는데 아마도 죽었으리라.

나는 주로 헌사가 실리는 책장을 펼쳤지만 거기에는 "헌사 들어갈 예정"이라는 문구만 적혀 있었다. 내가 자기 부인을 살인자로 생각했다는 걸 안 뒤에도 브라이언은 이 책을 내게 바칠까?

책은 대화로 시작되었다. "뭘로 줄까?" 미치가 물었다. 엘리스는 머뭇거렸다. 그녀의 대답은 늘 와인 한 잔이었지만 이번에는 "탄산수를 넣은 크랜베리주스요. 고마워요"라고 말했다.

계속 읽을까 생각했지만 먼저 휴식을 취해야 했다. 책을 테이블에 내려놓고 스탠드를 끈 다음 옆으로 누워 눈을 감았다. 그렇게 5분쯤 누워 있었다. 머릿속이 바쁘게 돌아가며 지난 며칠 동안 있었던 일을 곱씹고 또 곱씹었다. 그러다가 찰리에게 연락하려고 덕버그에 남겨둔 메시지가 기억났다. 답장이 왔을까? 나는 일어나서 노트북을 들고 다시 소파로 돌아와 새로운 가명인 팔리 워커로 로그인했다. 내가 최근 남긴 메시지에 답장이 왔다는 표시로 푸른색 점이 떠 있었다. 나는 답장을 클릭해서 읽었다. **안녕, 옛 친구.** 그게 전부였다.

나는 다시 답장을 썼다. **내가 생각하는 그 사람 맞나요?**

찰리가 보낸 답장에는 시간이 찍혀 있지 않아서 언제 보냈는지 알수 없었다. 그래도 나는 모니터를 보며 기다렸다. 그만 포기하고 노트북을 덮으려는데 새 메시지가 떴다. **내 이름을 알기나 해, 맬컴?**

나는 답장을 썼다. **몰라요. 당신이 알려주지 그래요?**

알려줄 수도 있지만 일단은 개인 채팅을 해야 해.

나는 개인 채팅 창을 만들 수 있는 박스를 클릭했다. 심장이 두근 거렸다. 이를 어찌나 악물었는지 턱이 욱신거렸다.

왜죠? 내가 썼다.

뭐가 왜야? 왜 네가 시작한 일을 내가 계속하냐고? 그보다 더 나은 질문은 이거야. 넌 왜 그만뒀지?

내가 죽이고 싶은 사람은 하나뿐이었으니까요. 그 사람이 죽은 뒤에 는 살인을 계속할 필요가 없었어요.

오랫동안 답이 없자 불현듯 찰리가 로그아웃한 건지 조바심이 났 다. 그와 좀더 이야기하고 싶었다. 게다가 웃기는 일이었지만 왠지 모 르게 찰리가 입력하는 글자들을 보고 있으면 안전하다는 기분이 들었 다. 아마도 그가 다른 짓을 하고 있지 않다는 뜻이기 때문이리라.

답이 늦어서 미안. 지금 내가 있는 곳에서는 조용히 해야 해. 마침내 답장이 왔다.

거기가 어딘데요?

말해주지. 하지만 지금 당장은 안 돼. 그러면 앞으로 나눌 대화가 재미없잖아. 난 이 대화를 나누는 게 정말 행복하거든.

그의 말투가 어딘지 거슬렸다. 나는 이렇게 썼다. **당신 미쳤어. 당신도 알지?**

잠시 후에 답장이 왔다. 내 생각에도 그런 거 같아. 네 부탁대로 에릭 앳웰을 죽인 뒤에 기분이 어찌나 좋던지 내가 괴물이구나 하는 확신이 들었지. 온종일 그 생각뿐이었어. 난 그자를 다섯 번 쐈고, 그자는 다섯 번째 총알에 숨이 끊어졌어. 맨 처음에는 배에 쐈지. 앳웰은 무척 고통스러워했지만 내가 왜 죽이는지 말해줬더니 모든 고통이 두려움으로 바뀌었어. 네가 채니를 죽일 때도 그랬나?

아니. 내가 썼다.

채니는 자기가 왜 죽는지 알고 있었어?

나도 몰라. 난 아무 말도 안 했어.

어쩌면 그래서 네가 나처럼 살인을 즐기지 못했을 수도 있어. 채니의 눈에서 자기가 앞으로 어떻게 될지, 그리고 그 이유가 뭔지 깨닫는 걸 봤다면 너도 이해했을 거야.

난 채니를 죽이는 게 전혀 즐겁지 않았어. 하지만 당신은 달라. 그게 우리의 가장 큰 차이야. 내가 썼다.

그래서 내가 널 미쳤다고 생각하는 거야. 살인의 예술을 찬미하는 리스트를 쓴 사람은 넌데 그 리스트가 의미하는 바를 실행하고, 실제로 예술을 하는 사람은 나잖아. 앞뒤가 안 맞지 않아?

현실과 허구는 다르니까.

다를 것도 없어. 현실 속 살인이든 허구 속 살인이든 둘 다 아름답지. 너도 알잖아.

나는 "내가 노먼 채니를 죽인 일은 전혀 아름답지 않아"라고 썼다가 삭제했다. 잠시 생각해야 했다. 찰리가 날 믿게 해야 했다. 날 믿고 자기가 누구인지, 지금 어디에 있는지 털어놓게 해야 했다.
나는 이렇게 썼다. 만날 수 있을까?
아, 우린 이미 만났어. 냉큼 답장이 왔다.

언제?

네가 무슨 속셈인지 아라. 시간 절약 하도록 미리 말하자면, 난 내가 누구인지 말해주지 안을 거야. 지금처럼 이런 식으로는 안 돼. 아직 해야 할 일이 마나. 놀랍게도 넌 개속 새롭고 완벽한 피해자들을 소개해주고 있어. 닉 프루이트도 은쟁반에 바쳐서 내게 건네주었지.

프루이트는 아무 죄도 없어.

죄가 없긴 왜 없어. 날 믿어. 죽을 때까지 술을 먹이는 게 힘들 줄 알았는데 의외로 프루이트는 즐기는 것 같던데. 첫 잔을 먹이기가 제일 힘들었지. 그다음부터는 내가 주는 대로 계속 마셨어. 햄복해 보이던데.

이제 그만 죽이고 자수하라고 설득하는 건 불가능하겠네.

너도 나랑 함께 자수한다면. 내가 바란 대로 찰리는 그렇게 썼다.

물론이지. 너랑 나랑. 우리 함께 사실을 전부 말하는 거야. 내가 썼다.

오랫동안 답이 없어서 나는 찰리가 로그아웃을 한 줄 알았다. 아니면 정말로 내 제안을 고려하고 있거나. 마침내 답이 왔다.

구미가 당기긴 하는데 아직 해야 할 일이 남았어. 네가 피해자 둘을 더 소개했거든. 한 명은 죽고, 한 명은 실종될 거야. 불근 저택의 미스터리처럼. 원한다면너도 날 도울 수 있어.

몸이 차가워졌다.

생각해볼게. 나는 그렇게 썼고 이미 일어나 있었다. 얼른 옷을 입고, 축축한 양말을 다시 신고, 신발을 꿰찼다. 몸이 덜덜 떨렸다. 지금 찰리는 브라이언의 집으로 가는 중일 것이다. 아니면 이미 그 집에 있을 수도 있고. 휴대전화를 집어 들고 곧장 테스에게 전화했다. 아무도 집에 들이지 말라고 경고할 작정이었다. 하지만 전화는 곧장 음성사서함으로 넘어갔고, 나는 메시지를 남기지 않았다. 911에 전화할까 생각했지만 그랬다가는 경찰이 허탕만 칠 테고 나는 경찰서에 갇혀서 애초에 왜 신고했는지 설명해야 할 것이다. 나는 이게 올바른 결정이라고 생각했다.

밖으로 나갔더니 아까보다 눈발이 더 거셌다. 차를 주차해둔 언덕으로 올라갔다. 도로 상태가 최악일 테지만 그래도 사우스엔드까지 걸어가는 것보다 차로 가는 편이 빠를 것이다.

차를 유턴해서 언덕을 빠르게 내려갔다. 브레이크를 밟았더니 바퀴가 미끄러지며 샛길로 들어갈 뻔했다. 브레이크를 오래 누르지 않고 짧게 밟았다가 떼기를 반복했다. 차는 계속 나아갔지만 제멋대로 미끄러져서 빨간불인데도 횡단보도를 지나 찰스가로 내려갔다. 다른 차와의 충돌에 대비했지만 다행히 거리에는 다른 차가 없었다. 인도를 걸어가던 커플을 포함한 소수의 보행자만이 걸음을 멈추고 교통사고가 날 뻔한 현장을 바라보았다.

미끄러지던 차는 마침내 비스듬하게 틀어지기는 했어도 대략 올바른 방향을 가리키며 멈췄다. 나는 차를 돌려 계속 운전했다. 이번에는 속도를 줄이고 최악의 상황이라고 해봐야 도로에서 미끄러지는 거라고 중얼거렸다. 날 그냥 겁주려는 게 아니라면 찰리는 다음 피해자를 이미 정해놓았다. 내가 먼저 도착하면 적어도 테스와 브라이언에게 경고는 해줄 수 있다. 하지만 찰리는 이미 브라이언의 집에 있는 게 아닐까? 아까 덕버그에서 나와 채팅할 때 브라이언의 집에서 휴대전화로 글을 입력했을지 모른다. 그래서 오타가 있었을 것이다. 나는 운전에 집중하면서 그 생각은 하지 않으려고 했다. 이제 눈이 앞 유리창으로 휘몰아쳤다. 와이퍼가 작동하기는 했지만 가장자리가 얼어붙기 시작했고 유리창에는 김이 서렸다. 서리 제거 장치를 최대로 올린 다음, 차창을 내리고 머리를 밖으로 내민 채 코먼공원 가장자리를 따라가다가 알링턴가로, 다시 트레몬트가로 들어갔다. 유리창이 조금 깨끗해졌다. 브라이언의 집 앞 도로는 일방통행로라서 들어갈 수 없었다. 그래서 차를 모퉁이에 세워두고 집까지 걸어가기로 이미 마음먹은 터였다. 하지만 마음이 바뀌어 집 앞 도로를 지나 계속 가다가 우회전해서 집 뒤로 돌아갈 수 있는지 살펴보았다.

몸이 욱신거렸다. 나는 운전대를 잡은 손아귀에서 억지로 힘을 뺐다. 지금 달리는 이 샛길은 최근에 눈을 치우지 않아서 속도를 내면 바퀴가 헛돌았다. 우회전하고 또 우회전하면서 브라이언의 집 옆길로 들어서기를 바랐다. 맞는 듯했다. 사우스엔드 주택가 거리는 내 눈에는 다 똑같이 보이기는 했지만. 차 속도를 줄이고 차창 밖을 바라보며 푸른 현관문이 있는 브라이언의 집을 찾아보았다. 길을 4분의 3쯤 갔을 때 브라이언의 집을 발견했다. 벽돌로 지은 다른 타운 하우스와 달리 거리로 난 창문이 아직 환히 밝혀져 있었다. 나는 그게 어떤 의미인지, 저 집에 들어갔을 때 뭘 보게 될지 생각하지 않으려고 했다.

소화전 앞에 차를 세우고 엔진을 끈 다음, 10센티미터 정도의 질척한 눈 속으로 발을 내디뎠다. 길을 건너 브라이언의 집으로 가는데 누군가가 "거기 주차하면 안 돼요"라고 외치는 소리가 들렸다. 돌아보니 저쪽에 어떤 여자가 개를 데리고 가로등 불빛 아래 서 있었다. 나는 그녀에게 신경 쓰지 말라는 뜻으로 손을 흔들고는 계속 걸어갔다.

현관문 앞에 서자 갑자기 무기가 있으면 좋겠다는 생각이 들었다.

무엇이든 상관없었다. 다시 차로 가서 트렁크에 있는 잭을 가져올까 생각했다. 하지만 더는 시간을 낭비하고 싶지 않았다. 문고리를 돌려봤지만 잠겨 있었다. 초인종을 누르고 동시에 문을 두드렸다. 문을 열어주지 않으면 어떻게 해야 하지? 현관문 가운데 있는 팔각형 모양의 유리를 닦고 있는데 문 너머에서 발소리가 들렸다. 그러고는 문이 활짝 열렸다.

27

"맬." 테스가 허스키한 목소리로 말하며 내 코트 안쪽을 잡고 날 집 안으로 끌어당겼다.

"별일 없어요?" 내가 말했지만 테스는 내 말을 무시하고 현관문을 닫았다. 그러더니 내게 달려들어 키스했다. 나도 함께 키스했는데 테스가 아직 이렇게 살아 있다는 사실에 안도했기 때문이기도 했고, 키스를 하니 기분이 좋기 때문이기도 했다. 그녀가 위험한 줄 알고 다시 돌아왔다는 말은 나중에 하고 싶었다. 테스는 내가 미쳤다고 생각할 것이다.

우리는 키스를 멈추고 껴안았다. 내 품에 안긴 테스가 무겁게 느껴졌다. 나는 다시 물었다. "여기 별일 없는 거죠?"

그녀는 내 품에서 빠져나와 허리를 곧추세우고 말했다. "왜 자꾸 그렇게 묻는 거죠?" 테스가 혀 꼬부라진 소리로 말하며 눈을 빠르게 깜빡였다.

"당신…… 지금 취했어요?" 내가 말했다.

"어쩌면요. 그게 어때서요? 당신도 취했잖아요." 테스는 내게서 등을 돌렸고, 금방이라도 쓰러질 듯이 몸 전체가 휘청거렸다. 나는 재빨리 다가가 그녀를 부축해 부엌으로 들어가는 입구 앞에 놓인, 마주 보는 두 개의 소파로 데려갔다. 우리 둘 다 소파에 앉았다.

"기분이 이상해요." 테스가 그렇게 말하며 내 어깨에 한 손을 올리고 몸을 기댔다. 그녀의 입에서 쓴 커피 냄새가 났다.

"내가 떠난 뒤로 뭘 했는지 말해봐요." 내가 말했다.

"당신이 언제 떠났죠?"

"두 시간 전에요. 그보다 덜 됐을 수도 있고. 정확히는 모르겠어요."

"아, 맞다. 난 마음의 상처를 달래고 있었어요. 왜냐하면 당신이……. 아무튼 그러다 커피를 더 마셨고, 그러다 너무너무 피곤해졌어요. 위층에 올라가서 자려는데 그냥 이 소파에서 잠깐 자면 어떨까 하는 생각이 드는 찰나에 초인종 소리가 났고, 당신이 나타난 거예요."

"나 말고 또 온 사람은요?"

"당신 말고 또 온 사람? 여기에? 없어요. 당신뿐이에요. 다시 키스할래요?"

나는 몸을 숙여 테스에게 키스했다. 빨리 끝내려고 했지만 테스가 입을 벌리고 내게 몸을 밀착했다. 나는 눈을 뜨고 있었지만 그녀의 머리카락이 얼굴로 떨어지는 바람에 순간적으로 아무것도 보지 못했다. 키스를 멈추고 그녀의 머리를 내 가슴으로 끌어내렸다.

"좋네요." 테스는 그렇게 말하더니 알아들을 수 없는 말을 중얼거렸다.

우리는 잠시 그렇게 앉아 있었다. 테스는 내게 기댄 채 잠이 들었다. 나는 그녀가 잠들게 내버려두고 주위를 둘러봤다. 내가 떠날 때와 똑같아 보였다. 우리가 마셨던 커피 잔은 여전히 퇴창 앞 식탁 위에 놓여 있었고 식탁 위의 등도 켜져 있었다. 부엌은 싱크대 조명만 켜져 있었다. 집 안은 조용했다. 비록 손님방에서 브라이언이 코 고는 소리가 들리는 듯했지만 확실하지는 않았다. 만약 그렇다면 좋은 신호였다. 브라이언은 아직 살아 있었다.

틀림없이 찰리는 이 집에 있다.

그가 어떻게 들어왔을지도 짐작이 갔다. 찰리는 오늘 밤에 날 여기까지 미행한 다음, 우리가 저녁을 먹는 동안 밖에서 기다렸을 것이다. 그러다 내가 집을 나서자 날 미행하거나 브라이언의 집에 몰래 들어갈 계획이었으리라. 하지만 그때 뜻밖의 기회가 생겼다. 테스가 내게 브라이언의 책을 주려고 현관문을 열어둔 채 뛰쳐나온 것이다. 그 틈에 찰리는 집 안으로 몰래 들어갔다. 그다음에는? 집 안 어딘가에 숨어 있다가 테스의 커피에 무언가를 탔다. 아마 프루이트의 위스키에 탔던 것과 같은 약일 것이다. 테스는 술에 취한 게 아니다. 두 시간 전에 내가 떠난 뒤로 술을 더 마셨을 리 없다. 약에 취한 것이다. 그러다 찰리가 테스에게 무슨 짓을 하기 전에 내가 먼저 도착했다. 이제 우리 모두 이 집에 모였다. 찰리는 어디에 있을까? 내가 찰리라면 어디에 숨었을까?

나는 천천히 가슴에서 테스를 떼어내 소파에 눕히고는 자리에서 일어났다.

"어디 가는 거예요?" 테스가 나직한 목소리로 웅얼거렸다. 그러더니 한 손을 볼 밑에 넣고 눈을 감은 채 코로 깊은숨을 내쉬었다. 나는 최대한 조용히 부엌으로 갔다. 거기에 1층 복도로 이어지는 옆문이 있었다. 그 복도로 가면 변기만 있는 욕실과 지금 브라이언이 자고 있는 손님용 침실이 나온다. 내 기억이 맞다면 벽장도 있다. 나는 조리대로 가서 아까 봤던 밀방망이를 찾아내 오른손에 들었다. 칼을 가져갈까 싶기도 했지만 밀방망이의 감촉이 좋았다. 묵직했다. 찰리에게 권총이 있다면 무용지물일 터였다. 그래도 없는 것보다는 나았고, 밀방망이를 들고 있으니 기분이 나아졌다.

그냥 부엌에 계속 있을까? 거실과 식탁이 있는 공간, 옆문이 동시에 보이는 이곳에 그냥 서 있는 게 나을까? 밤새 여기서 찰리가 먼저 행동하기를 기다릴 수도 있었다. 하지만 테스가 걱정됐다. 체내에 들어간 약물이 뭔지는 몰라도 치사량일 수 있다. 나는 아무도 없는 부엌에서 "당신 여기 있는 거 알아"라고 외쳤다. 내 목소리가 평소와 똑같이 들리기를 바라면서.

하지만 아무 대답도 들리지 않았다.

5분 정도 더 기다렸다. 내가 피해망상에 시달리는 걸까? 어쩌면 내가 떠난 뒤에 테스는 계속 술을 마셔서 그냥 술에 취한 건지도 모른다. 아니면 이제 찰리가 나를 가지고 노는 단계이다 보니 괜히 날 이 집으로 달려오도록 조종했을 수도 있다. 나는 다시 천천히 거실로 걸어갔다. 테스는 아까와 똑같이 몸을 둥글게 말고, 한 손을 뺨 밑에 넣은 채 소파에 누워 있었다. 그녀 앞에 쪼그리고 앉았더니 규칙적인 숨소리가 들렸다. 다시 일어나 복도가 있는 왼쪽으로 돌아갔다. 발을 내디딜 때마다 오래된 마룻바닥에서 끽끽 소리가 났다. 계단을 지나 욕실 문을 열었다. 복도 불빛 덕분에 안에 아무도 없다는 걸 알 수 있었다.

그때 뒤에서 발소리가 나자 나는 얼어붙었다.

이내 발소리가 멈췄지만 거친 숨소리가 들렸다. 밀방망이를 잡은 손에 힘을 주며 뒤를 돌아보았다. 사냥개 험프리가 어리둥절한 표정으로 날 바라보고 있었다. 내가 빈손을 내밀자 험프리가 다가와 냄새를 맡더니 흥미를 잃고 다시 거실로 돌아갔다.

나는 다시 돌아서서 브라이언이 잠들어 있는 손님용 침실에 가보기로 했다. 브라이언이 혼자 있는지 확인해보는 게 좋을 것 같았다. 그런 다음 그냥 집으로 돌아가야 할까? 여기 올 필요가 없었는지도 모른다.

"그 개 이름이 뭔가?"

뒤에서 목소리가 들렸다. 물론 누구 목소리인지 알 수 있었다. 뒤를 돌았더니 2층으로 올라가는 계단 밑에 그가 서 있었다. 현관 조명을 등지고 있어서 얼굴은 어둠에 잠겨 있었다.

한 손에 총을 든 그의 모습에서는 살의가 전혀 느껴지지 않았다. 하지만 내가 그를 향해, 마티 킹십을 향해 한 발짝 다가가자 그는 총을 들어 올려 내 가슴을 겨눴다.

<h1 style="text-align:center">28</h1>

"험프리요." 내가 말했다.

"응? 그 영화배우에서 따온 건가?" 마티가 말했다.

"그럴 겁니다. 나도 모르겠어요."

"집을 지키는 데는 형편없군."

"네." 내가 말했다. 마티의 다른 손에 무언가가 들려 있었고, 잠시 후에야 그게 휴대전화라는 걸 알았다. 마티와는 어울리지 않는 물건이었다. 나는 마티와 술을 자주 마셨고, 우리 서점 낭독회에 온 마티도 봤지만 왠지 그가 휴대전화를 바라보고 있는 모습은 한 번도 본 적이 없었다. 권총을 든 모습도 본 적이 없었지만 권총보다는 휴대전화가 그에게 더 이질적으로 느껴졌다.

"언제부터 여기 있었던 겁니까? 그걸로 나한테 메시지를 보낸 건가요? 덕버그 사이트에서?" 나는 고갯짓으로 휴대전화를 가리켰다.

"응. 제법 잘 쳤지? 이 굵은 손가락으로 말이야. 이봐, 우리 저기 가서 앉자고." 그가 총으로 어딘가를 가리켰다. "식탁에 앉을까? 그러면 자네는 손에 든 물건을 내려놓을 수 있고, 난 자네를 총으로 겨누지 않아도 되니까. 그런 다음에 재미있는 이야기를 나누자고."

"그러죠."

마티는 몸을 돌려 식탁으로 걸어갔다. 나는 마티를 향해 달려가 몸을 날리고, 그가 총을 들고 돌아서는 순간에 그를 바닥에 때려눕히는 상상을 했다. 하지만 현실에서는 그저 그를 따라갔고, 우리는 함께 식탁에 앉았다. 몇 시간 전에 테스와 내가 앉았던 바로 그 자리에. 마티는 의자에 등을 기대고는 허벅지에 총을 내려놓았다.

"자네가 들고 있는 건 뭔가?"

"밀방망이요." 나는 밀방망이를 식탁에 내려놓으며 말했다.

"여기 있던 거야? 아니면 자네가 가져온 거야?"

"여기 있던 겁니다."

식탁 위, 천장에 달린 등이 아직 켜져 있어서 마티의 얼굴이 훨씬 잘 보였다. 그는 평소와 똑같아 보였다. 누르스름한 피부, 헝클어진 머리, 최근에 자는 걸 잊어버린 듯한 안색. 하지만 그의 눈은 평소와 약간 달랐다. 더 강렬하고 생기가 넘쳤다고 말하고 싶지만 그건 아니었다. 그보다는 행복해 보였다. 얼굴에는 미소가 없었지만 눈은 웃고 있었다.

"총이라도 가져올 줄 알았는데. 하긴 자네는 그런 걸 좋아하는 타입은 아니지. 경찰에 신고했나?"

"네." 내가 냉큼 대답했다. "지금 오는 길입니다."

마티는 얼굴을 찡그렸다. "서로 거짓말은 하지 말자고. 진실만을 말하세. 그런 다음에 이제 어떻게 할지 함께 생각해보자고. 지금 자네가 무슨 생각하는지 알아. 내게 달려드는 것만이 여기서 살아남을 수 있는 유일한 기회라고 생각하겠지. 하지만 아니야. 난 합리적으로 행동할 거야. 그리고 솔직히 말해서, 난 젊지 않아. 나이가 들었는데도 제 발로 걸어 다니는 사람을 비하해서 쓰는 말이 뭐지?"

"정정하다."

"맞아, 정정하다. 내가 바로 그래. 그러니까 만약 갑자기 내게 달려든다면 자네 얼굴에 이 염병할 총알을 박아버릴 거야."

마티는 미소 지었다.

"알았어요." 내가 말했다.

"그냥 미리 경고하는 걸세. 허튼 생각 하지 말라고."

나는 양손을 들어 올리며 말했다. "여기 그대로 앉아 있을게요."

"좋아. 자넬 믿지. 이제 얘기해보세. 자네가 허구와 현실은 다르다고 했던 말을 계속 생각 중이야. 자네가 쓴 살인 리스트는 허구이고 현실과는 다르다는 말. 그 말은 맞는 것 같아, 맬. 근데 자네는 반대로 생각하고 있어. 허구가 현실보다 훨씬 나아. 나도 알아. 나는 오래 살았어. 내가 허구에 대해 어디서 배운 줄 아나? 자네에게 배웠어. 자네가 날 독서로 이끌었고, 또 살인으로 이끌었지. 그로 인해 내 삶은 더 좋은 쪽으로 바뀌었어. 이보게, 이 집에 맥주가 있을까? 얘기하면서 시원한 맥주나 마셨으면 좋겠는데."

"있을 겁니다." 내가 말했다.

마티는 식탁에서 부엌을 바라보았고, 희미한 조명 속에서 대형 냉장고가 어슴푸레 빛났다. "자네가 두 병만 가져오겠나? 허튼짓은 안 할거라고 믿어도 되겠지?"

"그럼요." 내가 말했다.

내가 일어나서 부엌으로 걸어가는 동안 마티는 내 쪽으로 총을 겨눴다. 나는 마주 보는 소파를 지났다. 이제 험프리는 테스 맞은편 소파에 널브러져 있었고, 둘 다 세상모른 채 자고 있었다. 나는 냉장고 문을 열고 안을 둘러본 끝에 뒤쪽에 묻혀 있던 하이네켄 두 병을 발견했다. 서랍에서 병따개를 찾아내 뚜껑을 땄다.

"아, 하이네켄." 내가 한 병을 마티 앞에 내려놓자 그가 미소 지으며 말했다. "이거 반갑군."

마티는 한 모금 마셨고 나도 마셨다. 입안이 마르고 끈적했으며 이런 상황에서도 맥주는 맛있었다. "그래, 자넨 날 두 번이나 변화시켰어, 맬. 그거 아나?" 마치 내가 맥주를 가지러 간 사이에 우리가 나눴던 대화를 계속 생각하고 있었다는 듯이 마티가 말했다. "자넨 내게 살인을 소개했고, 또 독서를 소개했어. 그리고 내 삶은 나아졌지."

"내가 살인을 소개한 적은 없는 것 같은데요."

내 말에 마티가 웃었다. "아니, 소개했어. 난 경찰이었어. 자네가 아니었다면 내가 어떻게 살인자가 됐겠나?"

그날 밤에 우리는 세 시간쯤 이야기를 나눈 것 같다. 주로 마티가 이야기했다. 말하면 할수록 목소리가 쉬기는 했어도 그는 세월을 역행하는 듯했다. 그가 저지른 짓이 그에게 새로운 삶을 가져다준 게 분명했다. 하지만 살인으로는 충분치 않았다. 그걸 누군가에게 말해야 했다.

마티는 몇 년 전, 그러니까 클레어가 죽은 해인 2010년에는 아직 스미스필드 경찰서에서 경관으로 일했으며 바람을 피우는 아내와 함께 살면서 은퇴를 고려했다고 말했다. 한밤중에 장전한 총을 입에 밀어

넣은 적도 두 번이나 있었다. 심지어 자신이 죽은 뒤 부인이 더는 남자들을 만나고 다니지 못하도록 부인을 먼저 죽이고 자살할까 생각도 했다. 그러지 않은 유일한 이유는 두 아이 때문이었다. 그리고 그 애들이 평생 그 사실을 짊어지고 살아야 했기 때문이었다. 그런데도 여전히 거의 매일 자살을 생각했다.

그 무렵 마티는 스미스필드에서 빨래방을 중심으로 활동하는 아마추어 성매매 조직을 추적하는 소규모 특별수사본부에서도 일하고 있었다. 그 조직은 크레이그리스트(미국의 지역 생활 정보 사이트 - 옮긴이)에 광고를 올렸는데 덕버그라는 더 은밀한 웹사이트에도 글을 올렸다. 마티는 한밤중에 양쪽 사이트를 모두 둘러보았고 자신도 바람을 피워야 하지 않을까, 인터넷으로 그런 상대를 구할 수 있지 않을까, 그러면 삶이 좀 달라질까 생각했다. 그러다 덕버그 사이트에서 《열차 안의 낯선 자들》을 좋아하는 사람을 찾는 내 글을 보게 되었다. 그 책을 읽은 적은 없었지만 ─ 당시는 아직 독서에 빠지기 전이었다 ─ 어릴 때 봤던 영화를 잊지 못했다. 로버트 워커. 팔리 그레인저. "내가 당신이 원하는 사람을 죽여줄 테니, 당신은 내가 원하는 사람을 죽여줘요." 마티는 내 제안에 답했다. 처음에는 아내를 죽여달라고 할까 생각했지만 설사 알리바이가 있다 해도 결국 자신이 잡힐 터였다. 하지만 바람을 피운 아내 못지않게 죽이고 싶은 사람이 있었다. 홀리요크에서 별 볼 일 없는 사업을 하는 노먼 채니라는 남자였다. 그는 자동차 수리를 겸하는 주유소 세 군데를 운영했지만 그중 어느 곳도 뛰어난 수리 기술로 알려지지 않았다. 오히려 지역 마약 조직과 연결된 곳으로 유명했다. 경찰에서는 채니에 관한 구체적인 증거를 하나도 찾아낼 수 없었지만 적어도 그가 돈세탁을 하는 건 틀림없었다. 어쩌면 주유소에서 마약을 거래할 수도 있었다. 그때 마티의 관심을 끈 것은 채니와 반쯤 별거하고 있던 아내 마거릿이 집에서 발생한 화재로 죽었다는 사실이었다. 지역 경찰들은 모두 채니가 보험금과 집 소유권, 아내의 목숨을 노리고 집에 불을 낸 뒤 뉴햄프셔 주로 도망갔다고 확신했다. 미꾸라지처럼 빠져나간 것이다.

메시지로 내게 에릭 앳웰의 이름과 주소를 받은 뒤에 마티는 노먼 채니의 이름과 주소를 알려주었다.

사우스웰에서 에릭 앳웰을 쏘기 전에 마티는 혹시라도 자신이 착한 사람을 죽이는 게 아닌지 확인하려고 뒷조사를 했다. 당연히 앳웰이 유명한 쓰레기임을 알게 되었다. 음주 운전과 규제 약물 소지와 같은 경범죄로 체포된 적도 몇 번 있었다. 그뿐 아니라 세 명의 여성이 앳웰을 상대로 접근 금지 명령까지 신청했는데 모두 그에게 폭행당했다고 주장했다.

앳웰을 죽이는 건 어렵지 않았다. 마티는 며칠 동안 잠복하다가 앳웰이 종종 늦은 오후에 집을 나서서 오랫동안 고강도 산책을 한다는 걸 알게 되었다. 산책할 때는 헤드폰을 썼고 농장 근처의 고립된 산책로를 걸었다. 마티는 2년 전 폐가를 수색하다가 얻은 권총을 들고 앳웰을 따라 사우스웰의 숲으로 들어가 다섯 발을 쐈다.

"〈오즈의 마법사〉의 그 장면 아나? 화면이 흑백에서 컬러로 바뀌는 장면 말이야." 마티가 말했다.

"그럼요."

"마치 그런 기분이었어. 세상이 완전히 바뀌어버렸지. 난 자네도 그랬을 거라고 생각했네. 노먼 채니가 죽었다는 소식을 들었을 때 말이야."

"아뇨. 세상이 바뀌기는 했지만 당신과는 반대였어요. 컬러에서 흑백으로 바뀌었죠."

마티는 얼굴을 찡그리며 어깨를 으쓱였다. "내가 틀렸군. 그래도 난 자네가 나와 같은 기분일 거라고 생각했어. 자네가 누군지 찾아내야 한다고, 찾아내서 만나야 한다고 생각했지."

예상대로 날 찾아내기는 쉬웠다고 했다. 앳웰의 사전 조사를 하던 당시 마티는 앳웰이 클레어 맬러리라는 여자의 죽음에 연루되었으며 그녀가 보스턴에 있는 서점 매니저와 결혼했다는 사실을 알게 되었다. 내 이름을 알아낸 뒤에는 서점 블로그를 찾아냈고, 거기서 내가 쓴 리스트 '여덟 건의 완벽한 살인'을 보게 되었다. 그 리스트 한가운데에 《열차 안의 낯선 자들》이 있었다. 마티는 그 책을 찾아서 읽었고, 그다음에는 리스트에 있던 다른 책들도 읽었다. 그러자 세상이 좀더 열렸다. 그 일이 있기 전에 마티는 사랑이 없고 허울뿐인 결혼 생활을 하고 있었다. 아들은 약물 중독과 싸웠고, 딸은 아빠와 보내는 시간을 고역으로 여겼다. 하지만 이제는 살인을 알게 되었고, 그보다 더 좋은 독서도 알게 되었다. 마티는 이혼 서류에 서명했고 조기 은퇴한 뒤에 보스턴으로 이사했다.

내 곁에 있기 위해.

2012년부터는 우리 서점 낭독회에 오기 시작했고, 마침내 우리는 아는 사이가 되었다. 마티는 나를 만나고 나와 친구가 되는 걸로 충분하다고 생각했던 모양이다. 어쩌면 시간이 흘러 우리가 서로를 위해 살인을 저지른 일도 털어놓게 될지 모른다고. 하지만 그런 일은 일어나지 않았다. 그렇다, 우리는 친구가 되었지만 그걸로 충분하지 않았다. 그리고 앞에서 말했듯이 우리는 함께 보내는 시간이 점점 줄어들었다. 그때 마티에게 내가 쓴 리스트로 살인을 마무리하는 아이디어가 떠올랐다. 그것은 나와 돈독해지는 길이었다. 맥주 두어 잔을 함께 마시는 것으로는 우리 사이가 돈독해지지 않았기 때문이다. 다시 말해, 내가 더 좋은 친구가 되어주었다면 그 많은 사람이 살해되지 않았으리라. 아니, 그건 사실이 아닐지도 모른다. 마티가 처음 에릭 앳웰을 죽였을 때 샴페인의 뚜껑이 뻥 열린 셈이었다. 그 뚜껑은 다시 병으로 들어가지 못한다. 그리고 이제 그에게는 새로운 취미를 실행할 살인 방법이 무더기로 있었다. 누구를 죽일지만 정하면 그만이었다.

마티 킹십이 스미스필드에 살던 시절, 그의 아내가 처음부터 바람을 피운 건 아니었다. 아나운서 로빈 캘러핸이 불륜의 이점에 대해 쓴 악명 높은 책을 읽은 뒤부터였다. '인생은 너무 길다'라는 제목이었는데 로빈 캘러핸이 함께 뉴스를 진행하는 유부남 앵커와 바람을 피우다 걸린 지 1년 후에 출간되었다. 캘러핸이 매력적인 금발 미녀이고, 자신의 불륜을 전혀 부끄러워하지 않는다는 사실에 힘입어서 그 책은 몇 달간 타블로이드 신문의 단골 기삿거리가 되었다. 한마디로 불륜이 일부일처제보다 더 자연스럽다, 사람들이 영원히 결혼 생활을 유지하기에는 인간의 수명이 너무 늘어났다는 내용으로 캘러핸은 자신의 악명을 적극적으로 이용했다. 그녀가 토크쇼에 초대 손님으로 몇 번 출연하면서 책은 베스트셀러가 되었다. 마티 킹십은 아내가 치과의사와 연달아 바람이 난 이유가 그 책 때문이라고 생각했다. 로빈 캘러핸에게 반감을 품은 사람이 마티만은 아닐 것이다. 하지만 마티는 살인을 저지르고도 잡히지 않은 경험이 있었고, 다시 누군가를 죽이고 싶어서 좀이 쑤셨다.

마티는 내가 쓴 완벽한 살인의 리스트를 훑어보며 로빈 캘러핸을 죽이고 빠져나갈 방법이 있는지 살펴보았다. 특히 애거서 크리스티의 《ABC 살인사건》이 마음에 들었다. 그 책에서는 특정인의 살인을 연쇄 살인 속에 감춰서 미치광이가 마구잡이로 죽인 것처럼 보이게 했다. 로빈 캘러핸에게도 그 방법을 쓰면 어떨까? 비슷한 이름을 가진 사람—이를테면 새의 이름—을 몇 명 더 죽이는 것이다. 그런 다음에 범죄 현장마다 깃털을 하나씩 남긴다. 아니다. 관할 경찰서에 우편으로 깃털을 보내는 게 낫겠다.

그래서 마티는 그렇게 했다. 로빈 캘러핸에게 예전에 사용했던 경찰 신분증을 보여주고 그녀의 집으로 들어가 그녀를 죽였다. 또 이선 버드도 죽였다. 새와 관련된 이름을 찾아 경찰 조서를 뒤지다가 발견한 대학생이었다. 이선은 로웰의 한 스포츠 바에서 바텐더를 협박하고, 치안을 어지럽힌 혐의로 체포되었다. 마티는 같은 방법으로 제이 브래드쇼도 찾아냈다. 브래드쇼는 강간으로 체포되었으나 유죄 선고를 받지 않았다. 주로 케이프코드에 있는 집 차고에 앉아, 쓰던 연장을 팔면서 시간을 보낸다고 했다. 마티는 환한 대낮에 브래드쇼를 찾아갔고, 가져간 야구 배트로 그를 두들겨 패다가 거기에 있던 대형 망치로 그의 머리를 내려쳤다.

ABC 살인 계획을 짜는 순간 마티는 그 리스트를 완수하기 전에는 멈출 수 없다는 걸 알았다. 빌 만소 역시 경찰 조서를 훑어보다가 찾아냈는데 가정폭력으로 조사받은 적이 있고, 이웃에 사는 여자에게 신고를 당한 적도 있었다. 여자는 만소가 낮에 그녀의 집에 몰래 들어와 속옷을 훔쳐갔다고 했다. 이 모두가 5년 전 일이었지만 마티는 조서를 좀 더 읽어본 끝에 만소가 정해진 시간에 뉴욕시로 가는 통근 열차를 탔기 때문에 풀려났다는 사실을 알게 되었다. 여자의 집에 침입자가 들어온 시간에 자신이 통근 열차에 타고 있었다는 증거를 제시한 것이다. 통근 열차라고 하니 리스트에 있던 또 다른 책 《이중 배상》이 생각났다. 물론 마티는 그 책을 읽었고 도서관에서 영화까지 봤다. 영화가 더 좋았다("프레드 맥머리를 완전히 재평가하게 됐지"). 마티는 만소를 죽이기로 마음먹고 그를 죽도록 두들겨 팬 다음, 선로에 시신을 남겨놓았다. 그러고는 이튿날 아침에 만소가 타던 통근 열차에 올라타 시간을 맞춰 차창을 깼다. 마치 만소가 기차에서 떨어진 것처럼 보이도록. 마티는 이 방법이 먹히지 않으리라는 걸 알았다. 현장 감식반은 만소가 다른 데서 살해되었고, 누군가가 시신을 선로로 옮겨놓았다는 걸 금방 알아낼 터였다. 하지만 수사기관에 있는 사람이 두 책 간의 연관성을 알아차릴지도 모른다는 사실, 그리하여 나를 의심하게 될 거라는 사실이 마티를 흥분시켰다. 어쩌면 내가 체포될지도 모른다. 어느 쪽이든 내가 연루될 테고 그게 마티가 바라는 바였다.

마티는 빌 만소에게 어떻게 접근해야 할지 알 수 없었지만, 코네티컷주에 갔을 때 만소가 기차역에서 가장 가까운 바에서 술을 즐겨 마신다는 사실을 알아낸 덕분에 일이 쉬워졌다. 만소는 매일 오후 다섯 시 반이면 열차에서 내려 곧장 코리도어 바앤드그릴로 직행했고, 밤 열 시가 되어서야 비틀거리며 바에서 나와 2.5킬로미터 정도를 운전해서 집으로 갔다. 마티는 주차장에서 삼단봉으로 만소를 때려죽이고("야구 배트보다 훨씬 낫더군") 선로에 그의 시신을 남겨두었다. 그러고는 이튿날 통근 열차에 타서 같은 삼단봉으로 차량 사이의 창문을 깼다.

네 번째 살인까지 저지르고 나자 마티는 초조해졌다. 내게 직접적으로 말하지는 않았지만 좀더 노골적으로 드러내야 할 때가 되었다고 마음먹은 것이다. 이젠 어떻게든 나를 끌어들여야 했다.

올드데블스의 단골들, 특히 작가 낭독회에 왔던 단골이라면 누구나 그렇듯이 마티도 일레인 존슨을 알고 있었다. 일레인은 여러 번 마티를 붙잡고 그가 반드시 읽어야 할 책들과 읽는 게 시간 낭비인 책들을 알려주었다. 또한 자신이 세 들어 사는 아파트 주인인 레즈비언 여자를 흉보고 자기가 없었으면 올드데블스가 진작에 망했을 거라고 했다. 또 심장이 약해서 의사들이 더 조용한 곳으로 이사하라고 했으며 절대 스트레스를 받아서는 안 된다는 말도 했다.

일레인이 메인 주 록랜드의 죽은 언니 집으로 이사한다는 걸 알았던 마티는 그곳을 찾아갔다. 일레인이 외출 중일 때—아마 그 동네 서점 직원을 괴롭히고 있을 것이다—집에 몰래 들어가 침실 벽장에 숨었다. 크고 흉측한 입에 뾰족한 이빨이 잔뜩 난 광대 복면을 쓴 채. 일레인 존슨이 집에 돌아오자 마티는 참을성 있게 기다렸다. 그녀는 그가 숨어 있는 줄도 모른 채 아래층을 어슬렁거리다가 마침내 위층 침실로 올라오더니 곧장 벽장 문을 열었다. 마티는 그저 우두커니 서 있다가 그녀에게 한 발 다가갔을 뿐이었다. 일레인은 얼굴이 창백하게 변하더니 가슴을 움켜잡았고 마티가 원했던 대로 되었다. 심장마비로 죽은 것이다.

"책은 왜 남겨둔 겁니까?" 내가 물었다.

"경찰이 자네를 찾아가길 바랐어. 당장은 아니더라도 언젠가는. 일레인 존슨의 죽음은 완벽했지. 어떤 부검의도 그녀의 죽음을 의심하지 않을 거야. 그래서 그냥 혼란을 좀 주려고 책을 남겨뒀지. 수사기관에 그 모든 걸 조합할 수 있을 정도로 똑똑한 누군가가 있기를 바라면서."

"그 누군가가 나타났습니다."

"그랬더군. 자네는 패닉에 빠져서 내게 도움을 청했지. 정말로 그렇게 될 줄 몰랐는데 막상 그런 일이 일어나니까 아주 짜릿하더군. 내게 도움을 청하는 자네 목소리를 들으니 기분이 좋았어."

"거기서 끝낼 수도 있었을 텐데요. 원하는 걸 이뤘잖아요."

"아니. 내가 원하는 건 프로젝트를 마치는 거야. 그리고 자네도 거기에 동참하길 원했는데 이제 그렇게 됐어. 우리 둘이 만났으니까. 나머지 이야기도 듣고 싶나?"

29

"FBI가 자네를 찾아왔다고 했을 때 난 알았지. 마침내 누군가가 눈치챘다는 걸. 자네 입장이 난처해질수록 자네가 하루빨리 나를 찾으려 할 거라고 생각했어. 그래서 시간을 조금 늦추려고 자네에게 닉 프루이트를 건네줬지."

마티는 노먼 채니의 집에 불이 나서 채니의 아내이자 프루이트의 누나가 죽은 뒤 프루이트가 채니를 정식으로 고소한 건 사실이라고 했다. 그 때문에 내가 채니의 죽음을 조사해달라고 부탁하기도 전에 마티는 이미 닉 프루이트를 조사했다. 프루이트는 지금은 금주 중인 알코올중독자로 몇 번 체포된 적이 있었다. 마티는 그가《살의》의 방법으로 죽이기에 완벽한 후보자라고 생각했다. 프루이트가 단시간에 술을 너무 많이 마셔서 급성 알코올중독으로 죽는다고 해도 누가 그걸 살인으로 의심하겠는가. 그는 알코올중독자로 살았던 확실한 과거가 있었다.

수요일 밤 마티는 나와 잭크로에서 술을 마신 뒤에 주류 판매소에 가서 스카치위스키를 한 병 샀다. 그걸 들고 뉴에식스에 있는 프루이트의 집으로 갔다. "프루이트는 날 순순히 집에 들이더군. 물론 내가 권총을 보여주긴 했지. 프루이트에게 술을 몇 잔 마시라고 했어. 한번 마시기 시작하자 멈추질 못했어. 한 병을 다 마시도록 하는 게 그다지 어렵진 않더군. 혹시 몰라서 술에 액상으로 된 벤조디아제핀도 타뒀지."

마티는 미소를 지으며 말을 이었다. "프루이트가 막다른 길이 되자 이번에는 자네한테 브라이언 머레이나 심지어 테스를 범인으로 의심하게 해야겠다고 생각했지. 내 작전이 먹혔나? 이 집에 있던 스카치위스키가 어떤 브랜드인지 봤지?"

"봤습니다."

"기분 좋군." 마티는 마치 내게 스웨터가 멋지다는 칭찬이라도 받은 사람처럼 말했다.

"브라이언과 테스 머레이를 잘 아나요?" 내가 물었다.

"테스는 오늘 밤에 처음 만났어. 자네가 오기 전까지 이 집에서 나랑 숨바꼭질을 좀 했지. 브라이언은 서점 사장으로 알고 있었어. 그러다 지난 몇 년간 브라이언이 좋아하는 호텔 바에 들러서 그와 술을 한잔하는 게 습관이 됐지. 화요일 밤에 자네가 그 두 사람과 함께 있는 걸봤어. 브라이언이 팔을 다쳐서 테스가 돌아왔다는 것도 알고 있었고. 그걸로 모든 준비는 다 된 거야. 경찰은 브라이언의 집에서 그의 변사체를 찾아낼 거고, 테스는 실종될 거야. 난 브라이언 얼굴을 베개로 가린 다음 거기에 대고 총을 쏠 생각이야. 우리가 테스의 짐을 챙겨줄 수도 있지. 《붉은 저택의 비밀》과 똑같을 거야. 시신 하나, 도망간 살인자 하나. 테스의 시체를 숨길 장소만 있으면 돼."

"테스는 왜 저러는 겁니까?" 나는 아직도 소파에서 몸을 웅크린 채자고 있는 테스를 바라보았다. 그녀는 아까와 똑같은 자세였다.

"테스가 마시던 커피에 벤조다이아제핀을 넣었어. 포트와인에도 넣었고. 그걸 먹은 모양이야. 치사량을 먹었을 가능성도 있지만 설사 아니더라도 테스를 죽이는 건 문제 없어. 머리에 비닐봉지를 씌운다든 가 해서 쉽게 죽일 수 있을 거야."

우리 둘 다 손님용 침실에서 들려오는 브라이언의 코골이 소리에 익숙해져 있었는데 갑자기 요란하게 컥컥거리는 소리가 들렸다. 너무 과격한 소리라서 우리는 서로를 바라보았다. 마티는 허벅지에 놓아둔 총을 집어 들더니 그쪽을 보며 말했다. "수면무호흡증이야. 잠에서 깨 지는 않을 테지만 가서 살펴보자고."

마티가 자리에서 일어나자 그의 무릎에서 빠각 소리가 났다. "자네 도 일어나." 마티가 내게 총을 겨누며 말했다. 나도 함께 일어났다.

우리는 함께 복도 끝에 있는 손님용 침실로 갔다. 내가 앞서고 마 티가 뒤따랐다. 침실 문은 살짝 열려 있었다. 나는 문을 밀치고 안으로 들어갔다. 침실은 어두웠지만 창문으로 빛이 조금 새어 들어와 침대에 등을 대고 누운 브라이언을 볼 수 있었다. 테스는 그의 옷을 벗기지 않 은 대신 바지 버튼을 풀고 벨트를 느슨하게 해놓았다. 나는 브라이언의 가슴이 빠르게 들썩이며 살짝 떨리는 걸 지켜보았다. 그러자 또다시 폭 발하는 듯한 코골이 소리가 났다. 잠에서 깨지 않는 게 신기할 지경이 었다.

"맙소사." 내 뒤에서 마티가 말했다. "어서 이 새끼를 불행에서 구 해주자고."

내가 몸을 돌리자 마티가 벽에 달린 스위치를 켰다. 갑자기 침실이 플로어 램프의 불빛에 잠겼다. 브라이언이 자고 있는 침대 위에는 대형

추상화가 걸려 있었다. 붉은색과 검은색의 두툼한 블록들을 그린 그림
이었다.

"지금 그만둘 수 있어요, 마티." 내가 말했다.

"그만두면 그다음은?"

"자수하는 거죠. 우리 둘 다. 함께 자수해요." 그럴 가망이 없다는
건 알고 있었지만 마티는 피곤해 보였고, 이 게임의 막바지에 다다랐다
는 생각이 들었다. 어쩌면 마음 깊은 곳에서는 마티도 잡히기를 바랄지
모른다.

마티는 고개를 저었다. "그 많은 경찰과 이야기하고, 그다음에는
변호사며 정신과 의사랑 이야기할 걸 생각하니 지치는군. 그냥 계속 죽
이는 편이 더 쉽지. 거의 다 끝났어. 여덟 건의 완벽한 살인. 자네가 좋
아하는 살인 말이야, 맬."

"현실이 아니라 책에서 좋아하는 겁니다."

마티는 잠시 말이 없었고 약간 힘겹게 숨을 쉬는 듯했다. 순간적
으로 나는 마티가 갑작스러운 심장마비로 죽을지 모른다는 환상을 품
었다. 하지만 그는 나를 올려다보며 말했다. "인정해야겠군. 이 일이 다
끝난다고 생각하면 기분이 나쁘지 않아. 자네를 위해 이번 살인은 양보
해야겠어. 브라이언은 자네가 죽이게. 왜냐하면 솔직히 말해서, 자네가
노먼 채니를 죽인 뒤로 힘든 일은 내가 다 했잖아. 내가 이 총을 줄 테
니까 자네는 브라이언의 얼굴에 베개를 놓고 거기에 쏘기만 하면 돼.
이웃 사람들은 총성을 듣지 못할 거야. 설사 듣는다고 해도 다른 소리
라고 생각하겠지. 자동차 백파이어 소리 같은 걸로."

"알았어요." 내가 말하며 손을 내밀었다.

"자네가 무슨 생각하는지 알아, 맬. 나한테 총을 받으면 그걸로 날 겨누고 경찰에 전화하려고 하겠지. 하지만 난 그런 일이 일어나게 두지 않을 거야. 자네를 공격할 거고, 그럼 자네는 날 쏴야만 해. 그러니까 어느 쪽이든 자넨 누군가를 쏴야만 하는 거지. 여기 있는 브라이언이나 날. 선택권은 자네에게 줄게. 만약 날 쏘겠다면 괜찮아. 내 전립선은 이미 야구공만 하니까. 난 즐거운 시간을 보냈어. 자네를 알고 이 게임을 했던 최근 몇 년간이 뜻밖의 횡재였지."

"아닌 사람도 있어요."

"그렇겠지. 하지만 자네도 마음 깊은 곳에서는 그런 건 별로 중요치 않다는 걸 알 거야. 내가 자네에게 이 총을 건네고 자네가 브라이언의 머리를 쏜다면, 자네는 분명 그에게 호의를 베푸는 거야. 자네도 즐거울 거고. 날 믿어."

"알았어요." 나는 그를 향해 팔을 더 뻗으며 말했다.

마티가 미소 지었다. 아까 그의 눈에 비쳤던 행복감은 사라지고 없었다. 대신 평소와 같은 것이 보였다. 나는 늘 그게 친절이라고 생각했다.

마티는 내 손에 총을 쥐여주었다. 리볼버였다. 나는 공이치기를 젖혔다.

"이건 더블 액션 리볼버야. 공이치기를 젖힐 필요 없어."

나는 침대에 뻗어 있는 브라이언 머레이를 바라보았다. 그러고는 다시 마티를 돌아보며 그의 가슴에 총을 쐈다.

30

《애크로이드 살인사건》의 끝에서 두 번째 장 제목은 '완전한 진실'이다. 그 장에서 화자이자 사실 범인이었던 시골 의사는 독자들에게 자신이 한 짓을 정확히 밝힌다.

나는 이 이야기 속 어느 장에도 그렇게 서술하는 제목은 붙이지 않았다. 그건 구식 관습 같았고 살짝 유치해 보이기도 한다. 이 앞장의 제목을 뭐라고 붙여야 했을까? 아마 '마침내 드러난 찰리의 정체' 같은 것이었으리라. 이거 봐라. 얼마나 유치한가. 하지만 만약 내가 그렇게 했다면, 장마다 제목을 붙였다면 이번 장의 제목은 틀림없이 '완전한 진실'일 것이다.

아내가 죽던 날 밤, 나는 차로 그녀를 따라 사우스웰까지, 에릭 앳웰의 집까지 갔다. 거기 간 것이 처음은 아니었다. 클레어가 다시 마약에 손을 댔다는 걸 알게 되고, 블랙반엔터프라이즈에 있는 누군가와 사귈지 모른다고 생각한 후로 그 개조한 농가를 차로 몇 번 지나갔다. 심지어 앳웰을 본 적도 있었다. 적어도 나는 그게 앳웰이라고 생각했다.

그는 적갈색 조깅복을 입고 집에서 멀지 않은 인도를 따라 달리고 있었는데 영화 〈록키〉의 주인공처럼 권투하듯이 허공에 가볍게 주먹을 날렸다.

클레어와 나는 새해 전야를 집에서 보내기로 했다. 클레어는 블랙반에서 조촐한 파티가 열리지만 이제 마약을 끊었으니(적어도 내게는 그렇게 말했다) 거기 갈 이유가 없다고 했다. 우리는 그날 밤에 함께 로스트치킨을 만들었다. 나는 매시드포테이토를 만들고, 클레어는 방울양배추를 쪘다. 베르멘티노 와인 한 병과 함께 저녁을 먹었고, 식사를 마친 뒤에 두 번째 병을 땄다. 우리는 클레어가 좋아하는 영화 〈이터널 선샤인〉을 보려고 소파로 자리를 옮겼다. 당시에는 나도 그 영화를 좋아했다. 지금은 생각만 해도 구역질이 나지만.

깜빡 잠이 들었는지 정신을 차려보니 영화는 끝났고, 화면에는 DVD 메뉴 옵션만 나와 있었다. 테이블에는 클레어가 남긴 쪽지가 있었다.

금방 돌아올게. 약속해. 그리고 미안해. 당신을 사랑하는 C.

클레어가 어디로 갔는지 당연히 알고 있었다. 우리 집 앞에 주차되어 있던 그녀의 차가 사라지고 없었다. 나는 내 차를 타고 사우스웰로 향했다.

내가 도착했을 때 앳웰의 집에서는 소규모 파티가 열리는 중이었다. 진입로에 다섯 대, 거리에 두 대의 차가 더 주차되어 있었는데 그중 하나가 클레어의 차였다. 나는 거기서 200미터쯤 떨어진 곳에 주차했다. 그냥 도로 가장자리에 차를 바싹 대어두었다. 사우스웰의 이쪽 지역은 사람이 거의 살지 않았다. 돌담이 십자 형태로 교차하는 오래된 농지가 대부분이었고, 드문드문 고가의 주택이 있었다.

차에서 내려 차갑고 맑은 밤공기 속으로 나갔다. 갑자기 집을 나서는 바람에 옷을 제대로 갖춰 입지 못한 터라 청바지에 스웨터, 그 위에 걸친 낡은 청재킷이 전부였다. 재킷 단추를 다 채우고 양손을 주머니에 넣은 채 앳웰의 집으로 걸어갔다. 우편함 옆에 '블랙반엔터프라이즈'라고 적힌 작은 팻말이 눈에 띄지 않게 세워져 있었다. 나는 잠시 거기 서서 멀찍이 떨어진 농가를 바라보았다. 하얗게 칠한 농가가 옆에 엄청나게 큰 헛간이 어렴풋이 보였다. 물론 낮에도 본 적이 있었는데 '블랙반'이라는 이름과 달리 검은색이 아니라 진회색에 가까웠다. 하지만 멋진 작업 공간으로 개조되어 앞쪽 문은 유리문으로 바꾸었고, 내부는 탁 트인 작업실로 조립식 책상과 탁구대가 구비되어 있었다.

경내 가장자리를 돌면서 헛간에 가까이 다가가 보니 천장에 달린 조명이 환히 켜지기는 했어도 안에는 아무도 없었다. 파티는 집에서 열리고 있었다. 나는 집 뒤쪽으로 다가가려고 헛간을 돌았다가 눈앞의 광경에 잠시 충격을 받았다. 하늘에는 보름달에 가까운 달이 떠 있었고 구름 한 점 없었다. 앳웰의 땅은 산등성이에 자리한 터라 내가 선 곳에서 기울어진 들판을 가로질러 일렬로 서 있는 어두운 나무들까지 보였다. 나무들은 은색 달빛에 잠겨 있었다. 나는 얇은 재킷 안에서 몸을 떨며 잠시 그 광경을 지켜보았다. 그때 갑자기 웃음소리가 들렸고 담배 냄새가 났다. 내가 서 있는 헛간 구석에서는 앳웰의 집 뒤쪽에 설치된 데크가 보였다. 원래는 없었는데 앳웰이 추가로 설치한 데크가 틀림없었다. 내가 모르는 남녀 둘이서 담배를 피우며 요란하게 웃어댔다. 그들이 나누는 이야기는 매서운 바람에 날아가버렸다. 나는 두 사람이 담배를 다 피우고 다시 집으로 들어가는 걸 지켜본 뒤 가장 가까운 창문으로 다가가 집 안을 들여다보았다.

그날 밤에는 절대 잊을 수 없는 일이 많았지만 창문 너머로 보이던 광경 역시 그중 하나였다. 멋지게 꾸며진 널찍한 거실에 스무 명 정도가 어슬렁거렸다. 거실 한가운데 충전제가 잔뜩 들어간 푹신한 가죽 소파에 클레어가 앉아 있었다. 초록색 코듀로이 미니스커트에 내가 본 적이 없는 듯한 크림색 실크 블라우스를 입고 샴페인 잔을 들고 있었다. 옆에는 앳웰이 그녀와 어깨를 맞대고 앉아 있었다. 거실은 조명이 흐릿했지만 테이블 유리 상판에 흰 가루가 소복이 쌓여 있었고, 한 남자가 카펫 위에 무릎을 꿇고서 가루를 코로 들이마시려고 했다. 클럽에서 들을 수 있는 테크노 음악이 집 안에 쿵쿵 울려 퍼졌고, 소파 뒤에서는 세 사람이 춤추고 있었다. 하지만 내가 절대 잊지 못할 장면은 클레어의 모습이었다. 그녀의 옷차림이나 심지어 그녀가 앳웰에게 몸을 기대고 있고, 앳웰의 손이 클레어의 맨허벅지를 주무르고 있다는 사실이 아니라 광채가 나던 그녀의 얼굴이었다. 마약 때문이기는 했지만 다른 무언가가 있었다. 순수한 동물적 즐거움의 광채였다. 클레어는 자꾸 웃었고, 입은 부자연스러울 정도로 활짝 벌어졌으며, 입술은 젖어 있었다.

나는 차로 돌아가 시동을 켜고 히터를 최대로 올렸다. 몸이 부들부들 떨렸지만 또한 울고 있었다. 그러다 화가 치밀어서 주먹으로 차 지붕을 계속 두드렸다. 당연히 클레어와 앳웰에게 화가 났지만 무엇보다 나 자신에게 제일 화가 난 것 같았다. 적어도 그 당시에는 그랬다. 왜냐하면 나는 다시 서머빌로 돌아가 아내를 기다릴 작정이었기 때문이다. 그녀가 무사히 돌아오기를, 언젠가 내게 돌아오기를 바라면서.

차 안이 따뜻해지자 마음도 진정되었다. 운전석에서 길가에 주차된 클레어의 차가 보였고, 나는 기다리기로 했다. 과거 경험상 클레어가 여기서 자지는 않으리라는 걸, 늦더라도 아침이 되기 전에 집으로 가리라는 걸 알고 있었다. 또한 어머니가 늘 아버지를 용서했듯이 나도 그녀를 용서할 터였다. 나는 클레어가 돌아오기를 기다릴 것이다. 하지만 엔진이 부르릉거리고, 환풍구에서 열기가 쏟아지는 차 안에 앉아 있는 시간이 길어질수록 클레어에게 점점 더 화가 치밀었다. 그녀가 마약 중독자이며 어떤 면에서는 그녀도 자신을 통제할 수 없음을 알고 있었다. 하지만 앳웰의 거실에 있던 그녀는 너무 행복해 보였다. 너무 생기가 넘쳐 보였다.

새벽 두 시 반이 되자 두 형체가 클레어의 차로 다가왔다. 달빛 속에서 두 사람이 함께 걸어오더니 키스를 했다. 클레어가 차 문을 열고—그녀의 맨다리와 후드 달린 하얀색 코트가 보였다—차에 올라탔다. 앳웰은 뛰어서 집으로 돌아갔다. 브레이크 등이 켜졌고 차가 유턴했다. 헤드라이트가 소나무 무리의 그늘에 있는 내 차를 비췄지만 클레어는 유심히 보지 않은 게 틀림없었다. 그녀가 탄 차는 2번 국도를 향해 빠르게 달려갔다.

나는 그녀를 따라갔다. 클레어는 뒷길에서는 빠르게 달리다가 보스턴으로 가는 고속도로에 들어서자 정확히 제한속도로 달렸다. 아직 새해 전야라서 경찰이 대대적으로 음주 운전 단속을 할 터였다. 그날 밤에 클레어가 무슨 약을 먹었고 무슨 짓을 했든지 간에 경찰에게 잡히지 않으려고 조심한다는 사실이 어딘가 짜증 났다. 마찬가지로 클레어는 집으로 돌아오면 날 깨우지 않으려고 살그머니 들어올 것이다. 그러고는 이튿날 아침에 내가 무슨 일이 있었냐고 물으면 울면서 자기가 너무 나쁜 사람이라고, 용서해달라고 하겠지. 그녀는 이중생활을 원했지만 나와의 대립은 원치 않았다. 원래 그런 성격이었다. 만약 클레어가 그냥 날 떠났다면, 자신이 에릭 앳웰과 함께 마약중독자로 살고 싶다는 사실을 받아들였더라면 난 그녀를 더 존중했을 것이다. 그랬으면 적어도 터놓고 문제를 이야기할 수 있었으리라.

2차선 고속도로에는 다른 차들이 몇 대 더 있었지만 많지 않았다. 나는 클레어의 차를 바싹 쫓았다. 그녀가 내 차를 알아볼까 걱정되지는 않았다. 아까 앳웰의 집 앞에 있을 때도 알아보지 못했으니 아마 지금도 알아보지 못할 것이다. 차로 이 길을 여러 번 다닌 터라 곧 고가도로가 나온다는 걸 알고 있었다. 고가도로 가장자리에는 높이가 낮은 가드레일뿐이었다. 갑자기 클레어의 차가 비틀거리며 가드레일을 들이받고 추락하는 장면을 상상했다. 나는 별다른 생각 없이 속도를 내 추월차선에서 클레어를 앞질렀다. 순간적으로 우리는 잠시 나란히 달렸다. 나는 그녀를 돌아보았지만 어둠에 잠긴 옆얼굴만 보일 뿐이었다. 클레어가 날 돌아봤을 수도 있지만 과연 그랬는지 알 수 없었다. 그녀가 날 봤을까? 내 얼굴 역시 어둠에 잠겨 있었다. 그녀가 날 알아봤을까?

나는 클레어를 추월했지만 계속 추월 차선에 남아 있었다. 고가도로가 빠르게 다가왔고 머릿속으로 한 장면을 상상했다. 내가 클레어의 차가 있는 차선으로 밀고 들어가면 어떻게 될까? 두 차가 충돌해서 함께 빙글빙글 돌다가 가장자리로 밀려날까? 마음 깊은 곳에서는 클레어가 그렇게 하지 않으리라는 걸 알고 있었다. 아내는 매사에 충돌을 피하는 성격이었다. 설사 그로 인해 자신의 인생이 망가진다 해도. 따라서 만약 내가 그녀의 차선으로 들어간다면 클레어는 날 피하려고 방향을 틀 것이다.

나는 그렇게 했다. 고가도로를 따라 우리 둘의 차가 질주할 때 대각선으로 그녀 앞으로 끼어들었고, 클레어는 정확히 내 예상대로 했다. 차의 방향을 틀어 가드레일을 들이받고 추락한 것이다.

집에 돌아온 나는 경찰이 오기를 기다렸다. 그들은 아침 여덟 시에 찾아와 아내가 죽었다고 말했다. 당연히 나는 안도했다. 클레어가 끔찍한 부상을 입었으면 어쩌나 걱정하던 차였다. 또한 그녀의 차가 아래 도로로 떨어지며 다른 사람이 죽었을까 걱정되기도 했다. 하지만 추가로 다친 사람은 없었고 나는 그 사실에도 감사했다.

내가 죽인 사람의 죽음을 슬퍼한다는 건 웃긴 일이다. 처음에는 내 슬픔이 엄청난 죄책감과 연결되어 있었다. 만약 그날 밤 그냥 클레어가 집으로 가게 두었으면 어떻게 되었을지 계속 생각했다. 어쩌면 클레어는 내게 자신을 재활 센터에 보내달라고 부탁했을지도 모른다. 자신이 완전히 바닥에 떨어졌고, 이제는 올라가고 싶다고 말했을지도 모른다. 혹은 계속 마약을 구하러 앳웰에게 돌아가고, 나는 그런 그녀를 내버려뒀을 수도 있다. 그녀가 바뀔지도 모른다는 희망을 품고 그저 기다렸으리라.

클레어의 일기를 읽는 게 도움이 되었다. 일기 속 클레어와 나의 이야기에는 확실한 악당이 등장했다. 바로 에릭 앳웰이었다. 그를 죽일 방법을 고심하면서 가장 힘들었던 시간을 이겨낼 수 있었고 그 뒤로는 시간이 약이었다. 그 일을 완전히 극복하지는 못했어도 점점 사는 게 쉬워졌다. 나는 서점을 인수해 일에 몰두했다. 더는 범죄소설을 읽지 않아도―소설 속 잔인한 죽음이 너무 크게 다가왔다―손님들을 도와줄 정도의 지식은 있었다. 나는 책을 파는 사람이었고, 그 일을 잘했다. 그걸로 충분했다.

31

신호음이 가더니 음성사서함으로 넘어갔다. 내가 종료 버튼을 누르고 전화를 부수려는 찰나, 전화가 진동했다. 방금 내가 전화한 그웬 멀비였다.

"여보세요."

"무슨 일이에요?" 그녀가 물었다.

"소식 들었습니까?"

"무슨 소식이요?"

"보스턴에서 변사체가 발견됐습니다. 남자의 이름은 마티 킹십이고, 그가 찰리예요. 우리가 찾던 찰리. 그가 로빈 캘러핸, 이선 버드, 제이 브래드쇼를 죽였습니다. 또 빌 만소와 일레인 존슨을 죽였고, 어젯밤에는 뉴에식스에 사는 니컬러스 프루이트도 죽였습니다."

"천천히 말해요. 지금 그 사람이 어디 있죠? 그가 죽었다고요?"

"방금 전에 911에 신고해서 주소를 알려줬어요. 지금 경찰이 거기로 가고 있을 겁니다."

"누가 죽인 거죠?"

"내가요. 어젯밤에 아니, 오늘 새벽에 내가 그를 쐈습니다. 그가 브라이언과 테스 머레이를 죽여서 《붉은 저택의 미스터리》에 나오는 살인처럼 꾸미려고 했어요."

"그 남자가 누군데요?"

"스미스필드 전직 경찰이었어요. 지금은 은퇴해서 보스턴에 살고 있고요. 그 남자가 에릭 앳웰도 죽였습니다. 날 위해서요. 내가 그에게 부탁했습니다. 이 모든 게 거기서 시작됐어요. 내 잘못입니다. 내가 시작했어요. 마티는 미쳤지만 내가 시작했어요."

"좀 천천히 말해요, 맬. 지금 어디 있어요? 내가 갈게요."

나는 잠시 그웬의 제안을 생각했다. 마지막으로 한 번만 더 그녀를 만날까? 하지만 그랬다가는 유치장 신세가 될 게 뻔했고, 나는 그런 일은 절대 겪지 않겠다고 오래전에 결심한 터였다.

"미안하지만 그건 안 되겠어요. 오래 통화 못 합니다. 통화 끝나면 이 전화는 바로 없앨 거예요. 5분 줄게요. 뭐가 알고 싶습니까?"

그웬이 날카롭게 숨을 헉 들이쉬는 소리가 들렸다. "다쳤어요?"

"아뇨, 난 괜찮습니다."

"그 남자가 찰리라는 걸 처음부터 알고 있었나요?"

"마티요? 아뇨, 몰랐습니다. 우린 온라인에서 만나 계획을 세웠고, 서로 신분을 밝히지 않았어요. 마티는 내가 누군지 알아낸 다음에 내가 쓴 리스트를 찾아냈고, 그걸 이용해서 살인을 저지른 겁니다. 나도 어젯밤에야 마티가 찰리라는 걸 알았어요. 일찍 알았더라면 당신에게 말했을 겁니다."

"니컬러스 프루이트가 죽었다고 했는데 지난번에 당신이 내게 말해준 사람 맞죠? 우리가 마지막으로 만났을 때요."

"난 프루이트가 찰리일 거라고 생각했는데 아니었어요. 프루이트는 알코올과 약물 과다로 죽었습니다. 그 집에서 마티의 지문이 나오는지 확인해봐요. 아마 있을 겁니다."

"맙소사."

"이 사건 조사관들과 이야기할 때 내가 전화로 이 정보를 알려줬다고 말해요. 날 만나러 보스턴에 왔다는 얘기는 하지 말고요. 난 당신이 복직하길 원하니까."

"과연 그렇게 될지 잘 모르겠네요."

"그렇게 될 겁니다. 당신이 내 리스트와 살인사건 간의 연관성을 알아낸 공을 인정받을 거예요. 그들이 모르는 정보를 주세요. 마티는 예전에 경찰일 때 범죄 현장에서 얻은 총으로 에릭 앳웰을 죽였습니다. 그들에게 우리가 덕버그라는 사이트에서 만났다고 말해주세요. 당신은 괜찮을 겁니다."

"아직 궁금한 게 많아요."

"그만 끊어야 해요. 미안해요, 그웬."

"그럼 하나만 더 물어도 될까요?"

"그럼요." 나는 그 질문이 무엇일지 알고 있었다.

"우리 아빠는 어떻게 된 거죠? 스티브 클리프턴도 마티가 죽였나요?"

내가 잠깐·머뭇거렸는지 그웬이 이렇게 덧붙였다. "아니면 당신이 죽였나요? 난 알아야 해요."

"클레어가…… 아내가 죽은 뒤로 그다음 해가 잘 기억이 안 납니다. 그때 악몽도 많이 꿨고, 죄책감에 시달린 데다 술도 너무 많이 마셨을 겁니다."

"그렇군요."

"그리고 그때 똑같은 꿈을 계속 꿨는데 가끔은 그게 실제로 벌어진 일인지 헷갈리더군요." 내가 서 있는 곳은 추웠는데도 목덜미에 구슬땀이 맺혔다. "그 꿈에서 난 차로 당신 아버지를 쳤어요. 아버지가 괜찮은지 보려고 차에서 내렸는데 당연히 괜찮지 않았죠. 그래도 아직 살아 있더군요. 하지만 다리와 상체가 반대로 뒤틀린 상태였어요. 난 당신 아버지에게 내가 누구인지, 왜 여기 왔는지 말하고 그가 죽어가는 걸 지켜봤습니다."

"그렇군요. 말해줘서 고마워요." 속마음을 읽을 수 없는 목소리로 그웬이 말했다.

"지금도 꿈 같아요. 이 모든 게 꿈 같습니다."

"정말 만날 수 없나요? 당신이 있는 곳으로 내가 갈게요. 나 혼자요."

"아뇨." 잠시 생각한 후에 내가 말했다. "미안해요, 그웬. 그렇게는 안 되겠어요. 내가 체포되는 걸 도저히……."

"혼자 간다고 했잖아요." 그웬이 내 말을 잘랐다.

"그리고 더는 질문에 답하고 싶지 않습니다. 더는 요 며칠처럼 과거를 떠올리고 싶지 않아요. 지난 몇 년 동안 경찰에 잡히지 않고 살 수 있었던 건 정말 운이 좋았기 때문이에요. 하지만 마음 깊은 곳에서는 오래가지 못하리라는 걸 알았습니다. 미안한데 당신을 만날 수 없어요. 그건 불가능합니다."

"당신은 선택할 수 있어요."

"아뇨, 그렇지 않아요. 당신에게는 그렇게 보일지 모르지만 지난 5년간······ 밤마다 악몽을 꿨어요. 그래도 살아갈 수 있었던 이유는 내가 할 수 있는 게 그것뿐이었기 때문입니다. 하지만 어떤 즐거움도 없었어요. 이제 더는 두렵지 않아요. 다만 지쳤어요."

전화기 반대편에서 한숨 소리가 들리는 듯했다.

"나한테 더 하고 싶은 말 있나요?" 그웬이 말했다.

"없어요."

"알겠어요. 그럼 당신이 한 말은 전부 사실인가요?"

"네. 내가 한 말은 전부 사실입니다."

32

클레어 맬러리

에릭 앳웰

노먼 채니

스티브 클리프턴

로빈 캘러핸

이선 버드

제이 브래드쇼

빌 만소

일레인 존슨

니컬러스 프루이트

마티 킹십

이것이 죽은 자들의 이름이다. 그들의 본명이다. 마티 킹십만 제외하고.

이 이야기를 쓰면서 왜 마티의 이름을 바꿨는지 모르겠다. 아마 그에게 자식들이 있고, 모든 자식이 그렇듯이 그들은 부모가 무슨 짓을 저질렀든 결백하기 때문일 것이다. 그리고 어쩌면 이번 사태의 책임을 져야 하는 사람이 그이기 때문일 수도 있다. 물론 나를 제외하고.

방금 깨달았는데 우습게도 마티 킹십Marty Kingship은 나와 이니셜이 같다. 은연중에 내 속마음이 드러난 실수일 것이다. 아마 예리한 독자라면 마티 킹십이라는 사람은 없고, 맬컴 커쇼Malcom Kershaw만 있으며 내가 전부 다 죽였다고 확신할 것이다. 하지만 그건 진실이 아니다. 어떤 면에서는 나도 그랬으면 좋겠다. 그편이 더 기발한 결말일 테니까.

진실은 이 모든 일의 책임이 내게 있다는 것이다. 마티가 대다수의 살인을 실행하기는 했어도 내가 설계자였다. 모두 내게서 시작되었다.

그게 진실이다. 나는 여러분들에게 진실을 빼먹는 죄를 저질렀지만 내가 뭔가를 진실이라고 말할 때는 정말로 그렇다. 날 믿으시길.

나는 지금 메인 주 록랜드에 있다.

마티 킹십을 쏜 뒤에(그는 스웨터에서 흘러나오는 피를 만지며 즐거워하는 듯한 표정을 짓더니 몸을 부르르 떨고 죽었다) 먼저 브라이언 머레이에게 갔다. 그는 총성을 듣고 당연히 잠에서 깨어 머리를 들고 뭐라고 중얼거렸다. 내가 옆에 앉아 샴페인 병을 따는 소리였다고 말하자 그는 돌아눕더니 다시 코를 골기 시작했다.

그다음에는 테스에게로 갔다. 험프리는 맞은편 소파에 없었다. 총성을 듣고 도망간 것이다. 마티 말대로 "집을 지키는 데 형편없는 개"였다.

테스는 여전히 숨 쉬고 있었고, 옆으로 누워 있었으니 토해도 질식

하지 않을 것이다. 이는 당장 911에 신고할 필요가 없다는 뜻이다. 곧 신고할 거지만 시간을 좀 벌어야 했다.

나는 집으로 돌아가서 짐을 챙겼다. 따뜻한 옷과 세면도구, 내가 제일 좋아하는 클레어의 사진. 런던으로 두 주간 신혼여행 갔을 때 찍은 사진이었다. 비가 추적추적 내렸던 그 두 주가 인생에서 제일 행복했던 시절이다. 펍에서 찍은 사진이었는데 클레어는 내 맞은편에 앉아 씩 웃고 있었다. 사진을 찍는 게 그닥 내키지는 않지만 그래도 행복하다는 듯이.

마지막으로 올드데블스에 가서 네로에게 작별 인사를 하고 싶었으나 시간이 부족했다. 경찰에 전화해서 브라이언 머레이의 집에 시체가 있다고 알려줘야 했다. 테스가 약물을 복용한 상태이니 빨리 신고하는 편이 낫다. 뿐만 아니라 아침에 잠에서 깬 브라이언이 침실에서 시신을 발견하게 하고 싶지 않았다.

뉴햄프셔 주를 통과하는 동안 날이 밝기 시작했다. 고속도로에서 벗어나 24시간 편의점으로 가서 일주일 동안 버틸 수 있는 통조림과 병맥주를 현찰로 샀다. 주차장에 있는 차의 트렁크에 짐을 실은 뒤 911에 전화했다. 내 신분을 밝히고 보스턴 59 디어링가에 죽은 남자가 있다고 말했다. 그런 다음 그웬에게 전화했고, 그녀가 다시 전화해서 이 앞에 나왔던 대화를 나눴다. 통화가 끝난 뒤에는 주차장에 있던 벽돌로 휴대전화를 박살 낸 다음, 편의점 앞에 있던 쓰레기통에 버렸다. 만약 경찰에서 날 추적한다면 내가 북쪽으로 갈 거라고 짐작할 터였다. 하지만 별로 걱정되지 않았다.

도시 북쪽은 확실히 눈이 덜 왔다. 세상이 흰 천을 두른 듯했는데 눈이 아닌 서리였고, 동틀 무렵에는 하늘이 얇은 구름으로 바둑판무늬를 이뤘다. 세상은 무채색이었다.

나는 이른 아침에 록랜드에 도착했다. 다시 어두워질 때까지 다른 데서 기다릴까 하다가 그냥 위험을 감수하기로 했다. 일레인 존슨의 집 근처에 다른 집은 한 채뿐이었고, 거기 사는 사람이 창밖을 내다보며 시간을 보내지 않기를 바랐다. 전에 일레인의 집에 갔을 때 차 한 대가 들어갈 수 있는 차고를 봤는데 내 기억으로는 문이 열린 채 비어 있었다. 일레인의 녹슨 링컨은 그 차고에 들어가기는 너무 커서 꽁꽁 언 채 진입로에 주차되어 있었다.

나는 일레인의 집을 금방 찾아냈다. 1번 도로에서 멀지 않았다. 눈을 치우지 않은 진입로로 미끄러지지 않도록 천천히 달렸다. 링컨을 돌아 차고로 들어간 다음, 시동을 끄고 차에서 내려 차고 문의 녹슨 손잡이를 잡아 확 내렸다. 그 전에 잠깐 길 건너 싱글 양식(미국에서 1870~80년대에 유행한 목조 주택 양식으로 벽면에 싱글을 붙이는 것이 특징이다 - 옮긴이)으로 지은 네모난 상자 모양의 집을 힐끗 보았다. 굴뚝에서 연기가 피어오르고 있었다. 차고 앞면이 도로를 향하지 않아 다행이었다. 차고 문이 닫힌 걸 알아차리는 사람이 아무도 없기를 바랐다.

뒷문에 달린 단일 유리를 깨고 손을 넣어 잠금장치를 열었다. 식량과 더플백을 들고 집으로 들어간 뒤에 마분지와 테이프를 찾아 깨진 유리를 막았다.

히터는 아직 틀어져 있었지만 온도가 15도로 설정되어 있었다. 춥기는 해도 견딜 만했다. 더플백에서 통조림을 꺼내고 맥주는 냉장고에 넣었다. 일레인이 죽은 뒤 그대로 남아 있는 그녀의 음식 옆에. 일레인은 코티지치즈와 과일 통조림을 주식으로 삼은 게 분명했다. 거실에 미드센추리 스타일의 고급 소파가 있었는데 나무로 된 다리가 달려 있고 등받이가 낮았다. 나는 거기서 자기로 했다. 깨끗한 시트와 담요를 위층 침실 벽장에서 찾아냈다. 마티가 이 벽장에 숨어 있다가 일레인 존슨을 놀라게 해 죽였다는 사실이 자꾸 생각났다. 나는 일레인을 그다지 좋아하지 않았지만 그래도 그녀는 그렇게 죽을 정도로 나쁜 사람은 아니었다. 나는 거실로 내려갔고 다시는 위층에 올라가지 않으리라 다짐했다.

나흘이 지났는데도 나는 아직 여기 있다. 그동안 이 글을 썼고 비프스튜 통조림과 토마토수프 통조림으로 연명했다. 맥주는 떨어졌지만 지하실에서 갤로버건디 와인이 든 대용량 플라스틱 통을 몇 개 찾아내서 그걸 계속 마시고 있다.

주로 책을 읽었다. 낮에는 창가의 편안한 안락의자에서, 저녁에는 소파에 앉아 담요를 뒤집어쓴 채 펜라이트 불빛으로 비춰가며. 다시 추리소설을 읽는 중인데 이 집에 추리소설만 있어서가 아니라 시간이 얼마 남지 않았고, 내가 좋아했던 책들을 다시 읽고 싶기 때문이다. 중학생이 된 직후에 처음 읽었던 추리소설들에 제일 끌렸다. 애거서 크리스티. 로버트 파커. 그레고리 맥도널드의 플래치 시리즈. 로런스 블록의 《신성한 술집이 문을 닫을 때*When the Sacred Ginmill Closes*》는 앉은자리에서 다 읽었고, 마지막 문장을 읽은 뒤에는 눈물을 흘렸다.

여기에 시집이 좀더 있었더라면 좋았을 텐데. 내가 찾아낸 건 1962년에 발행된 미국 시선집뿐이었다. 하지만 기억을 더듬어 내가 좋아하는 몇몇 시를 적어보았다. 당연히 존 스콰이어 경의 〈겨울 해 질 녘〉이 있었고 그 외에도 필립 라킨의 〈새벽의 노래^Aubade〉, 실비아 플라스의 〈호수를 건너며^Crossing the Water〉, 토머스 그레이의 〈시골 교회 경내에서 쓴 비가^Elegy Written in a Country Churchyard〉를 적어도 절반은 썼다.

여기는 인터넷이 되지 않고 내게는 휴대전화도 없다.

틀림없이 경찰은 날 찾고 있을 것이다. 마티 킹십을 죽인 남자, 일련의 연관된 살인의 답을 알고 있는 남자. 그웬이 그들을 얼마나 도와줬을지 모르겠다. 아마 우리가 전화 통화로 했던 얘기를 전부 전했을 것이다. 정직된 이후에 날 만나러 보스턴에 왔던 일은 말하지 않았을 테지만. 내가 어디 있는지 알아냈을까? 지금까지는 아무도 현관문을 두드리지 않았다.

경찰은 여전히 의문이 많을 것이다. 그웬도 그럴 테고. 내가 이 회고록을 쓰는 이유 중의 하나가 그것이다. 정확하게 기록해두고 싶다. 완전한 진실을 말하고 싶다.

앞에서 클레어의 일기를 읽은 뒤에 그걸 태웠다고 했지만 다 태우지는 않았다. 한 페이지는 남겨두었다. 클레어가 날 사랑했다는 증거, 그녀가 직접 쓴 증거가 필요했기 때문이었으리라.

날짜는 2009년 봄이었고, 클레어는 이렇게 썼다.

이 일기장에 맬에 대해, 그가 날 얼마나 행복하게 해주는지 별로 쓰지 못했다. 밤늦게 집에 돌아오면 맬은 늘 소파에서 날 기다리고 있다. 가슴 위에 책을 펼친 채 잠들어 있을 때가 많았지만. 간밤에 맬을 깨웠더니 날 보며 너무 반가워했다. 그러고는 내가 좋아할 만한 시를 읽어주겠다고 했다. 그 시가 정말로 마음에 들었다. 아니, 그 이상이었다. 빌 노트의 시인데 잊지 않도록 여기 적어두려 한다. '작별'이라는 제목이다.

만약 이 글을 읽을 때 당신이 아직 살아 있다면,
눈을 감아요. 나는
당신의 눈꺼풀 아래서 검게 물들어갈 거예요.

내가 또 거짓말한 게 뭐가 있더라?

거짓말이라기보다 생략에 가까운 듯한데 노먼 채니를 죽였을 때 마치 내가 그의 목을 조르고 시신을 바닥에 그대로 둔 것처럼 썼다. 하지만 사실은 맥박을 확인한 후에 패닉에 빠져 쇠지레를 집어 들고 그의 얼굴과 머리를 연달아 내려쳤다. 나중에 채니가 어떤 몰골이었는지는 쓰지 않겠다. 하지만 난 바닥에 주저앉아 다시는 일어서지 못할 거라고, 다시는 제정신으로 살지 못할 거라고 생각했다. 그런 날 구해준 게 네로였다. 네로는 내가 일어나 그 집에서 나가야 할 이유를 주었다. 마치 내가 네로를 구한 것처럼 썼는데 사실 네로가 날 구했다. 진부하다고? 나도 안다. 하지만 때때로 진실은 진부한 법이다.

그웬에게 스티브 클리프턴을 죽이는 꿈을 꾼다고 말한 것 역시 사실이다. 내가 아는 대로의 사실. 클레어가 죽은(내가 도로에서 클레어를 들이받은, 이라고 말해야 정확할 것이다) 다음 해에 있었던 일은 정말로 대부분 기억나지 않는다. 하지만 그 꿈, 내가 차로 클리프턴을 들이받는 생생한 꿈은 기억한다. 그리고 가끔 의식이 또렷해지면서 순간적으로 모든 게 기억나고, 앞뒤가 딱 맞아떨어진다. 하지만 그런 순간은 오래 가지 못한다.

스티브 클리프턴은 겁에 질려 있었다. 그의 얼굴이 기억난다. 우유 처럼 창백했고 흐릿해 보일 정도였다. 그웬의 얼굴이었다. 아무래도 꿈이 아닌 것 같다.

빼먹었지만 기록해야 하는 사실이 하나 더 있다. 마티와 내가 브라이언의 집에서 이야기를 나눴을 때, 마티가 내게 사실대로 털어놓았을 때 나는 그가 올드데블스 블로그에 남긴 댓글에 대해 물었다. 닥터 셰퍼드라는 아이디로 남긴 댓글.

그 질문을 받은 마티는 어리둥절한 표정이었다. "닥터 셰퍼드요. 《애크로이드 살인사건》의 범인." 내가 말했다.

이제 생각해보니 그 댓글은 내가 남겼을 수도 있겠다. 어렴풋이 기억이 난다. 앞에서 말했듯이 지난 몇 년간 뭐가 현실이고 꿈인지 분간할 수 없는 날들이 많았다. 내가 클레어를 고가도로 밖으로 밀어버리기 직전에 차 안에서 날 돌아보던, 어둠에 잠긴 클레어의 얼굴. 틱힐에 있던 그의 집 바닥에 누워 있던 노먼 채니의 시신. 흔들리던 차체와 여름 공기 속으로 날아오르던 스티브 클리프턴. 가끔은 맥주가 도움이 됐는데 어쩌면 너무 많이 마시는 바람에 '여덟 건의 완벽한 살인' 포스팅에 내가 댓글을 달고도 잊어버렸나 보다.

만약 내가 그 댓글을 달았다면 이 순간을 예감했나 보다. 지금 《애크로이드 살인사건》을 다시 읽고 있기 때문이다. 식탁이 있는 방에 들어갔더니 한쪽 구석에 쌓인 책 무더기 맨 밑에 그 책이 있었다. 아주 작은 페이퍼백으로, 표지에는 애크로이드가 등을 돌린 채 소파에 축 처진 자세로 앉아 있고 그의 등 위쪽에 칼이 꽂혀 있다. 마지막 두 장을 읽기 전까지는 정말로 지루한 책이다. 끝에서 두 번째 장 제목은 '완전한 진실'이라고 이미 말했다.

마지막 장 제목은 '사과'이고, 그제야 독자들은 지금까지 자신이 읽었던 글이 일종의 유서였음을 깨닫게 된다.

밖에서는 눈이 내리고 창문이 바람에 심하게 덜컹거린다. 나는 큰 위험을 감수하고 벽난로에 불을 피웠다. 이런 눈보라가 몰아치는 동안에는 굴뚝에서 연기가 조금 나더라도 아무도 알아차리지 못할 것이다.

와인 한 잔을 들고 벽난로 앞에 있으니 너무 좋다. 마지막 책으로 《그리고 아무도 없었다》를 골라서 읽는 중이다. 원래 제일 좋아하는 소설은 아니었지만 지금은 그렇게 되었다. 이 상황에 적절하기도 하고.

곧 클레어와 다시 만나게 될 거라는 식의 말을 하고 싶지만 사실 그런 개소리는 믿지 않는다. 죽으면 무로 돌아간다. 우리가 태어나기 전과 같은 상태라고 할 수 있지만 이번에는 그 상태가 영원히 지속된다. 하지만 만약 그 칠흑 속에, 무의 상태에 클레어가 있다면 나도 그녀 곁에 있을 것이다.

눈보라가 그치고 거리의 눈이 치워지면 거실 선반에 있는 묵직한 유리 문진을 코트 주머니에 잔뜩 넣을 것이다. 그러다 밤이 되면 집을 나서서 록랜드 중심까지 간 다음, 거기서 다시 방파제로 걸어갈 것이다. 바다까지 1.6킬로미터가량 뻗어 있어 록랜드 항구를 보호해주는 선창. 선창 끝까지 걸어간 뒤에도 계속 걸어갈 것이다. 차가운 바닷물이 싫기는 하지만 그 느낌이 오래가지는 않을 것이다.

내가 물에 빠져 죽는다는 사실이 약간 만족스럽다. 어떤 의미에서는 내 리스트에 올라간 살인 하나를 실행하기 때문이다. 맥도널드의 《익사자》.

아마 경찰은 나의 죽음이 자살인지 아닌지 의아해할 것이다. 어쩌면 내 시신이 영영 발견되지 않을 수도 있고.

내 죽음이 미스터리로 남는다고 생각하니 기분이 좋다.

감사의 말

애니 서점, 다니엘 바틀렛Danielle Bartlett, 제임스 M. 케인James M.Cain, 앵거스 카길Angus Cargill, 애거서 크리스티Agatha Christie, 앤서니 버클리 콕스Anthony Berkeley Cox, 캐스피언 데니스Caspian Dennis, 비앙카 플로레스Bianca Flores, 조엘 고틀러Joel Gotler, 케이틀린 해리Kaitlin Harri, 사라 헨리Sara Henry, 데이비드 하이필David Highfill, 퍼트리샤 하이스미스Patricia Highsmith, 테사 제임스Tessa James, 빌 노트Bill Knott, 아이라 레빈Ira Levin, 존 D. 맥도널드John D. MacDonald, A.A. 밀른A.A. Milne, 크리스틴 피니Kristen Pini, 소피 포르타스Sophie Portas, 넷 소벨Nat Sobel, 버지니아 스탠리Virginia Stanley, 도나 타르트Donna Tartt, 샌디 바이올렛Sandy Violette, 주디스 웨버Judith Weber, 아디아 라이트Adia Wright, 샬린 소여Charlene Sawyer.

옮긴이 노진선

숙명여대 영어영문학과를 졸업했고, 전문 번역가로 활동하며 다양한 작품들을 번역해왔다. 옮긴 책으로 매트 헤이그의 《미드나잇 라이브러리》, 제닌 커민스의 《아메리칸 더트》, 조디 피코의 《작지만 위대한 일들》, 피터 스완슨의 《그녀는 증인의 얼굴을 하고 있었다》, 《312호에는 303호 여자가 보인다》, 《아낌없이 뺏는 사랑》, 《죽여 마땅한 사람들》, 요 네스뵈의 《스노우맨》, 《레오파드》, 《네메시스》 등 '형사 해리 홀레 시리즈'와 엘리자베스 길버트의 《먹고 기도하고 사랑하라》 등이 있다.

여덟 건의 완벽한 살인

첫판 1쇄 펴낸날 2022년 4월 15일
7쇄 펴낸날 2023년 10월 25일

지은이 피터 스완슨
옮긴이 노진선
발행인 김혜경
편집인 김수진
편집기획 김교석 조한나 유승연 김유진 곽세라 전하연
디자인 한승연 성윤정
경영지원국 안정숙
마케팅 문창운 백윤진 박희원
회계 임옥희 양여진 김주연

펴낸곳 (주)도서출판 푸른숲
출판등록 2003년 12월 17일 제2003-000032호
주소 경기도 파주시 심학산로 10(서패동) 3층. 우편번호 10881
전화 031)955-9005(마케팅부), 031)955-9010(편집부)
팩스 031)955-9015(마케팅부), 031)955-9017(편집부)
홈페이지 www.prunsoop.co.kr
페이스북 www.facebook.com/prunsoop   인스타그램 @prunsoop

© 푸른숲, 2022
ISBN 979-11-5675-945-4 (03840)